Jürgen Seibold
Schlampig dosiert

Jürgen Seibold

Schlampig dosiert

Ein Baden-Württemberg-Krimi

Silberburg-Verlag

Jürgen Seibold, 1960 geboren und mit Frau und Kindern im Rems-Murr-Kreis zu Hause, ist gelernter Journalist und arbeitet als Buchautor. Im Silberburg-Verlag sind von ihm bisher mehrere Regionalkrimis, Komödien und Sachbücher erschienen.

Sie wollen mehr wissen über Gottfried Froelich?

Kein Problem: Das für diesen Krimi erfundene Bestattungsinstitut ist online … www.institut-froelich.de

1. Auflage 2013

Lektorat: Michael Raffel, Tübingen.
Umschlaggestaltung: Christoph Wöhler, Tübingen.
Coverfoto: © eyecrave – iStockphoto.
Druck: CPI books, Leck.
Printed in Germany.

ISBN 978-3-8425-1281-8

Besuchen Sie uns im Internet
und entdecken Sie die Vielfalt unseres Verlagsprogramms:
www.silberburg.de

Dienstag, 4. Juni

Die Pause auf der Laderampe war inzwischen zur schönen Angewohnheit geworden.

Also stand Gottfried Froelich auch diesmal neben seinem greisen Bestatterkollegen Richard Sanfftleben, dem Sektionsgehilfen Krüger und der Rechtsmedizinerin Dr. Zora Wilde in dem Innenhof des Stuttgarter Robert-Bosch-Krankenhauses, in den sie die beiden Leichen vom Sektionssaal herübergeschoben, von der Rampe bugsiert und in den Leichenwagen eingeladen hatten.

Krüger hatte sich auf Drängen seiner Frau das Zigarettenrauchen abgewöhnt, nun kaute er missmutig auf einem Kaugummi herum, während er neidisch die Rechtsmedizinerin betrachtete, die genüsslich an ihrem Zigarillo zog. Sanfftleben, der neben der gut gebauten und vor Energie sprühenden Zora Wilde noch hagerer und hinfälliger wirkte, als er ohnehin war, genoss die Gesellschaft der attraktiven Frau sichtlich. Und dass sie wie er ein Faible für anzügliche Witze hatte, ermunterte ihn jedes Mal, ein paar alte Zoten aus seinem anscheinend unerschöpflichen Fundus zu kramen. Froelich verzog genervt das Gesicht, während Sanfftleben mit schnarrender Stimme und ohne jedes erzählerische Talent eine plumpe Schweinerei ausbreitete. Die Rechtsmedizinerin lachte trotzdem schallend, Krüger gönnte sich ein schiefes Grinsen, und schon begann Sanfftleben auf die nächste derbe Pointe zuzuholpern.

Froelich fühlte sich wie damals in der Schule, als er am liebsten mit den anderen in der Raucherecke zusammenstand, obwohl er weder Zigaretten mochte noch die immer gleichen Geschichten über Fußball und frisierte Mopeds. Für ihn war es schön gewesen, sich für eine Weile als Teil einer Gruppe zu fühlen – und nicht, wie sonst so oft in seiner Jugend, daheim in Weil der Stadt als »dickes Bestatterle« verhöhnt und mit allerlei schaurigen Andeutungen auf Untote im Keller des Elternhauses behelligt zu werden. Ein Lächeln huschte über sein Gesicht.

Inzwischen hatte sich sein Leben recht gut entwickelt. Er führte das Bestattungsunternehmen Fürchtegott Froelich & Söhne in dritter Generation, unterhielt mehrere Institute im Stuttgarter Raum, und die Geschäfte liefen gut. »Gestorben wird immer«, hatte schon Großvater Fürchtegott selig gesagt. Und er hatte recht behalten.

Auch die drückende Langeweile, die Gottfried Froelich bis vor wenigen Jahren geplagt und deretwegen er seinen Beruf mehr schlecht als recht ertragen hatte, war verflogen. Zum einen war er inzwischen mit Inge Coordes zusammen, die einige Jahre älter war als er, ihm aber mit ihrer Lebensfreude und ihrer Energie viel jünger vorkam. Und zum anderen hatte er neben der Musik ein zweites Hobby gefunden, das in seinen Augen für ihn als Bestatter gewissermaßen auf der Hand lag: Nach dem Tod der alten Dame in Weil der Stadt, der sich vor nun schon gut vier Jahren auch dank seiner Recherchen als Mord entpuppt hatte, ermittelte er immer wieder in Kriminalfällen – und er fand zunehmend Gefallen daran.

Inge dagegen hielt nicht besonders viel von seiner Nebenbeschäftigung, aber sie war viel unterwegs, und bisher hatte sich noch immer eine Gelegenheit gefunden, seine … »Ermittlungen« – Froelich musste grinsen – ihrer Aufmerksamkeit mehr oder weniger zu entziehen.

»Sehen Sie!«, schnarrte Sanfftleben und schlug ihm seine knochige Hand auf die Schulter. »Jetzt können Sie sich das Lachen doch nicht mehr ganz verkneifen, gell?«

Froelich sah ihn verblüfft an.

»Na, es ist doch nicht zu übersehen, dass Ihnen endlich mal einer meiner Witze gefallen hat!«

Sanfftleben schnitt eine Grimasse, mit der er Froelichs Lächeln von eben imitieren wollte. Es blieb ein lahmer Versuch: In seinem knochigen Gesicht fehlten ihm dazu einfach einige Schichten Speck unter rosiger Haut.

»Ich habe Ihren Witz nicht gehört, Herr Sanfftleben«, beteuerte Froelich und schob aus Höflichkeit noch ein gelogenes »Tut mir leid« hinterher.

»Dann erzähl ich ihn halt noch mal. Also: Kommt ein Allergiker ins Heuhotel …«

»Bitte nicht, Herr Sanfftleben!«

»Warum nicht, was haben Sie denn?« Er zwinkerte Zora Wilde zu. »Die jungen Leute von heute vertragen einfach nichts mehr.«

»Ha, ha …«

Froelichs schöne Erinnerung an die Raucherecke hatte sich verflüchtigt, zurück blieb das unangenehme Gefühl, von Sanfftleben vor den anderen blamiert zu werden.

»Ist es wegen unserer Kundschaft?«

Sanfftleben deutete auf den Leichenwagen, der neben der Rampe zur Abfahrt bereit stand.

»Die stört das nicht mehr, Kollege.«

Das schnarrende Lachen des Alten ging Froelich durch Mark und Bein. Er schüttelte sich und begann sich von den anderen zu verabschieden.

»Und wenn Sie fertig sind mit Ihrer Witzeshow, Herr Sanfftleben, dann steigen Sie ein, ja?«

Damit kraxelte er die Betontreppe hinunter und schlüpfte ohne ein weiteres Wort auf den Fahrersitz. Im Rückspiegel beobachtete er möglichst unauffällig, wie sich nun auch sein greiser Kollege verabschiedete und dabei mit entschuldigendem Grinsen, Schulterzucken und Seitenblicken auf die linke Seite des Leichenwagens auf Wilde einplauderte.

Als Sanfftleben schließlich neben ihm saß und umständlich den Gurt anlegte, hatte Froelich schon den Motor gestartet und fuhr schneller als sonst durch den kleinen Tunnel, der den Innenhof mit der Ausfahrt verband. Auf der Bundesstraße ins Neckartal hinunter stierte Froelich stumm auf den dichten Verkehr, und auch Sanfftleben sprach kein Wort, sondern sah immer wieder einmal kurz zu seinem Nebensitzer herüber. In Höhe des Gaskessels, wo linkerhand jenseits des kanalisierten Neckars die ebenfalls zubetonierte Wasenödnis endete, wurde es Sanfftleben zu dumm.

»Jetzt seien Sie doch nicht so empfindlich, Froelich! Man wird doch mal ein Witzle machen dürfen, oder?«

Froelich schmollte noch ein wenig, aber als er ein Stück weiter für einen der Blitzer an der B10 etwas vom Gas ging, knuffte ihn der Alte leicht in die Seite und brummte: »Dem Allergiker geht's im Heuhotel natürlich nicht so gut.«

Nun musste er doch grinsen.

»Aber wehe, Sie erzählen mir das jetzt doch noch, Herr Sanfftleben. Dann sind wir geschiedene Leute, das sag ich Ihnen!«

»Keine Angst, Froelich.«

Er kicherte.

»Ich meine natürlich: *lieber* Froelich. Und meine Scherze würdigt ohnehin niemand so angemessen wie unsere Frau Doktor.«

Sanfftleben strahlte bis zu den abstehenden Ohren, und ein schwärmerischer Ausdruck legte sich auf sein faltiges Gesicht.

»Wenn ich nur zwanzig Jahre jünger wäre, lieber Froelich, dann …«

»Oder vielleicht auch vierzig, was?«

Der Alte prustete, knuffte Froelich noch einmal in die Seite und brachte schließlich hervor: »Ich glaube, jetzt sind wir quitt, oder?«

Der Rest der Fahrt verging unter belanglosem Geplauder angenehm schnell, und erst auf dem Hof des Bestattungsinstituts in der Esslinger Beutauvorstadt kehrten Froelichs Gedanken wieder zu den beiden Toten zurück, die sie aus der Rechtsmedizin abgeholt hatten.

Im Leichenwagen lagen Callista und Randolf Sigle, die tot in ihrem aufgebrochenen Einfamilienhaus in Esslingen-Zell gefunden worden waren. Sie waren erstickt, und um die beiden Toten herum hatte jemand sehr gründlich Geld und Wertsachen abgeräumt. Die Kripo Esslingen ermittelte noch, aber das Ehepaar war inzwischen zur Bestattung freigegeben worden. Und bis Froelich alles im Sinne der Hinterbliebenen für die Beisetzung vorbereitet hatte, würden die Toten bei ihm im Kühlraum warten.

* * *

Inge Coordes stand mit einem Becher Kaffee am Fenster im ersten Stock, als Froelich den Leichenwagen rückwärts in die Garage rangierte. Ihre Reportage hatte sie fast fertig, nun fehlte ihr noch ein zündender Schluss, und das konnte manchmal ein bisschen dauern. Sie schlürfte Kaffee, setzte sich wieder an den Computer, trank weiter, stand wieder auf und sah gerade noch, wie Froelich unten im Hof den alten Sanfftleben verabschiedete und auf die Haustür zusteuerte.

Mit schweren Schritten kam er die Treppe hoch, und Inge schob ihm eine Kaffeetasse hin, als er die Küche betrat.

»Trinkst du einen mit?«, fragte sie und lächelte ihn an.

»Gern, danke. Sanfftleben hat mir gerade geholfen, die Sigles in den Kühlraum zu bringen. Die Verwandtschaft weiß schon Bescheid, wir wollen morgen früh die letzten Details besprechen.«

»Üble Geschichte«, murmelte Inge und nahm einen Schluck.

»Ja, ziemlich übel«, gab Froelich ihr recht und schlürfte lautstark seinen Kaffee. »Und die Kripo tappt noch im Dunkeln.«

Nachdenklich sah sie ihn über den Rand ihrer Tasse hinweg an. Froelich war wortkarg wie selten – kein gutes Zeichen. So maulfaul war er nur, wenn ihn insgeheim etwas sehr beschäftigte. Inge hatte schon einen Verdacht, worum es sich diesmal handelte. Eine Weile dachte sie nach, und als Froelich die ganze Zeit über nichts weiter sagte, beschloss sie, ihn heute Abend einem Test zu unterziehen. Und morgen früh würde sie ihre Konsequenzen daraus ziehen.

»Gehst du heute zum Binokelabend?«, fragte sie und ließ ihn nicht aus den Augen.

Froelich nickte abwesend und brummte: »Ja, klar.«

»Schade«, antwortete sie und legte so viel Gefühl in ihre Stimme, dass Froelich ganz erschrocken aufsah.

»Was ist?«

Es arbeitete sichtlich hinter seiner Stirn.

»Hab ich was vergessen?«

Sie ließ ihn noch kurz zappeln, dann lächelte sie ein wenig.

»Nein, Gottfried, hast du nicht. Ich dachte nur …«

Sie lehnte sich auf ihrem Stuhl zurück, leckte sich kurz über die Unterlippe und grinste ihn frech an. Froelich durchzuckte es ganz warm, er wusste, was dieser Blick bedeutete. Aber heute …

»Bist du sicher, dass du heute zum Binokeln musst?«

»Ja, ich … ich hab's denen versprochen, und …«

Froelich stammelte so hilflos herum, dass sie aus purem Mitleid einlenkte.

»Dann wünsch ich dir viel Spaß, mein Schatz.«

Sie stand auf, beugte sich zu ihm herunter, gab ihm einen Kuss und hauchte: »Aber komm nicht so spät heim – nicht, dass ich schon eingeschlafen bin.«

Mit dem Zeigefinger stupste sie seine Nasenspitze und fuhr ihm dann im Weggehen mit dem Finger den Nasenrücken hinauf, über die Stirn und durch seine Haare.

»Wäre doch wirklich zu schade …«, hörte er sie noch mit rauchiger Stimme von der Tür her sagen. Dann ging sie ins Arbeitszimmer hinüber, und Froelich schloss die Augen, lächelte voller Vorfreude und gab ihr völlig recht.

* * *

Froelich war im Raucherzimmer des Goldenen Habichts nicht bei der Sache, und am Ende des Abends hatte er mit großem Abstand den schlechtesten Punktestand. Sanfftleben notierte alles akribisch in seinem kleinen schwarzen Binokel-Büchle, und Brigitte Becker ließ ihren Blick noch einmal zufrieden über die Zahlen schweifen und fuhr mit den Fingern durch ihr stoppelkurzes Haar. Die Leiterin des Esslinger Stadtmarketings hatte haushoch gewonnen, nicht zum ersten Mal, und nun prostete sie Froelich mit ihrem Bier zu und drosch ein paar tröstende Phrasen.

»Gut, dass die anderen heute nicht gekommen sind, was?«

Auch Jana Bednarz stieß mit Froelich an. Dass sie heute Abend da war, reichte ihm vollkommen – und das hatte mit ihrem Beruf zu tun: Sie war Kriminalhauptkommissarin und leitete für die Esslinger Kripo die Soko Zell, wie die Ermittlungsgruppe im Fall des toten Ehepaars Sigle getauft worden war.

Etwa eine Viertelstunde später stand er neben ihr und Sanfftleben vor dem Ausgang des Goldenen Habichts und sah der Marketingchefin nach, wie sie mit beschwingtem Schritt nach Hause ging.

»Wollen wir auch?«, drängte Sanfftleben, der den ganzen Abend über schon recht müde gewirkt hatte.

»Gehen Sie ruhig schon mal vor. Ich wollte Frau Bednarz noch kurz was fragen.«

»Oh, das hat sicher mit unserer aktuellen Kundschaft zu tun«, vermutete Sanfftleben, stellte sich bequemer hin und sah gespannt zwischen Froelich und der Kommissarin hin und her. »Da bleib ich gerne noch einen Moment, das interessiert mich auch.«

»Ich kann leider nichts Neues erzählen«, sagte Jana Bednarz und zuckte bedauernd mit den Schultern. »Wir haben noch keinen wirklich hilfreichen Ansatz. Die bisherigen Spuren haben zu nichts geführt. Und wenn es anders wäre, dürfte ich Ihnen das sowieso nicht erzählen, das wissen Sie ja.«

»Aber, aber«, wandte Sanfftleben ein, »immerhin ist mein junger Kollege ja schon fast so etwas wie ein freier Mitarbeiter der Esslinger Kripo.«

Jana Bednarz lächelte und wandte sich an Froelich.

»Stimmt, im Fall des Toten in der Maille waren Sie wirklich eine große Hilfe.«

»Außerdem«, merkte Froelich grinsend an, »wissen Sie ja hoffentlich, dass ich schweigen kann wie ein Grab.«

Das Lächeln der Kommissarin wurde breiter.

»Wie ein Grab – das ist schön gesagt.«

»Und: Was wissen Sie denn nun bisher über den Einbruch und darüber, wie die Sigles ums Leben kamen?«

* * *

Donnerstag, 23. Mai. Das Ehepaar Sigle stellt auf der Terrasse seines Passivhauses in Esslingen-Zell einen neu gekauften Grill samt Holzkohle, Grillanzünder und Grillkamin bereit, dazu einen Feuerkorb, kurz zuvor als Sonderangebot in einem Supermarkt ergattert. Wegen der schlechten Witterung wird das geplante Grillen aber gestrichen, und die Utensilien werden mit einer Plastikfolie vor dem Regen geschützt. Gebraten und gegessen wird das marinierte Fleisch – Schweinehals, Putensteak und Lamm – im Haus, dazu gibt es Weizenbier und Saftschorle, französischen Rotwein und Espresso.

Außer den Sigles ist noch ein Gast anwesend, den bisherigen Informationen zufolge handelt es sich um Robert Reukers, einen in Berlin lebenden Freund der Familie, der in Berlin und Umgebung unsaubere Geschäfte macht, bisher aber nur wegen einiger Kleinigkeiten belangt werden konnte. Reukers ist spurlos verschwunden, seine Fingerabdrücke überlagern in der Küche und im Bad diejenigen der Sigles, er könnte folglich nach dem Tod seiner Freunde noch im Haus gewesen sein.

Gegen ein Uhr dreißig wird durch den Ansaugdom im Garten Gas in die Lüftungsanlage des Passivhauses geleitet. Es handelt sich um Dubaiox27, eine Schwefelverbindung, die schon in niedriger Konzentration in der Atemluft zu Ohnmacht und bei Anhalten dieser Konzentration nach etwa einer Stunde zum Tod führt.

Anders als in privaten Passivhäusern üblich, verfügt das Gebäude der Sigles über eine technisch aufwendigere Lüftungsanlage, wie sie eher in Geschäftshäusern eingesetzt wird – sie ermöglicht eine Steuerung der Belüftung für jedes einzelne Zimmer im Haus. Auf diese elektronische Steuerung wird von außerhalb des Gebäudes über einen für die Fernwartung vorgesehenen Zugang drahtlos Einfluss genommen, wodurch das Gas nur in das Schlaf- und das Gästezimmer gelangt.

Das Gas im Schlafzimmer betäubt das Ehepaar Sigle im Schlaf und tötet es kurz darauf durch die überhöhte Dosierung. Spuren der Schwefelverbindung werden bei der Obduktion in den Lungen der Toten gefunden.

Nach der Einleitung des Gases wird die Terrassentür aufgehebelt und drei Personen mit grobem Schuhwerk und Handschuhen dringen aus dem Garten kommend in das Haus ein. Vermutlich tragen sie Atemmasken, um sich vor dem Gas zu schützen, das sich zu diesem Zeitpunkt vom Schlaf- und Gästezimmer aus im Haus verbreitet. Zwei der Personen schleichen in den ersten Stock und überprüfen, ob auch wirklich alle Hausbewohner außer Gefecht sind. Danach reißen sie im ersten und im zweiten Obergeschoss Schubladen auf, durchwühlen Schränke und Regale. Die dritte Person durchsucht währenddessen das Erdgeschoss nach Wertsachen. Schließlich hilft eine der anderen Personen im Erdgeschoss bei der Suche, die dritte Person sieht sich im Keller um. Das alles geschieht in großer Eile, Schubladen werden ganz herausgerissen, Kleider und diverse Einrichtungsgegenstände liegen am Ende wild zerstreut und teilweise zerbrochen oder zerrissen auf dem Boden. Zwei Sparschweine, die der Beschriftung nach für die beiden Patenkinder der Sigles gedacht waren, liegen zerbrochen und leer vor einer Kommode im Wohnzimmer.

Die drei Einbrecher verschwinden unbemerkt aus dem Haus und dem Garten. Gegenüber, im Schatten der dortigen Kirche, muss eine vierte Person Schmiere gestanden und gewartet haben. Alle vier verschwinden in der Nacht, weitere Spuren werden nicht gefunden.

* * *

»Glauben Sie, dieser Reukers hat etwas mit dem Tod seiner Freunde zu tun?«

Froelich hatte sich die Schilderung der Kommissarin schweigend angehört, manches hatte er ja schon gewusst. Inzwischen waren Sanfftleben und er ein Stück gemeinsam mit Jana Bednarz gegangen, die noch kurz in ihrem Büro vorbeischauen wollte.

»Das kann ich mir nicht so recht vorstellen«, verneinte sie. »Auch deuten die Spuren, die wir von ihm gefunden haben, nicht auf eine Beteiligung am Einbruch hin. Er scheint nach dem Tod der Sigles nur versucht zu haben, seine Anwesenheit zu vertuschen – darin war er aber nicht besonders gut. Er hat mit Küchenkrepp rumgewischt, dabei aber einige Stellen vergessen, die ein richtiger Profi sicher im Blick gehabt hätte. Alles sah danach aus, als hätte er nur schnell seinen Kram gepackt, Zahnbürste, Kleider und so, dann ist er abgehauen. Wäre er Komplize der Einbrecher gewesen, hätte er es seinen Kumpanen auch einfacher machen können: Er kippt den Freunden ein Betäubungsmittel in den Rotwein und ruft dann seine Kumpels, sobald die beiden schlafen. Warum also so umständlich mit dem Gas? Trotzdem: Seltsam ist es natürlich schon, dass er seit dem Tod seiner Freunde spurlos verschwunden ist. Klar, er hat Dreck am Stecken, und die Kollegen in Berlin haben ihn schon länger im Visier. Sie vermuten, dass er als Hehler Fuß zu fassen versucht und dass er seit ein paar Monaten gute Kontakte zum organisierten Verbrechen unterhält. Beweisen konnten sie ihm davon bisher nichts, aber selbst wenn was dran ist: Da sieht er seine Freunde tot liegen und haut ab, einfach nur, weil er Schwierigkeiten mit der Polizei befürchtet?«

Sie schüttelte den Kopf.

»Der hat vielleicht wirklich gerade ein krummes Ding laufen – aber ich lasse doch nicht zwei Freunde tot oder sterbend liegen, nur um mir einen Deal nicht zu versauen! Was ich mich aber frage, ist: warum ist Reukers nicht ebenfalls tot? Im Gästezimmer muss die Konzentration des Gases genauso hoch gewesen sein wie im Schlafzimmer. Und er muss drin gewesen sein: Wir haben Fingerabdrücke von ihm auf den Klinken der Tür zum Gäste- und zum Schlafzimmer gefunden.«

Auf dem Marktplatz blieben sie stehen. Jana Bednarz wirkte nachdenklich.

»Wir wissen inzwischen von einer Einbruchserie, zu der der Fall in Zell teilweise passen würde«, sagte sie schließlich.

Froelich sah die Kommissarin gespannt an, Sanfftleben gähnte herzhaft, hörte aber ebenfalls interessiert zu.

»Im Raum Pforzheim haben Einbrecher allem Anschein nach dasselbe Gas benutzt. Sie haben es ebenfalls in Passivhäuser eingeleitet und dabei die Lüftung über WLAN-Zugriff so gesteuert, dass das Gas direkt in die jeweiligen Schlaf- und Kinderzimmer geleitet wurde. Auch die Tatzeiten – immer zwischen ein und drei Uhr nachts unter der Woche – stimmen überein.«

»Dann haben Sie doch schon einige Ansatzpunkte. Wenn Sie überall Spuren sichern konnten, sollte der Fall in Zell ja bald gelöst sein.«

»Schön wär's«, seufzte sie. »Aber bei Einbrüchen ist unsere Aufklärungsquote leider nicht annähernd so gut wie bei Tötungsdelikten. Und in allen anderen Fällen kam niemand der Bestohlenen ernsthaft zu Schaden – Gott sei Dank, natürlich, aber schon deshalb passt die Serie und die Geschichte bei uns nicht so ganz zusammen. *Auch* deshalb …«

»Was war diesmal noch anders?«, fragte Froelich, als Jana Bednarz keine Anstalten machte, von sich aus weiterzureden.

Von der Stadtkirche her torkelte gröhlend ein jüngeres Pärchen auf sie zu. Ein Streifenwagen hielt neben den beiden, und der Beamte auf dem Beifahrersitz ermahnte sie, ein wenig leiser zu sein. Der Fahrer nickte der Kommissarin kurz grüßend zu, dann fuhr der Wagen weiter in Richtung Rathaus, und die beiden jungen Leute trollten sich die Abt-Fulrad-Straße entlang.

»Und: Was war nun diesmal anders?«, wiederholte Froelich, als alles um sie herum wieder ruhig war.

»Zunächst einmal kamen die Bestohlenen glimpflich davon – sie hatten nach dem Aufwachen ordentlich Kopfweh und einige verätzte Hautstellen, aber es gab keine bleibenden gesundheitlichen Schäden. Ganz offensichtlich wurde das Gas bei den Einbrüchen in der Pforzheimer Gegend sehr sorgfältig dosiert, nicht einmal den betroffenen Kindern hat die ... na ja: Narkose ernsthaft geschadet. Die haben nur alle den Einbruch verschlafen, um es mal etwas salopp auszudrücken.«

»Zum Glück.«

»Ja, allerdings. Außerdem scheinen sich die Einbrecher in Pforzheim ... sagen wir: eher rücksichtsvoll benommen zu haben. Nicht, dass Sie mich falsch verstehen – ich hab nichts übrig für romantische Vorstellungen von fairen Verbrechern, die nur das Nötigste mitnehmen, ihren Job sauber erledigen und niemandem mehr stehlen wollen als einem die Versicherung ersetzt – aber ... tja, die Pforzheimer Einbrecher scheinen diesem Klischee doch ziemlich nahe zu kommen.«

»Wie meinen Sie das?«

»Da wurde keine Terrassentür aufgehebelt, sondern mit einem Glasschneider neben dem Türgriff ein Loch in die Scheibe geschnitten, und danach wurde die Tür über die Klinke geöffnet. Nirgendwo gab es Scherben, und das ausgeschnittene Stück lag neben der Tür auf dem Boden. In einem Fall klebten die Einbrecher hinterher sogar eine Folie über das Loch im Glas – in dieser Nacht hatte es stark geregnet, und es sah so aus, als wollten die Einbrecher den Bodenbelag des Raumes vor Nässe schützen. Verrückt, oder?«

»Also doch Gentleman-Gangster?«

Froelich grinste, Jana Bednarz winkte schnaubend ab.

»Hören Sie mir bloß auf damit! Die dringen in fremde Häuser ein, betäuben Leute, beklauen sie – die müssen hinter Gitter, da ist es mir scheißegal, ob sie während ihrer ›Arbeit‹ rücksichtsvoll und professionell vorgehen.«

»Und was haben sie gestohlen?«

»Nur Bargeld, HiFi-Geräte, soweit sie gut zu tragen waren, und manchmal Schmuck. Aber Ringe mit Gravur oder Halsketten mit Medaillons ließen sie zurück.«

»Hatten die Angst, dass wegen der Gravuren oder der Bilder die Spur der Schmuckstücke verfolgt werden könnte?«

»Nein, das Zeug wird ja ohnehin immer eingeschmolzen – da hätten sie sich mehr Sorgen machen müssen wegen der Gerätenummern der HiFi-Anlagen. Für mich und für die Pforzheimer Kollegen sieht das eher danach aus, als hätte da jemand Skrupel, Wertgegenstände zu stehlen, an denen persönliche Erinnerungen hängen. Dazu würde auch das mit den Sparschweinen passen.«

»Mit welchen Sparschweinen?«

»In allen Häusern, in die eingebrochen wurde, war das Bargeld gründlich abgeräumt – bis auf den Inhalt von Sparschweinen in den Kinderzimmern. Sogar einige bunt gemusterte Kindergeldbeutel in Kommoden in den Wohnzimmern und Hausfluren enthielten noch Geldscheine – da schien nichts zu fehlen, während sonst die raffiniertesten Verstecke entdeckt und geleert wurden. Es scheint außerdem so, dass die Einbrecher die Kinderzimmer gar nicht betreten, sondern nur kurz die Tür geöffnet und reingeschaut haben – vermutlich, um sicherzugehen, dass die Kinder ebenfalls schlafen.«

»Ergibt das denn einen Sinn? Ich meine: Die knacken ein Haus, machen sich die Mühe mit diesem Gas – und dann lassen sie Geld liegen, obwohl sie es vermutlich sehr wohl entdeckt hatten?«

Jana Bednarz zuckte mit den Schultern.

»Das kommt schon vor. Auch bei Freunden von mir ist mal eingebrochen worden, allerdings nicht auf eine Weise, die irgendwie zu unserem Fall passt. Aber auch damals ließen die Einbrecher die Sparschweine stehen – Einbruch ist nicht mein Ressort, aber vielleicht gönnen sich einige dieser Diebe da so etwas wie einen Ehrenkodex, keine Ahnung.«

Froelich stellte sich vor, wie es wäre, wenn jemand mitten in der Nacht in sein Haus einbrechen würde. Und ob es für ihn einen Trost darstellte, wenn die Sparschweine seiner Kinder unangetastet bleiben würden. Nun ja: Er hatte keine Kinder, und mit Inge würde er auch keine mehr bekommen können – für sie war das schon altershalber erledigt, und auch sonst hätte er nicht gewagt, das Thema ihr gegenüber anzuschneiden. Er war ja froh, dass sie inzwischen halbwegs über den tragischen Tod ihres Buben vor zwanzig Jahren hinweg zu sein schien.

»Und dann hebeln die Einbrecher in Zell die Tür auf …«

Tief in seinen Gedanken versunken, erschrak Froelich beinahe, als die Kommissarin nach einer kurzen Pause weiterredete.

»Die trampeln kreuz und quer durchs Haus, reißen Schubladen heraus und richten ein fürchterliches Chaos an … auf mich macht das nicht den Eindruck, als würde es sich um dieselben Einbrecher handeln, die auch die Serie in Pforzheim zu verantworten haben. Außerdem scheint auch Familienschmuck zu fehlen. Die Sigles konnten wir ja nicht mehr fragen, und die haben natürlich auch nirgendwo eine Inventarliste oder so etwas, auch bei der Versicherung war keine solche Liste hinterlegt – aber die Patenkinder von Randolf Sigle hatten dem Ehepaar Sigle im vergangenen Jahr zur Silberhochzeit zwei Ringe in Weißgold geschenkt, mit ihren Namen eingraviert und der Widmung ›C & R zur Silbernen Hochzeit‹ – Callista und Randolf Sigle … Viel persönlicher geht's ja kaum.«

»Standen im Haus der Sigles nicht noch Sparschweine für die Patenkinder? Ich dachte, die wären noch jünger – und dann verschenken sie Ringe in Weißgold?«

»Die Patenkinder sind längst erwachsen, und die Sparschweine stammten noch aus ihrer Kindheit. Aber aus Gewohnheit hat das Ehepaar da noch immer Geld reingesteckt, na ja: und die ›Kinder‹ haben sich das sicher noch gern gefallen lassen.«

»Haben die Sigles diese Ringe denn nicht getragen?«

Jana Bednarz schüttelte den Kopf.

»Sie hatten's wohl nicht so mit Schmuck. Kein Ehering, nicht die beiden geschenkten Ringe der Patenkinder, nicht einmal eine Uhr haben die Toten getragen. Die kleinen Schmuckschachteln, in denen die Ringe und offenbar auch ein paar Halsketten vermutlich aufbewahrt wurden, lagen verstreut auf dem Wohnzimmerboden. Und die Ringfinger der Sigles weisen auch nicht die typischen Einkerbungen auf, die ein regelmäßig getragener Ring hinterlässt.«

»Also hat der Fall in Zell nichts mit den Pforzheimer Einbrüchen zu tun, abgesehen von der womöglich zufälligen Parallele, dass die Opfer vor dem Einbruch mit demselben Gas betäubt wurden?«

»Ich weiß nicht recht«, murmelte Jana Bednarz. »An dieses Gas kommt man nicht so einfach ran. Eigentlich ist das noch gar nicht im Handel, sagt mein Pforzheimer Kollege.«

Froelich stutzte, aber die Kommissarin gab ihm die Hand und verabschiedete sich.

»Das erzähle ich Ihnen vielleicht morgen, mal sehen. Jetzt muss ich dringend ins Bett, und vorher wollte ich noch kurz im Büro vorbei, nachsehen, ob sich etwas Neues getan hat.«

Sie trottete mit hängenden Schultern davon, und Froelich blieb nichts anderes übrig, als mit Sanfftleben den kurzen Weg in die Beutauvorstadt einzuschlagen.

* * *

Die beiden Bestatter waren gemeinsam noch bis zu Sanfftlebens Häuschen gegangen, und die letzten Schritte bis zum Institut hatte Froelich schon fast hinter sich gebracht, als Sanfftleben, der zuletzt doch sehr schläfrig gewirkt hatte, endlich den letzten Riegel seiner Haustür vorlegte.

Die Mittlere Beutau, eine enge Gasse, die hinter dem Bestattungsinstitut vorbeiführte, lag verlassen in der Nacht. Nur Froelichs Schritte waren zu hören, und weiter vorn drangen das Peitschen von Schüssen und dramatische Musik aus einem Fenster, das in schnellem Wechsel heller und dunkler beleuchtet wurde – offenbar kam gerade wieder einer dieser unvermeidlichen Krimis im Fernsehen. In Froelichs Wohnung war nur noch der schwache Schein einer Nachttischlampe zu sehen. Inge las wohl noch.

Ein Lächeln huschte über Froelichs Gesicht, aber schon als er leise die Tür hinter sich schloss, kreisten seine Gedanken schon wieder um die beiden Toten hier im Gebäude. Also ging er erst gar nicht hinauf in die Wohnung, sondern nahm eine Jacke und einen Schal vom Haken und betrat den Kühlraum.

Die Neonröhren sprangen automatisch an, flackerten noch ein-, zweimal und tauchten den kahlen Raum dann gleichmäßig in ihr kaltes Licht.

Die Strohpuppe, mit der sich Sanfftleben vor zwei Wochen einen Scherz mit ihm erlaubt hatte, lag noch immer in dem Sarg neben der Tür. Der Deckel war schräg aufgelegt, eine Strohhand ragte aus dem Behältnis hervor, und im Halbdunkel konnte er im Inneren auch den Rest der mit roter Farbe und Rasierschaum bizarr präparierten Figur erkennen.

Froelich drückte die Strohhand nach innen und schob den Deckel gerade, das schwere Holz rutschte mit einem satten Rums in die richtigen Position. Er wunderte sich immer wieder, wie wenig Taktgefühl der alte Sanfftleben an den Tag legte, wenn sich im Kühlraum echte Leichen befanden. Zwar hatte sich auch Froelich in den vergangenen Jahren immer wieder einen Spaß daraus gemacht, Putzfrauen oder andere Mitarbeiter, einmal sogar Inge, zu erschrecken – aber wenn Kundschaft gekühlt wurde, verbot er sich solche Scherze. Tagsüber ohnehin, weil es ja durchaus auch einmal sein konnte, dass Hinterbliebene überraschend zu einem Gespräch vorbeikamen – und abends und nachts dann eben auch, schon aus Gewohnheit.

Er ging zu den beiden Transportsärgen, die er in der Mitte des Raumes nebeneinander aufgestellt hatte. Der eine war eine graue Wanne aus Kunststoff, die im Institut schon eingesetzt wurde, lange bevor Froelich den Betrieb von Richard Sanfftleben übernommen hatte. Der andere, neuere sah mit seiner holzähnlichen Optik viel wertiger aus und war bisher auch noch ohne Schrammen.

Callista Sigle befand sich im neuen Transportsarg, ihr Mann Randolf im älteren. Die beiden sahen friedlich aus, wie sie da mit entspannten Gesichtszügen und geschlossenen Augen vor ihm lagen. Und einen Moment lang bedauerte Froelich, dass zwischen ihnen die Außenwände der Särge waren und dass er deshalb die linke Hand des Mannes nicht in die rechte der Frau legen konnte.

Silberhochzeit hatten diese beiden im vergangenen Jahr gefeiert, und ihre Patenkinder hatten zu diesem Anlass für zwei Ringe zusammengelegt. Zwei Ringe, die jetzt verschwunden waren, gestohlen, von einem Hehler weit unter Marktpreis verscherbelt und vermutlich längst eingeschmolzen.

Zwei Menschen mussten sterben, damit drei oder vier andere sich die Taschen mit deren Geld und Wertsachen vollstopfen konnten. Froelich ballte die Fäuste, Wut funkelte in seinen Augen. So stand er zwei, drei Minuten lang, dann riss er sich los vom Anblick der beiden Toten und wandte sich der Ecke zu, die gegenüber der Eingangstür lag.

Dort stand sein Keyboard, daneben ein kleines Schränkchen, das Stifte, Notizblöcke und Notenblätter enthielt, obenauf einige Skizzen zu einem neuen Song, an dem Froelich seit ein paar Tagen schrieb. Jahrelang hatte er nur seine alten Stücke gespielt, hatte über Jazz- und Bluesklassiker improvisiert und früher, als er noch das Stammhaus von Fürchtegott Froelich & Söhne in Weil der Stadt führte, an der Kirchenorgel von St. Peter und Paul die Gottesdienste begleitet. Erst in den vergangenen Monaten hatte er wieder versucht, selbst Lieder zu schreiben. Das hatte erst gar nicht, dann nur schleppend geklappt, doch inzwischen ging ihm das Komponieren wieder etwas leichter von der Hand. Und insgeheim hatte er zuletzt ab und zu darüber nachgedacht, wieder eine Band zu gründen.

Inge spielte sehr passabel Bassgitarre, auch wenn sie es eher mit rockigen Stücken hielt und er mehr auf Soul und Blues stand. Über Alexander Maigerle, einen befreundeten Gitarristen und Sänger aus dem Remstal, der dort als Kripokommissar arbeitete, konnte er vielleicht Kontakt zu weiteren potenziellen Bandmitgliedern bekommen – und auch in Esslingen kannte er schon den einen oder anderen, der als Musiker, Roadie oder Clubbetreiber nützliche Tipps geben konnte.

Froelich schaltete das Keyboard und den kleinen Verstärker an. Er strich eine Zeile des neuen Songtexts durch, kritzelte zwei andere darunter, schlug ein paar Akkorde an und fingerte eine kleine Melodie aus den Tasten. Der klare Klavierklang, den er gewählt hatte, hallte von den kahlen Mauern wider. Ein Kühlraum war ideal für so etwas, und Froelich bedauerte es nicht zum ersten Mal, dass er wohl keine Mitmusiker finden würde, die mit ihm in dieser Umgebung für Liveauftritte würden proben wollen.

Selbst Inge hatte es abgelehnt, hier unten mit ihm zusammen zu spielen – wobei er ihr Argument noch am ehesten akzeptierte: Sie gruselte sich nicht vor Leichen, aber die kalte Luft, so befürchtete sie, könnte ihrer Bassgitarre Schaden zufügen. Froelich gab ihr recht: Es wäre dann doch sehr schade um das schöne Teil, eine sehr gepflegte, weinrot lackierte Rickenbacker 4001 aus den frühen Achtzigern.

Seine dicken Finger glitten mit viel Geschick über die Tasten, und immer mehr füllte sich der Raum mit den Klängen einer langsamen, bluesigen Nummer. Der Verstärker war leise genug eingestellt, damit die Musik draußen in der Gasse oder in den Häusern der Nachbarschaft niemanden störte, doch im Gebäude selbst war das meiste zu hören, wenn auch leise. Zwei Etagen höher wurde daraufhin die Nachttischlampe gelöscht, Inge drehte sich enttäuscht zur Seite und versuchte einzuschlafen.

Froelichs Gesicht entspannte sich, er schloss die Augen und horchte der Melodie lächelnd nach. Dann stand er auf, holte aus einem Hängeschrank ein Glas und eine Flasche, die ihm Felice im vergangenen Oktober zum zweiundvierzigsten Geburtstag geschenkt hatte. Felice war der Inhaber des Ristorante La Rocciosa in der Esslinger Webergasse, doch in der Flasche war kein Grappa oder etwas anderes Italienisches: Felice hatte ihm einen wunderbar weichen Whisky geschenkt, von dem Froelich bisher nur ein-, zweimal genippt hatte. Davon goss er sich nun zwei Finger breit ins Glas und schwenkte die Flüssigkeit vor seinen Augen. Sogar im grellen Neonlicht schimmerte der gute Tropfen verheißungsvoll. Er nahm einen Schluck, stellte das Glas beiseite und spielte ein paar Töne. Dann machte er sich Notizen, änderte eine weitere Textstelle, notierte einige Akkorde und probierte die Harmonien aus.

Es begann etwas holprig, doch mit der Zeit wurde der Rhythmus zwingender und Froelich passte die Akkorde ein wenig an, bis für ihn alles passte. Er trank noch etwas Whisky, schenkte nach und summte die Melodie. Einen weiteren Schluck später brummte er den Text der ersten Strophe, dehnte die Silben, legte ein raues Knurren in seine Stimme und improvisierte teils mit den geschriebenen Zeilen, teils mit völlig sinnfreien Wortfetzen. Mehr als eine halbe Stunde verging so, dann trank Froelich das Glas leer, notierte die letzte Textpassage und stellte die Flasche zurück in den Wandschrank.

Mühsam erhob er sich von seinem Klavierhocker, streckte die etwas steif gewordenen Glieder und ging mit unsicherem Schritt zu den Transportsärgen in der Mitte des Kühlraums. Die Kälte wurde ihm jetzt wieder richtig bewusst, aber einen Moment lang wollte er noch hier bleiben, wollte die Sigles betrachten und ein wenig über die seltsamen Umstände ihres Todes nachdenken.

Nach fünf Minuten wurde es ihm dann doch zu kalt, und ein leichtes Kratzen im Hals deutete obendrein darauf hin, dass er wieder einmal zu lange im Kühlraum geblieben war. Leise schloss er die Tür hinter sich, hängte Jacke und Schal zurück an den Haken und ging in die Wohnung hinauf. Mit jeder Treppenstufe zeigte der Whisky ein wenig mehr Wirkung in den Beinen, und als er endlich im Badezimmer stand, wurden sie ihm gleich noch weicher. Über seinem Handtuch hing ein schwarzer Spitzen-BH, und am Spiegel klebte eine Haftnotiz: »Bis gleich, Schatz!«

Er putzte sich die Zähne, zog sich noch im Bad aus und schlich dann auf Zehenspitzen ins Schlafzimmer. Inge lag auf die Seite gerollt, die Decke bis unters Kinn hochgezogen, und schnarchte leise.

Mittwoch, 5. Juni

Den Duft von frischem Kaffee, der von der Küche her ins Schlafzimmer zog, baute Froelich anfangs einfach in seinen Traum ein. Das Klappern von Besteck und Geschirr weckte ihn dann doch, und mit pochendem Schädel, kratzendem Hals und unsicheren Beinen tappte er in die Küche hinüber. Inge hatte den Tisch gedeckt, hielt ein Marmeladebrötchen in der Hand und biss, als sie Froelich auf die Eckbank zusteuern sah, so heftig davon ab, dass er nicht ganz sicher war, ob der Biss wirklich dem Brötchen galt.

»Morgen, Schatz«, brummte er und ließ sich auf die Bank sinken.

Er nahm ebenfalls ein Brötchen, zog das Marmeladeglas zu sich her und konzentrierte sich scheinbar ganz auf diese Handgriffe – aus den Augenwinkeln versuchte er dennoch, Inges Laune abzuschätzen.

»Na?«, fragte er dann. »Gut geschlafen?«

Inge zuckte mit den Schultern und kaute verdrießlich vor sich hin. Froelich fiel der Spitzen-BH über seinem Handtuchhalter ein und Inge, wie sie gestern Abend schon geschlafen hatte, als er ins Bett kroch.

»Bei mir ist es etwas später geworden, tut mir leid«, schob er zerknirscht nach.

»Hab ich gemerkt. Dein Pech.«

»So sauer?«

»Ach, lass mal. Was hast du denn noch so lang gemacht? Mir war es, als hätte ich dein Klavier gehört.«

Am liebsten hätte Froelich gegrinst. Natürlich hatte sie das Klavier gehört, und natürlich wusste sie, dass er noch ein wenig im Kühlraum gespielt hatte. Aber vielleicht war ihre andeutende Art ja so etwas wie ein ernsthaftes Friedensangebot.

»Ja«, antwortete er deshalb mit ernster Miene, »ich hab noch ein bisschen an meinem neuen Song rumgebastelt. Ist ganz gut geworden, glaube ich. Magst du ihn dir anhören? Ich spiel ihn dir gerne mal vor.«

»Ach, nein, mir ist es dort drunten zu kalt. Und du hattest ja schon zwei Zuhörer.«

Sie lächelte matt.

»Ja, stimmt«, grinste er, ganz erleichtert, dass so schnell wieder alles gut war. »Die Sigles haben wir gestern wieder aus dem Bosch hergebracht. Tragische Geschichte, das mit den beiden, und ziemlich rätselhaft.«

Inges Lächeln gefror.

»Frau Bednarz hat mir gestern Abend noch erzählt, was die Polizei bisher über den Doppelmord weiß.«

Inge sah nun finster vor sich auf den Teller, und jetzt begriff endlich auch Froelich, dass er einen Fehler gemacht hatte.

»Du bist also unten bei deinen Toten gewesen«, zischte Inge, »und hast mich oben im Bett vergeblich auf dich warten lassen? Ich dachte eigentlich, dass du andere Prioritäten hättest!«

Unvermittelt streckte sie ihre linke Hand aus und hielt ihm ihr Handgelenk unter die Nase.

»Hier, riech mal.«

Ein feiner Duft stieg ihm in die Nase, er konnte kein Aroma konkret zuordnen, aber die Mischung des Parfums war genau nach seinem Geschmack: betörend, sehr elegant und kein bisschen schwülstig.

»Mmmh ...«, machte er und lächelte selig.

Im nächsten Moment klatschte Inges Linke in sein Gesicht, und Froelich sah mit offenem Mund und brennender Wange zu, wie sie abrupt aufstand, ihren Teller und ihre Tasse zur Spüle trug und sich dann bebend vor Wut zwischen Esstisch und Küchenzeile aufbaute.

»Ich mach mich fein für dich, leg mich nackt ins Bett und warte den ganzen Abend, ich häng dir sogar noch meinen besten BH als Gedächtnisstütze übers Handtuch – und du Trampel hockst dort drunten in deinem Scheißkühlraum, probierst irgendwelche Harmonien aus und starrst deine Leichen an!«

Froelich stand auf und trat zwischen sie und die Küchentür, um ihr den Fluchtweg abzuschneiden, den sie nach solchen Szenen gerne wählte.

»Geh weg da!«, schnauzte sie ihn an. »Ich hab zu tun, ich will vorbei!«

Darauf musste er nicht reagieren. Endlich hatte seine Leibesfülle mal einen Vorteil: Die energische, aber klein gewachsene Inge würde ihn nicht einfach wegschieben können, und wenn er nur noch zwei Schritte zurücktrat, war die Tür für sie auch dann versperrt, wenn sie um ihn herumhuschen wollte.

»Jetzt hör doch mal zu, Inge«, begann Froelich in flehendem Tonfall und hob beschwichtigend beide Hände.

»Pah, zuhören! Geh doch runter zu deinen Leichen, die hören dir zu, wollen nichts von dir und lassen dich rumklimpern, bis dir die Finger abfrieren!«

Sie war laut geworden, und Froelich atmete innerlich schon wieder etwas auf. Wenn Inge laut wurde, fühlte sie sich in die Ecke gedrängt. Und dann hatte er meistens eine Chance, sie wieder versöhnlicher zu stimmen.

»Es tut mir doch leid, Inge, ich war einfach ... mir ging dieser halb fertige Song nicht aus dem Kopf und ich ...«

Händeringend suchte er nach Argumenten, die sie beruhigen würden. Und wie hieß gleich noch der neue Thailänder, zu dem sie ihn so gerne ausführen wollte? Er mochte thailändisches Essen nicht besonders, und wenn er sich vorstellte, wie er sich hinter einen dieser wackeligen Zweiertische quetschte, um sich gleich bei der Vorspeise am Zitronengras in der Suppe zu verschlucken ...

Aber das war jetzt unwichtig – er musste bei Inge punkten. Er musste wieder Frieden ins Haus bringen, damit er sich in Ruhe um die anstehenden Ermittlungen im Fall Sigle kümmern konnte. Denn dass er da wieder einmal seinem Hobby als Laienermittler frönen würde, stand spätestens seit dem gestrigen Gespräch mit Jana Bednarz fest. Und wenn es gut lief, konnte er nicht nur ermitteln – sondern auch noch den verpassten Abend mit Inge nachholen. Denn ihr Parfum roch wirklich allzu verführerisch.

Also: Wie hieß noch mal dieser neue Thailänder?

Inge musterte ihn und schien sich zu fragen, warum Froelich nicht weiterredete. Immerhin wartete sie darauf, was er sagen würde. Das war ein gutes Zeichen.

»Schau mal, Inge«, begann Froelich erneut, da klingelte das Telefon. Die Hinterbliebenen der Sigles wollten noch anrufen, um ein Treffen für heute oder morgen zu verabreden – das mussten sie sein.

»Moment, bitte, Inge, bitte geh jetzt nicht weg, ja?«

Sie zog zwar ein Gesicht, blieb aber stehen, wo sie war. Froelich ging in den Flur und nahm das Gespräch an.

»Ja? Ah, Frau Bednarz. Ja, sehr schön. Nachher gleich? Gerne, das wäre prima. Ich wollte Sie ohnehin …«

Froelich spürte Inge mehr, als dass er sie gesehen hätte. Sie rauschte mit hochrotem Kopf an ihm vorbei, rempelte ihn dabei leicht an und ließ ihn im Luftzug, den sie aufwirbelte, stehen.

»Inge?«, rief er ihr nach, und als sie nicht stehenblieb, entschuldigte er sich hastig bei der Kommissarin, versprach, sie gleich zurückzurufen, und legte auf. Dann flitzte er den Flur entlang, schaute ins Schlafzimmer, das aber leer war, und tippte dann aufs Bad. Die Tür war verschlossen. Er beugte sich vor, legte sein Ohr an die Tür, aber es war nichts zu hören.

»Inge«, sprach er dann drängend gegen das Holz der Tür, »bitte komm doch raus und lass uns reden!«

Die Antwort kam prompt und aus nächster Nähe. Inge lehnte offenbar innen an der Tür.

»Du musst dich entscheiden, Gottfried: Entweder dein Detektivhobby oder ich – ich lass dir Zeit bis morgen, dann will ich wissen, woran ich bin. Und jetzt weg mit dir von der Tür! Ich mach mich frisch und geh aus – und zwar allein! Du kannst deine Kommissarin anrufen oder gleich bei ihr vorbeigehen und ihr erklären, dass die Kripo ihre Mörder künftig ohne dich suchen muss. Ich will nämlich endlich einmal ein Privatleben mit dir, ich will *leben*, will was *erleben* – und der Tod, mit dem du beruflich für meinen Geschmack schon mehr als genug zu tun hast, bleibt drunten in deinem Kühlraum oder in deinem Leichenwagen, verstanden?«

Froelich schluckte. Das klang ernst. Der letzte Funken Hoffnung war, dass Inge in ihrem wütenden Monolog wie selbstverständlich davon ausging, dass er sich für sie entscheiden würde – was immerhin bedeutete, dass sie sich darauf einließ, falls er ihre Bedingung erfüllte. Was er natürlich tun würde. Wobei … das Ermitteln hatte ihm schon mächtig Spaß gemacht in den vergangenen Jahren.

Ohne ein weiteres Wort trat er langsam von der Badtür zurück, schlüpfte dann in Jacke und Schuhe, schrieb Inge noch eine Notiz: »Bin bei der Kripo, um mit Frau Bednarz zu reden. Ich liebe dich, dein Gottfried!« Dann ging er schweren Herzens die Treppe hinunter und trat durch die Hintertür auf die Mittlere Beutau hinaus.

Sanfftleben stand so dicht vor dem Ausgang, dass er beinahe mit ihm zusammengestoßen wäre. Einen Moment lang blinzelte Froelich irritiert und fragte sich, ob der Alte wohl gelauscht hatte und wie viel von seinem Streit wohl hier draußen zu hören war.

»Machen Sie sich keine Sorgen, Froelich, sie beruhigt sich schon wieder«, sagte Sanfftleben und legte ein dünnes Lächeln auf.

Für so hellhörig hatte Froelich das Haus nun doch nicht gehalten.

»Kommen Sie mit, Froelich, wir gehen ins Café – oder haben Sie schon gefrühstückt?«

»Ja, ich hab schon. Außerdem muss ich zu Frau Bednarz, die hat mich angerufen. Wobei ich nicht recht weiß, was ich ihr sagen soll.«

»Erzählen Sie's mir unterwegs. Ich will runter ins Emil, da haben wir ja noch ein Stück Weg gemeinsam.«

Sanfftleben schlackerte in seinem typischen Gang los, und Froelich bedauerte es schon, ihm für das Frühstück abgesagt zu haben. Das Café Emil hinter dem Alten Rathaus kannte er, und gerade morgens, wenn geöffnet wurde, war es besonders angenehm, sich dort einen Cappuccino und ein süßes Stückle zu gönnen und durch die großen Fenster auf die rührige Altstadt zu schauen.

Bis sich ihre Wege auf dem Marktplatz trennten, hatte Froelich seinem greisen Kollegen das Problem mit Inges Abneigung seinem Hobby gegenüber geschildert.

»Und jetzt wollen Sie Frau Bednarz mitteilen, dass sie künftig ohne Sie ermitteln muss?«

Froelich zuckte mit den Schultern.

»Ich hab da vielleicht eine Idee, Froelich, wie Sie weiterhin mitermitteln können, ohne Ihre Freundin zu vergraulen. Zumindest in diesem einen Fall sollte das klappen.«

»Und wie soll das funktionieren?«

»Das verrate ich Ihnen heute Abend. Gehen Sie mit mir ins La Rocciosa essen? So um halb sieben, würde das passen?«

»Ich weiß nicht recht …«

Wie würde Inge wohl reagieren, wenn er am Abend nach ihrem Streit mit Sanfftleben zum Italiener ging, statt sie irgendwohin einzuladen?

»Wenn ich bis heute Abend eine Lösung für Ihr Problem habe, laden Sie mich ein«, schob Sanfftleben nach, »und wenn es nicht klappt, zahle ich, okay?«

Das war nun allerdings ein deutliches Zeichen dafür, dass Sanfftleben absolut überzeugt davon war, Froelich helfen zu können – denn der Geiz des alten Bestatters war legendär.

Froelichs Handy klingelte. Regina Rudel war dran und fragte, wann sie mit Froelich die Details für die Beerdigung ihres Bruders Randolf Sigle und ihrer Schwägerin besprechen könne. Froelich überlegte kurz, dann kam ihm eine Idee.

»Würde es Ihnen heute Abend so gegen fünf passen? Ja? Ich könnte zu Ihnen kommen, die Heugasse ist ja zu Fuß nur ein paar Minuten entfernt. Und ich bringe alle nötigen Infos mit. Gut, dann also bis fünf Uhr, ja? Auf Wiederhören!«

Er drückte das Gespräch weg und nickte Sanfftleben zu. Der nickte grinsend zurück und klopfte Froelich auf die Schulter.

»Alles klar: halb sieben im Ristorante. Könnten Sie uns einen Tisch bestellen?«

»Mach ich.«

Felice, der Wirt des La Rocciosa, mochte Sanfftleben nicht besonders. Und Gästen, die ihm unsympathisch waren, wies er gerne den kleinen Tisch am Durchgang zur Toilette zu, der ziemlich ungemütlich war und mit etwas Pech obendrein gelegentlich von unangenehmen Gerüchen umweht wurde. Froelich dagegen hatte nach anfänglichen Schwierigkeiten bei Felice einen Stein im Brett und war fast schon abonniert auf den schönen Tisch im Eck, von dem aus das ganze Lokal gut einzusehen war und an den sich auch Felice gerne mal zu seinen Stammgästen setzte.

Als Froelich die Polizeidirektion an der Agnespromenade erreicht hatte, ließ er sich an der Pforte bei Kriminalhauptkommissarin Bednarz melden.

* * *

Sanfftleben ließ sich Croissant, Rührei und zwei große Tassen Milchkaffee schmecken und blätterte seelenruhig in der Tageszeitung. Allmählich füllten sich die anderen Tische im Café, nur ihn fragte niemand, ob neben ihm noch Stühle frei waren. Mit einem dünnen Lächeln musterte der Alte die anderen Gäste, er wusste um seine wenig einnehmende Ausstrahlung, und um ehrlich zu sein: Er hatte sie jahrzehntelang kultiviert, und seit jeher genoss er es sehr, wie er da unbehelligt allein saß, wie er geflissentlich übersehen und fast schon demonstrativ nicht beachtet wurde. In seinem schlecht sitzenden, zu groß geschnittenen dunklen Anzug, mit seinem faltigen Gesicht, den tief liegenden Augen und den knochigen Händen entsprach er eben auch sehr dem Klischee des Bestatters oder Totengräbers – in solcher Gesellschaft wollten die wenigsten ihren Vormittag beginnen.

Am Nebentisch hatte eine junge Frau alle Mühe damit, ihre drei kleinen Kinder im Zaum zu halten. Die zwei Buben mochten Erst- oder Zweitklässler sein, das jüngere Mädchen war vermutlich noch im Kindergarten. Die Jungs schubsten sich, stibitzten kleine Stückchen von Mutters Rührei, das Mädchen schmollte und stocherte lustlos in ihrem Müsli. Irgendwann ließ sie ihren Blick durch das Café schweifen, und als sie Sanfftleben sah, zuckte sie ein wenig zusammen und setzte sich etwas aufrechter hin. Der Alte legte ein leichtes Lächeln auf und zwinkerte ihr zu. Erleichtert von der Freundlichkeit des ein wenig bedrohlich wirkenden Greises lächelte das Mädchen zurück. Sanfftleben hob seine Kaffeetasse und prostete ihr spielerisch zu. Sie nickte, lächelte noch breiter und machte sich nun endlich mit ausreichend Appetit über ihr Müsli her.

Einer der Buben hatte das stumme Zwiegespräch der beiden bemerkt, stieß nun seinen Bruder an und tuschelte mit ihm, während er dem Alten immer wieder neugierige Blicke zuwarf. Als der eine nun feixte und der andere all seinen Mut zusammennahm und ihm kurz die Zunge rausstreckte, stellte Sanfftleben seine Tasse ab. Er fixierte die beiden mit eisigem Blick und legte dabei ein höhnisches Grinsen auf sein faltiges Gesicht. Aus den Augenwinkeln musterte er kurz die Mutter, die auf ihrem Smartphone tippte, und die Gäste an den anderen Tischen. Niemand außer den beiden Lausbuben schien ihn zu beachten.

Sanfftlebens Grinsen wechselte nun ein wenig ins Böse, er hob seinen Arm und ließ den Ärmel von Anzug und Hemd ein wenig nach hinten rutschen. So wurde der Blick frei auf sein schmales, knochiges Handgelenk, und mit seinen dürren Fingern bildete er eine Art Klaue, als würde er nach den beiden Jungs greifen wollen. Dabei verdrehte er die Augäpfel nach oben, öffnete den Mund und ließ blitzschnell seine gelben Zähne zwei-, dreimal aufeinanderklappern.

Dann lehnte er sich wieder zurück, lächelte zum Nebentisch hinüber, nahm seine Tasse wieder auf und blitzte die Jungs über den Rand der Tasse hinweg an.

Die Buben waren bleich geworden und saßen stocksteif da. Erst starrten sie Sanfftleben an wie das Kaninchen die Schlange, dann tauschten sie unsichere Blicke miteinander, und schließlich nahmen sie ihre Brötchen zur Hand und futterten drauflos, als könnte es ihnen gar nicht schnell genug gehen, bis sie hier endlich fertig waren und gehen konnten.

Die Mutter war fertig mit dem Smartphone und beobachtete überrascht, wie ihre Tochter das Müsli löffelte und wie die beiden Buben ganz darauf konzentriert waren, ihre Teller leerzuessen. Dabei fiel ihr auf, dass einer der Jungs ab und zu einen schnellen, ängstlichen Blick an den Nebentisch warf. Sie folgte dem Blick. Sanfftleben saß dort ganz entspannt, las Zeitung, trank Kaffee und nickte ihr freundlich zu.

»Wir sind fertig, Mama«, sagte der ältere der Buben, schob seinen Teller ein Stück von sich und machte Anstalten aufzustehen. »Können wir bitte gehen? Sarah, bist du auch schon so weit?«

Die Frau sah noch einmal verblüfft zwischen Sanfftleben und ihrem Ältesten hin und her, dann beschloss sie, dass sie das so plötzlich auftretende gute Benehmen ihrer Kinder durchaus genießen konnte, ohne die genauen Hintergründe zu kennen, und sie gab der Bedienung ein Zeichen, dass sie gerne bezahlen würde.

Sanfftleben sah der Mutter und ihren Kindern amüsiert hinterher, dann zückte er sein Handy und wählte eine Nummer in Pforzheim.

* * *

Jana Bednarz war noch in einer Sitzung, und ihre Kollegin Doris Krock hatte Froelich an der Pforte abgeholt. Nun saßen sie in der kleinen Besprechungsecke und warteten bei Kaffee und Keksen auf die Leiterin der Soko Zell.

»Wollen Sie noch?«

Kriminaloberkommissarin Krock deutete auf den leeren Keksteller, und Froelich nickte. Sanfftleben war schon fast am Alten Rathaus gewesen, als Froelich eingefallen war, dass er zwar mit Inge am Frühstückstisch gesessen, dabei aber so gut wie nichts gegessen hatte. Dem Kollegen nachzurennen, hatte er keine Lust, und nun bohrte der Hunger gewaltig in seinem Magen. Den ersten Stapel der trockenen Kekse hatte er im Handumdrehen vertilgt, ohne dass er davon auch nur annähernd satt geworden wäre.

Kurz darauf kam Doris Krock wieder in den Raum, den neu gefüllten Teller Kekse in der Hand und ihre Chefin im Schlepptau.

»Hallo, Herr Froelich.«

Jana Bednarz gab ihm die Hand und setzte sich an den Besprechungstisch, ihre Kollegin schenkte ihr Kaffee ein und schob ihr die Tasse hin. Dann verabschiedete sie sich und ging hinaus. Froelich griff nach einigen Keksen und stopfte sich die ersten beiden gleich in den Mund.

»Noch nicht gefrühstückt, heute?«, fragte Jana Bednarz und grinste ihn an. »Wir können gerne raus in ein Café, wenn Sie mögen.«

»Nein, nein, das geht schon«, log Froelich und versuchte, dabei so wenig zu bröseln wie möglich.

»Schade eigentlich, ich hätte gerade etwas Zeit gehabt. Aber egal: Ich wollte mit Ihnen noch einmal über unseren Fall reden.«

Froelich nickte, wusste aber nicht recht, was er nun sagen sollte. Sanfftleben hatte von einer Lösung für sein Problem mit Inge gesprochen, aber ob das auch wirklich funktionierte? Und Inge wiederum erwartete von ihm, dass er der Kripo möglichst schnell mitteilte, dass er künftig nicht mehr als Hobby-Ermittler mitmischen würde.

»Sie kümmern sich doch um die Bestattung der beiden Toten?«

Jana Bednarz schien an Froelichs Verhalten nichts Ungewöhnliches aufzufallen.

»Ja, ich bin für heute Nachmittag mit Randolf Sigles Schwester Regina Rudel verabredet, wir wollen die Details durchgehen.«

»Gut. Da hätte ich eine Bitte an Sie. Wir haben mit Frau Rudel natürlich schon gesprochen, auch mit ihrem Sohn Tom, einem der Patenkinder des Ehepaars Sigle. Aber beide wirkten mir und der Kollegin gegenüber doch etwas reserviert – eigentlich kein Wunder, wenn wir mit der Nachricht ankommen, die Sigles seien tot in ihrem Haus aufgefunden worden. Trotzdem: Wir wollten von Herrn Sigles Schwester etwas über das private Umfeld der Toten erfahren, besonders weit sind wir da nicht gekommen. Sie wissen ja: über Verstorbene will vor allem innerhalb der Familie niemand etwas Schlechtes sagen, aber so Friede-Freude-Eierkuchen, wie es Frau Rudel uns gegenüber geschildert hat, kann es bei den Sigles eigentlich nicht zugegangen sein. Das klang alles schon arg ungewöhnlich harmonisch. Und als ich Frau Rudel gestern mitgeteilt habe, dass die Kriminaltechnik im Haus der Sigles fertig ist und sie jetzt rein kann, war sie besonders kurz angebunden. Meine Bitte wäre deshalb: Könnten Sie vielleicht …? Ich meine: Sie haben doch auch für andere Bestattungen schon dem Pfarrer geholfen, damit seine Trauerrede etwas persönlicher werden konnte. Und wenn Sie auch mit Frau Rudel …?«

Froelich dachte kurz nach, dann grinste er.

»Und was bekomme ich dafür?«

Jana Bednarz schien ein wenig erleichtert.

»Infos über das eingesetzte Gas?«

Froelich zuckte mit den Schultern. Dass er die Schwester und Schwägerin der Toten während seiner Arbeit als Bestatter ein wenig aushorchte – dagegen konnte Inge nicht wirklich etwas haben, falls sie überhaupt davon erfuhr. Aber Details über das Gas, mit dem die Sigles getötet worden waren – damit konnte er nur etwas anfangen, wenn er wirklich wieder eigene Recherchen betreiben wollte. Und das würde sich erst heute Abend herausstellen.

»Ich weiß nicht recht«, meinte er deshalb etwas lahm.

»Ist was mit Ihnen?«

Der Kommissarin war nun doch aufgefallen, dass Froelich nicht so enthusiastisch wie nach dem Mord in der Maille wirkte.

»Nein, nein, es ist alles in Ordnung«, versicherte er ihr. »Aber ich bin kein Chemiker – was fange ich mit Details über dieses Gas an?«

»Nun gut … Ich hätte auch noch etwas anderes für Sie: Der Kollege, der in Pforzheim die Einbruchserie bearbeitet, in der wohl dasselbe Gas eingesetzt wurde, ist ein alter Freund von mir. Wenn Sie mir versprechen, dort ebenso diskret zu Werke zu gehen wie hier in Esslingen, könnte ich mir vorstellen, dass ich Ihnen den Kontakt zu diesem Kollegen vermittle.«

Das klang gut, in Froelich kribbelte es bereits – aber der morgendliche Streit mit Inge war ihm ebenso präsent.

»Ich würde ihn natürlich angemessen vor Ihnen warnen«, fügte Jana Bednarz noch hinzu und lächelte dabei.

»Gut«, sagte Froelich nach einigem Überlegen, »ich rede ja ohnehin mit Frau Rudel. Und sollte ich dabei ganz zufällig etwas erfahren, was Ihnen weiterhelfen könnte, gebe ich es Ihnen sofort weiter. Und das mit dem Gas und dem Kollegen können wir dann ja noch besprechen.«

Er erhob sich, und die Kommissarin sah ihn etwas nachdenklich an.

»Ist wirklich alles in Ordnung?«, fragte sie, als sie Froelich zur Tür begleitete.

»Ja, ja, alles gut.«

Die Antwort klang nicht sehr überzeugend, aber Jana Bednarz hakte nicht nach. Froelich würde ihr, wenn er es für richtig hielt, schon noch erzählen, was los war. Bis dahin konnte sie ebenso gut abwarten. Und ohnehin würde sie spätestens morgen von ihm hören. Denn dass der korpulente Bestatter seiner Kundin geschickt die Zunge lupfen würde, stand für sie schon jetzt fest. Froelich war darin sehr gut, und sie war schon gespannt, was er Neues in Erfahrung bringen würde.

* * *

In der kleinen Kneipe in der Nähe des Pforzheimer Hauptbahnhofs herrschte dicke Luft. Die beiden Männer am Ecktisch steckten die Köpfe zusammen und unterhielten sich leise, aber selbst vom Tresen aus war für Bernhard »Bernie« Rieker, den Wirt von Bernies Beiz, nicht schwer zu erkennen, dass sie kein angenehmes Thema besprachen. Er verstand kein Wort, und er war eigentlich auch ganz froh darüber. Die beiden hatten sich vor einigen Monaten mit noch drei anderen zum ersten Mal in seiner Kneipe getroffen, und damals war auch Atze dabei gewesen, ein übler Bursche, von dem Bernie nichts Gutes gehört hatte.

Der Wirt hatte sich damals noch gewundert. Atze, ein grobschlächtiger Typ mit festgetackertem fiesem Lächeln, mit großspurigem Getue und den groben Klunkern um Hals und Armgelenke passte so gar nicht zu seinen Gesprächspartnern, darunter die beiden, die heute wieder hier waren. Einer trug Jeans, ein kariertes Hemd und eine randlose Brille, der andere eine graue Stoffhose, einen hellblauen Kurzarmsweater und schwarze Lederschuhe, und sie sahen eher so aus, wie sich Bernie Programmierer, Lehrer oder Büroangestellte vorstellte.

Die anderen zwei, die an dem ersten Treffen teilgenommen hatten, waren seither nur noch sehr selten in die Beiz gekommen. Der eine hatte ein Kreuz wie ein Schrank und einen glattrasierten Schädel, trug meistens Lederstiefel und Lederhose in Schwarz und hatte stets einen Motorradhelm unterm Arm; der andere war immer mit dem Fahrrad gekommen und bildete optisch mit seinem schütteren Ziegenbärtchen, den gekräuselten schulterlangen Haaren und dem blassen Gesicht, der schmalen Figur, den weit geschnittenen Cordhosen und dem grauen Pullunder über dem weißen Hemd einen krassen Gegensatz zu dem Motorradfahrer – aber alle vier schienen sich gut zu kennen und begrüßten sich jedes Mal mit einer festen Umarmung. Und höflich und freundlich waren sie – bis auf den widerwärtigen Atze – auch alle gewesen.

Freundlich waren die beiden Männer auch heute, aber Sorgen schienen sie umzutreiben, und ab und zu schickten sie finstere Blicke hinaus durch die großen Fenster. Nach gut einer Stunde standen sie auf, winkten Bernie zu und deuteten auf die Scheine, die sie unter den Tischständer mit der Getränkekarte geklemmt hatten. Vor Bernies Beiz verabschiedeten sie sich voneinander und eilten in verschiedene Richtungen davon.

Dass Atze sie bald wieder hier treffen würde, war nicht zu erwarten. Er stammte, soweit Bernie wusste, nicht aus Pforzheim, hatte aber eine Zeitlang versucht, als Hehler einen Fuß in die Tür zur hiesigen Unterwelt zu bekommen. Das war gründlich schiefgegangen: Seit Monaten saß Atze in U-Haft, und es gab keinen Gast, den Bernie weniger vermisste als ihn.

* * *

Froelich hatte Glück. Als er um die Mittagszeit nach Hause kam, war Inge gerade einkaufen. Und als sie gegen halb zwei zurückkam, wusste er noch immer nicht recht, wie er ihr am besten beibringen konnte, dass er sie heute nicht zum Essen einladen würde – obwohl das naheliegend gewesen wäre, weil er sich bisher meistens auf diese Art entschuldigt hatte.

Doch Froelich konnte sich sein weiteres Grübeln sparen: Inge teilte ihm betont beiläufig mit, dass sie sich in Stuttgart mit ihrer Freundin Maren auf einen Eiskaffee treffen und danach noch so lange mit ihr um die Häuser ziehen wolle, dass es sich für Froelich vermutlich nicht lohnte, dass er auf sie wartete.

»Geh du ruhig schon schlafen«, sagte sie leichthin, »und morgen früh können wir ja reden. Du weißt schon, worüber.«

Damit war sie auch schon im Bad verschwunden, und keine halbe Stunde später hörte Froelich durch sein geöffnetes Bürofenster ihren Kleinwagen aus dem Hof fahren. Er werkelte noch ein Weilchen im Institut vor sich hin und bereitete alles vor für das Gespräch mit Regina Rudel. Kurz nach halb fünf stopfte er alle nötigen Unterlagen in eine große Umhängetasche und machte sich auf den Weg in die Innenstadt.

Regina Rudel bewohnte eine großzügige Wohnung in der Nähe der Stadtbücherei, und durch die Südfenster im zweiten Stock konnte sie über die Mauer hinwegsehen, die auf der gegenüberliegenden Seite der Heugasse einen geteerten Innenhof abschirmte. Sie begrüßte ihn freundlich und wirkte gefasst, aber ihre leicht geröteten Augen verrieten, dass sie auch eine Woche nach dem Tod von Bruder und Schwägerin ihre liebe Not damit hatte, mit den Ereignissen klarzukommen.

Sie bot Froelich einen Sessel neben einer von mehreren im Raum verteilten Lautsprecherboxen an. Links von ihm dominierte ein riesengroßer Flachbildfernseher die Wand, rechts von ihm war über dem Sofa ein Fenster mit Blick auf die Heugasse hinaus. Überall im Raum, auf allen verfügbaren Flächen in Regalen und auf der Kommode, standen Pfeifen und Aschenbecher, aber die Luft war frisch und kein bisschen verqualmt.

»Rauchen Sie?«, fragte Froelich und deutete auf einige der Pfeifen.

»Um Gottes willen: nein!«

Regina Rudel hatte reflexartig geantwortet, jetzt lachte sie.

»Diese Pfeifen sammelt mein Mann, und diese Aschenbecher, die überall bei uns herumstehen. Übrigens alle noch sauber: auch mein Mann raucht nicht. Und fragen Sie mich nicht, warum er den Kram sammelt – ich glaube, er weiß es selbst nicht.«

Sie wirkte nun gelöster als vorhin, und Froelich dankte ihrem Mann insgeheim für seine Marotte. In entspannter Atmosphäre waren so unangenehme Themen, wie sie nun anstanden, viel besser, viel leichter und letztlich auch viel effektiver zu besprechen. Sie kamen tatsächlich gut voran und hatten auch bald einen Termin für die Bestattung gefunden, die auf dem Ebershaldenfriedhof stattfinden sollte.

»Wissen Sie, Herr Froelich, außer mir wird sich vermutlich niemand regelmäßig um das Grab kümmern, also wäre es mir recht, wenn es sich bei mir in der Nähe befinden könnte. Und da mein Bruder und seine Frau noch nicht so wahnsinnig lange in Zell daheim waren und zuvor ebenfalls in der Esslinger Innenstadt gewohnt haben, würde ich gerne den hiesigen Pfarrer wegen der Trauerrede ansprechen.«

Sie sah ihn gespannt an.

»Das ist Ihnen doch recht, Herr Froelich? Ich meine, dass ich mich da sozusagen in Ihre Arbeit einmische?«

»Sie mischen sich nicht ein, Frau Rudel, machen Sie sich da mal keine Sorgen. Meine Aufgabe ist es, Ihnen und Ihrer Familie bei der Bestattung Ihres Bruders und Ihrer Schwägerin zu helfen. Was immer ich Ihnen abnehmen soll, erledige ich gerne – und was immer Sie selbst machen möchten, überlasse ich Ihnen. Und natürlich können Sie zu allem rund um die Bestattung auch Tipps von mir bekommen, vom Blumenschmuck über die Gestaltung der Danksagung bis hin zu der Frage, ob Sie im Anschluss an die Bestattung eine kleine Feier haben möchten oder nicht und wen Sie gegebenenfalls dazu einladen wollen. Stellen Sie sich einfach vor, ich wäre Ihr Sekretär in allen Fragen, die mit der Bestattung zu tun haben. Und vergessen Sie nicht: Sie und Ihre Familie haben das Sagen, ich will Ihnen nur helfen, wenn Ihnen eine Entscheidung nicht leicht fällt oder wenn Ihnen ein Thema zu schwer ist. Das ist keine leichte Zeit – und wo der eine Hinterbliebene heilfroh ist, dass er viel zu tun hat und sich damit ein wenig von seiner Trauer ablenken kann, fühlt sich der andere wie gelähmt und taumelt wie in Watte gepackt durch den Tag. In beiden Fällen möchte ich helfen, wo ich kann, und nicht stören, wo jemand allein sein will.«

Regina Rudel nickte dankbar. Ihre Augen glitzerten.

»Aber genug von meinen Idealen …« Er lächelte sie an. »Wollen Sie mir ein wenig von Ihrem Bruder und seiner Frau erzählen? Ich kenne Pfarrer Matthäus Winkler gut, der als Seelsorger für einen großen Teil der Innenstadt zuständig ist – und wenn Sie möchten, kann ich ihm alles weitergeben, was wir hier besprechen, damit er seine Trauerrede möglichst persönlich abfassen kann.«

Sie zuckte mit den Schultern.

»Kannte Pfarrer Winkler denn Ihren Bruder oder Ihre Schwägerin?«, hakte Froelich nach.

»Eher nicht. Die beiden hatten's nicht so mit dem Kirchgang. Ich übrigens auch nicht, deshalb nehme ich Ihr Angebot gern an, dass Sie das mit dem Pfarrer besprechen. Ich weiß ja nicht, wie Herr Winkler auf … äh … eher inaktive Mitglieder seiner Gemeinde reagiert.«

»Ach, da müssen Sie nichts befürchten. Wenn sie gebraucht werden, sind Seelsorger auch für seltene Gäste immer da – und Pfarrer Winkler sowieso. Der sieht so etwas eher als Chance, neue Besucher für seine Gottesdienste zu gewinnen. Er hat mir mal erzählt, dass ihm ein erstes Gespräch mit jemandem, der noch nie bei ihm in der Kirche war, wichtiger ist als das hundertste Geplauder mit einem Stammgast.«

Regina Rudel nickte.

»Scheint ein netter Kerl zu sein, dieser Pfarrer Winkler.«

»Ist er, auf jeden Fall.« Froelich ließ eine kurze Pause. »Was können Sie mir denn von Ihrem Bruder erzählen? Was wäre Ihnen wichtig, dass es in der Trauerrede erwähnt wird?«

Sie überlegte eine Weile, und er ließ ihr diese Zeit.

»Randolf war schon als Kind ein ganz Genauer«, begann sie schließlich. »Wenn wir mit Papa gegaigelt haben, hat er jedes Mal bei allen die Punkte nachgezählt. Mich hat das genervt, mein Vater hat es immer zugelassen, weil er hoffte, dass Randolf dadurch gut im Kopfrechnen wird. Das hat geklappt, und später war Mathe eines seiner Lieblingsfächer in der Schule. Mathe! Das muss man sich mal vorstellen!«

Es klang so, als hätte sie mit Algebra und Geometrie so ihre Schwierigkeiten gehabt.

»Für mich war er als großer Bruder immer der Beschützer. Wissen Sie: heute ist er …«

Sie schluckte.

»Er war ja nur drei Jahre älter als ich, das ist unter Erwachsenen nichts – aber damals als Kind …«

Ein wehmütiges Lächeln huschte über ihr Gesicht.

»Wenn Sie als neunjähriges Mädchen auf dem Schulhof gefoppt werden und Sie können mit einem zwölfjährigen Bruder drohen … Randolf hat mich manchmal auch beschützt, ohne dass er anwesend war – und ohne dass er es erfahren hat.«

Das Lächeln wurde etwas freudiger, dann erlosch es wieder.

»Auch später, als unsere Eltern schon tot waren, hat er mir beigestanden, wenn ich irgendwelche Probleme hatte. Wir standen uns all die Jahre sehr nahe, nur mit meinem Mann hat er sich nicht so gut verstanden. Albin ist ähnlich detailversessen wie Randolf, vielleicht waren sich die beiden einfach zu ähnlich, um sich zu mögen.«

»Oder Randolf war eifersüchtig, dass er für seine kleine Schwester plötzlich nur noch die zweite Geige spielte«, ging es Froelich durch den Kopf, aber er sagte nichts und nickte nur zustimmend.

»Albin und ich waren gerade frisch verheiratet, als Randolf Callista kennenlernte. Sie war damals ein ziemlich wildes Ding, und Albin jammerte mir jeden Abend vor, wie schlimm es mit den beiden enden müsse, wenn sich Randolf tatsächlich einlassen würde auf diese …«

Sie unterbrach sich.

»Na ja, er hatte keine gute Meinung von ihr. Aber ich habe mich natürlich gehütet, Randolf gegenüber auch nur das Geringste zu erwähnen. Und es ist ja dann auch gutgegangen: Sie haben geheiratet, und soweit ich das von außen beurteilen kann, waren sie all die Jahre seither glücklich miteinander. Also, ich meine: für ein Ehepaar.«

Die Präzisierung ließ Froelich kurz aufhorchen, aber Regina Rudels Miene erlaubte keine weiteren Rückschlüsse darauf, was sie konkret damit gemeint haben könnte – vermutlich hatte sie in der Ehe mit dem Pfeifen und Aschenbecher sammelnden Albin in dieser Hinsicht gewisse Einschränkungen erfahren müssen.

»Randolf war auch recht erfolgreich in seinem Beruf. Er arbeitete als Ingenieur in einem Esslinger Betrieb, der als Zulieferer für die Autoindustrie ganz gut im Geschäft ist. Er hat nicht sehr viel über die Arbeit gesprochen, wenn wir uns getroffen haben, aber aus dem Wenigen, das ich aufgeschnappt habe, schließe ich, dass er immer wieder mit wichtigen Projekten betraut worden war. Ich kann mir gut vorstellen, dass sein Chef sehr zufrieden mit ihm war: Auf Genauigkeit und Sorgfalt war er schon als Kind aus. Habe ich das schon erwähnt?«

Froelich nickte.

»Gut. Randolf hat Tennis gespielt, er und Callista waren Mitglied im Tennisclub Altbach-Zell – ich spiele nicht, aber ab und zu habe ich Randolf auf der Anlage besucht. Die liegt sehr schön, mitten im Grünen. Das Vereinsheim hat eine bei schönem Wetter bewirtschaftete Terrasse, und neben den Tennisplätzen ist eine Boule-Bahn angelegt, von der aus Sie einen herrlichen Blick runter auf Altbach haben. Mein Bruder und meine Schwägerin waren im Doppel, glaube ich, echt eine Wucht. Die haben da so eine vereinsinterne Rangliste, und Randolf und Callista rangierten seit Jahren ziemlich weit oben.«

Regina Rudel war offensichtlich sehr stolz auf ihren Bruder und auf alles, was er konnte. In ihrer Haltung zu Callista war sie dagegen etwas schwerer einzuschätzen.

»Was können Sie mir von Ihrer Schwägerin erzählen?«

»Weniger, natürlich.«

»Ihr Mann hatte Frau Sigle nicht gemocht. Und Sie?«

Sie sah ihn forschend an, entdeckte in seiner Miene aber offenbar nichts, was sie stutzig gemacht hätte.

»Wir waren keine Freundinnen, aber wenn Randolf sie als die Frau seines Lebens gesehen hat – wer bin ich dann, ihm das auszureden oder madig zu machen? Ich glaube, Callista hat ihm gut getan. Was will ich mehr?«

»Was war sie für ein Mensch?«

»Eine große Frage, Herr Froelich. Das kann man ja kaum für sich selbst beantworten. Aber ich will's mal versuchen: Sie war lebenslustig, immer eher optimistisch, manchmal etwas überschäumend, und sie hatte ein großes Herz. Ja, so kann man es vielleicht am besten beschreiben.«

»Und was meinen Sie damit?«

»Hm … ich nenne Ihnen mal ein Beispiel. Randolf mochte keine Tiere, Callista wollte gerne einen Hund, noch lieber eine Katze – aber Randolf zuliebe verzichtete sie. Vor fünf, vielleicht auch schon vor sieben Jahren lief an der Kreuzung in der Nähe von Randolfs Haus ein kleines Kätzchen vors Auto. Der Fahrer haute ab, oder vielleicht hat er von dem Zwischenfall auch gar nichts mitbekommen – jedenfalls lag die verwundete Katze auf dem Gehweg, und Callista hat sie wohl schreien hören. Sie hat das kleine Wurm vorsichtig aufgehoben, ist mit dem Kätzchen zum Tierarzt gefahren und hat das Tier nach der Operation zu sich genommen, hat im Wohnzimmer ein Körbchen hergerichtet und der Katze alle ein, zwei Stunden Milch und Wasser und Nassfutter gebracht. Randolf hielt Abstand zu dem ›Vieh‹, wie er es mir gegenüber genannt hat. Aber weil sich Callista so reingehängt hat, ließ er sie halt machen und hat sich nicht beschwert wegen der Katzenhaare und des vollgepinkelten Wohnzimmerfußbodens und so weiter. Er hat sogar Nassfutter gekauft und Callista die Milchtüten geöffnet – zwei Wochen lang, dann ist das Tierchen vollends eingegangen. Callista war am Boden zerstört. Ganze zwei Tage lang, dann wurden vom Elternbeirat des Kindergartens ehrenamtliche Helfer gesucht, welche die Erzieherinnen stundenweise in der Arbeit mit ADHS-Kindern unterstützen sollten – da hat sie sich sofort gemeldet.«

Froelich versuchte, sich auf die Geschichte einen Reim zu machen.

»Verstehen Sie, Herr Froelich? Sie wollte unbedingt Gutes tun! So war sie.«

Sie sah Froelich an, ob er sie auch wirklich verstand.

»Vielleicht weil ... Na ja: Callista hätte gerne Kinder gehabt, aber das hat nicht geklappt. Wahrscheinlich konnte sie keine bekommen. An Randolf kann's kaum gelegen haben: Ich als Randolfs Schwester habe ja einen Sohn, Tom.«

Froelich fand ihre Argumente nicht zwingend, aber er wollte ihr nicht widersprechen. Dass die Kinderlosigkeit des Ehepaars Sigle für Regina Rudel im Zweifel eher an der Schwägerin als am geliebten Bruder lag, überraschte ihn nicht.

»Und ich vermute mal«, fuhr sie fort, »dass Callista für diese Lücke im Leben einen Ausgleich suchte. Sie wollte sich kümmern: um verletzte Tiere, um verhaltensauffällige Kinder. Wenn ich jetzt so darüber nachdenke, würde ich auch sagen, dass sie aus genau diesem Grund heraus meinen Bruder immer etwas bemuttert hat.«

Sie sah kurz zur Decke, dann nickte sie.

»Ja, so ist es gewesen. Dabei muss ich echt bewundern, wie sie das alles hinbekommen hat: den Haushalt, ihre Hobbys, ihr Engagement – dabei war sie ja auch berufstätig.«

»Ja? Wo hat sie denn gearbeitet?«

»Sie war in Teilzeit bei Bludenz Bau beschäftigt.«

Froelich sah sie fragend an.

»Bludenz Bau ist eine Firma in Plochingen, die haben sich auf Passivhäuser spezialisiert und auf die Sanierung älterer Gebäude. Sie wissen schon: Energiesparen und so. Auch das Haus, in dem mein Bruder wohnte ... in dem er starb, wurde von Bludenz gebaut. Das ist wiederum kein Wunder: Sebastian Bludenz, der Firmenchef, ist ein alter Freund von Randolf. Die beiden gingen zusammen zur Schule, und sie sind ... sie waren seit damals so dick miteinander.«

Sie legte die beiden Zeigefinger dicht aneinander.

»Ich vermute, dass Callista den Bürojob letztlich vor allem der Freundschaft der beiden zu verdanken hatte. Sie war ja all die Jahre nur Hausfrau gewesen, so wie ich. Und ich kann Ihnen sagen: Wenn ich mich bewerbe, kommt das nicht gut an, dass ich jahrelang nur zu Hause war. Aber Albin würde sowieso nicht wollen, dass ich arbeiten gehe.«

»Sie bewerben sich und sagen Ihrem Mann nichts davon, weil er ohnehin dagegen wäre, dass Sie arbeiten?«

Die Frage war Froelich so rausgerutscht, und im selben Moment tat sie ihm auch schon wieder leid. Er sollte die Bestattung der Sigles vorbereiten, da tat der altmodische Ehemann von Randolf Sigles Schwester nichts zur Sache. Doch Regina Rudel nahm ihm seine Bemerkung nicht übel. Sie lächelte ihn nachsichtig an.

»Sie sind nicht verheiratet, Herr Froelich?«

»Nein, aber was …«

»Dachte ich mir.«

Regina Rudel sah Froelich an, als wäre allein schon die Tatsache, verheiratet zu sein, eine Leistung.

»Albin verdient nicht schlecht. Er ist Finanzbeamter in Stuttgart, und er sagt schon immer, dass ich es nicht nötig habe zu arbeiten. Wahrscheinlich würde es seinen Stolz verletzen, wenn ich ebenfalls Geld mit nach Hause bringen würde. Und ich seh's ja auch ein, ich will ihn da gar nicht vor den Kopf stoßen. Aber ab und zu …«

Sie stockte, dann schlich sich ein schelmisches Grinsen auf ihr Gesicht.

»Wenn ich mich bewerbe und wenn ich dann sogar manchmal einen Termin für ein Vorstellungsgespräch bekomme … das ist so erfrischend, wissen Sie? Das ist eine schöne Abwechslung, und wenn man dann gesagt bekommt, dass man in der engeren Auswahl ist und dass sich die Personalabteilung noch einmal melden wird … das schmeichelt einem, und das gibt einem eine schöne, positive Rückmeldung. Das ist so ein bisschen, als würde man seinen Marktwert testen.«

Sie lächelte so selig, dass Froelich sich jede Bemerkung verkniff und nur wissend nickte. Aus Höflichkeit sagte er nicht, dass die Antworten, die sie bekommen hatte, alles nichtssagende Floskeln waren, mit denen man überzählige

Bewerber ruhigstellen und vertrösten wollte. Und da sie ja nirgendwo arbeitete, hatte sie das natürlich auch schon mehrmals erfahren oder zumindest entsprechende Schlüsse ziehen können.

»Zuletzt musste ich zweimal eine Stelle ablehnen, für die ich das Rennen gemacht hatte.«

Froelich stutzte.

»Das war sehr unangenehm, wissen Sie?«, fuhr sie ungerührt fort. »Wie begründet man denn so was? Man bewirbt sich, und wenn dann die Zusage kommt, sagt man ab … Ich glaube, ich lasse das mit den Bewerbungen künftig bleiben – allmählich scheinen auch etwas ältere Arbeitnehmer wie ich gefragt zu sein.«

Sie kicherte kokett.

Ausgehend von ihrem mit fünfundfünfzig Jahren gestorbenen, drei Jahre älteren Bruder errechnete Froelich ihr Alter: zweiundfünfzig. Aber mit ihrem flotten Kurzhaarschnitt und der schlanken Figur konnte sie auch als Mitte vierzig durchgehen – nur die faltigen Hände deuteten auf das wirkliche Alter hin.

»Ihre Schwägerin arbeitete also bei dieser Baufirma«, versuchte Froelich sie auf das ursprüngliche Thema zurückzubringen.

»Ja, wie gesagt, vermutlich wurde sie vor allem wegen der Freundschaft von Sebastian Bludenz zu meinem Bruder Randolf eingestellt. Sebastians Sohn Silas ist wie unser Tom ein Patenkind von Randolf. Aber Callista wird ihre Arbeit natürlich schon auch gut gemacht haben, sie war ja einige Jahre dort beschäftigt. Und Bludenz hat auch das Haus gebaut, in dem Randolf … aber das hatte ich ja schon …«

Die Miene der Frau verdüsterte sich, sie wandte den Blick ab und sah für einen Moment stumm zum Fenster hinaus.

»Wann wurde das Haus denn gebaut?«, versuchte Froelich das Gespräch wieder in Gang zu bringen.

Regina Rudel reagierte nicht, ihre Augen wurden feucht.

»Frau Rudel?«

Sie sah Froelich kurz fragend an, dann wischte sie eine Träne aus dem Augenwinkel und räusperte sich.

»Was wollten Sie wissen, Herr Froelich? Ich war gerade …«

»Kein Problem. Wann wurde das Haus Ihres Bruders denn gebaut?«

»Das ist etwa vier Jahre her, vielleicht auch fünf. Mein Bruder hat immer darüber gewitzelt, dass im Keller noch einige Umzugskartons stehen. Na ja, mit dem Aufräumen hatte er es ohnehin nicht so sehr, Callista übrigens auch nicht. Aber technisch … das hat ihn sehr interessiert. Klar, als Ingenieur. Über ein Jahr hinweg ist er mit seinem Freund Sebastian immer wieder Abende lang zusammengesessen und hat mit ihm die modernsten Finessen für das Häusle ausgetüftelt. Und bei jedem Familientreffen hat er davon erzählt – wir konnten das alles schon gar nicht mehr hören. Ich verstehe nichts davon, aber in dem Haus in Zell wurde wohl nur das Beste vom Besten und das Neueste vom Neuen verbaut.«

Froelich wollte schon fragen, ob sie für ihn einen Kontakt zu Sebastian Bludenz herstellen könnte – da fiel ihm gerade noch ein, dass sein Interesse für technische Details des Sigle-Hauses nun wirklich nicht mit der Trauerrede des Pfarrers zu erklären war. Aber etwas anderes konnte er noch versuchen.

»Die Kripo hat gestern das Haus Ihres Bruders freigegeben, Sie wurden wohl informiert.«

Regina Rudel nickte und versteifte sich etwas.

»Sie werden reingehen, nehme ich an? Sie als nächste Angehörige Ihres Bruders werden sich vermutlich um die persönlichen Sachen im Haus kümmern. Ich …«

Er ließ eine kurze Pause, bis sie ihn fragend ansah.

»So etwas ist manchmal sehr belastend, und wenn Sie wollen, kann ich Sie gerne in das Haus begleiten. Aber wahrscheinlich wird Ihr Mann …«

»Albin? Nein, sicher nicht. Der mag von der ganzen Sache am liebsten gar nichts hören. Angeblich hat er im Moment besonders viel zu tun, und bevor ich mir wieder anhöre, dass er ja schon immer gesagt habe, dass Callista nicht gut für Randolf ist, mache ich lieber alles allein.«

Froelichs Meinung von Albin Rudel sank ins Bodenlose. Andererseits war er froh, dass ihm dieser unsympathische Typ durch sein Verhalten vielleicht die Chance bot, sich im Haus der Mordopfer umzusehen.

»Und mein Sohn Tom«, fuhr sie fort, »studiert Jura in Tübingen – der kommt zwar fast täglich vorbei, aber er haut auch so schnell wie möglich wieder ab. Ich glaube, der Tod seines Patenonkels geht ihm sehr an die Nieren, und er ist heilfroh, wenn er möglichst wenig mit den Vorbereitungen zur Bestattung und all den anderen Sachen zu tun hat, die jetzt geregelt werden müssen. Nein, Herr Froelich: Ich fürchte, das bleibt alles an mir hängen – deshalb vielen Dank für Ihr Angebot.«

Sie ließ ein schmerzliches Lächeln aufscheinen.

»Und damit meine ich: danke, ja. Ich würde mich freuen, wenn Sie mit mir in das Haus meines Bruders gehen könnten.«

* * *

Der Rest des Gesprächs in der Heugasse brachte keine Infos, die der Kriminalpolizei bei ihren Ermittlungen geholfen hätten. Und schließlich waren alle nötigen Details der Bestattung besprochen. Froelich verabschiedete sich kurz vor halb sieben, und auf dem Weg ins La Rocciosa zückte er sein Handy und brachte Jana Bednarz aufs Laufende.

»Geschickt gemacht«, lobte ihn die Kommissarin, als er erzählt hatte, dass er Sigles Schwester ins Haus der Toten in Zell begleiten würde.

»Wir wollen morgen Vormittag hin. Da werde ich natürlich nichts entdecken, was Sie und Ihre Kollegen von der Spurensicherung nicht schon wüssten – aber der persönliche Eindruck vom Tatort ist mir schon wichtig.«

»Kann ich mir vorstellen, das geht mir genauso. Sie sind schon ein richtiger Profi, Herr Froelich.«

Sie lachte.

Er schwieg, weil ihm wieder Inges Ultimatum einfiel und er noch nicht wusste, was ihm Sanfftleben gleich vorschlagen wollte.

»Herr Froelich?«, fragte die Kommissarin nach. »Sind Sie noch da?«

»Ja, aber ich muss jetzt Schluss machen.«

»Und was ist jetzt mit den Infos über das Gas oder dem Kontakt mit meinem Pforzheimer Kollegen? Ich hatte Ihnen das ja angeboten – und so, wie Sie mir das Gespräch mit Frau Rudel geschildert haben, scheint die Familie von Randolf Sigle ja nicht allzu glücklich mit seiner Frau Callista gewesen zu sein. Vielleicht ergibt das einen neuen Ansatz für uns, mal sehen. Sie haben sich also eine Gegenleistung von mir auf jeden Fall verdient.«

»Das … das sag ich Ihnen morgen, ja? Jetzt muss ich wirklich. Tschüss, Frau Bednarz!«

Er beendete das Gespräch, schaltete auch das Handy aus und hielt auf das La Rocciosa zu, dessen Werbeschild ein paar Meter vor ihm in die Webergasse hinausragte.

Sanfftleben stand auf der gegenüberliegenden Seite der Gasse, Felice wartete neben dem Eingang, rauchte eine Zigarette und sah immer wieder scheel zu dem alten Bestatter hinüber. Als er Froelich herankommen sah, ging er ihm entgegen.

»Wenn i gwisst hätt, dass der Alte au mitkommt, no hätt i dir ganz gwieß net mein beschda Tisch gäba! Musch du mir den alta Zausel mit seira Schwertgosch ens Haus schleppa?«

Der alte Bestatter kam nun langsam auf sie beide zugeschlackert.

»Was hast du eigentlich gegen meinen Kollegen?«

»Ach, der ärgert mi emmer, ziagt me uff, wo er bloß ka! Wahrscheins wär's ihm am liebschta, wenn i mei Rischtorante zumacha dät ond do dät wieder so a alte Schwobaboiz neikomma wie früher.«

»Ach, Felice, das bildest du dir nur ein! Ich glaub, der mag dein Ristorante sogar sehr gern. Schau mal: Herr Sanfftleben will heute mit mir etwas Wichtiges besprechen, und er hat selbst vorgeschlagen, dass wir das bei dir machen – ist das nicht ein Lob von ihm? Ich meine: man geht doch nicht absichtlich in ein schlechtes Ristorante, wenn man etwas bereden will, sondern in das beste, das man kennt.«

Felice rang mit sich. Das schmeichelte ihm natürlich, andererseits konnte er Sanfftleben nicht leiden, der sie inzwischen erreicht und Froelichs letzten Satz mitangehört hatte.

»So ist es, Signore Felice: Ihre bella La Rocciosa isse einfache die bäste Lokale inne ganze Esselinge ...«

Sanfftleben hatte mit seiner schnarrenden Stimme einen übertriebenen italienischen Akzent nachgeäfft und grinste nun über das ganze faltige Gesicht.

»Siesch, Gottfried, jetzat hot er's scho wieder gmacht! Der alte Dackel kommt mir net ens Haus! Mir net! Der soll sei Knochagrüscht füttra, wo er will – i koch net für den alta Bachel!«

Felice bebte vor Zorn, und Sanfftleben sah aus, als sei ihm ein ganz raffinierter Streich gelungen. Froelich sah ihn tadelnd an, dann nahm er Felice ein wenig zur Seite.

»Jetzt beruhig dich bitte wieder, Felice. Herr Sanfftleben meint das sicher nicht so.«

»Doch, der moint des so! Ganz genau so moint der des! Der muss mi doch net verarscha mit seim nochgmachta Gondoliere-Getue, bloß weil i, Felice, aus dr Toskana schtamm! Des isch ... des isch ... der Alte isch ausländerfeindlich, der isch ... Den sott mr azeiga!«

»Aber Felice ... ganz ehrlich: Klingst du nicht ganz ähnlich, wenn du mit Gästen sprichst, die dich nicht so gut kennen wie ich?«

Felice trat einen Schritt zurück und schaute Froelich empört an.

»Willsch du mi beleidiga?«

Froelich war erstaunt, wie überzeugend Felice diese Macke abstreiten konnte, obwohl sie doch beide wussten, dass es stimmte: Wo immer es der Wirt für passend hielt, legte er einen deutlichen italienischen Akzent in seine Stimme und säuselte vor allem für weibliche Gäste in einem gewöhnungsbedürftigen Gigolo-Radebrech, der erstaunlicherweise bei den meisten gut ankam. Er grinste, und schließlich musste auch Felice lächeln.

»Schau mal, Felice«, nutzte Froelich die Gunst des Augenblicks, »Herr Sanfftleben ist heute mein Gast. Drück also bitte mal ein Auge zu und lass es ihm so gut gehen wie mir immer bei dir. Vielleicht sieht er dann ein, dass er dich nicht ärgern, sondern nur noch loben sollte, ja?«

Felice rang mit sich und warf Sanfftleben einen kurzen Blick zu. Der Alte stand mucksmäuschenstill und inzwischen auch nicht mehr grinsend neben den beiden und wartete, wie sich die Lage entwickelte.

»Und Sie, Herr Sanfftleben«, fuhr Froelich fort, »lassen jetzt Ihre Foppereien und Neckereien sein, Sie ärgern meinen Freund Felice nicht mehr – und sobald er heute Abend Grund hat, sich über Sie zu beschweren, ist unser Treffen beendet.«

Sanfftleben zögerte kurz, dann nickte er.

»Gut«, sagte Froelich. »Und du, Felice?«

Felice nickte ebenfalls und trollte sich dann in sein Lokal. Froelich folgte ihm, den Kollegen direkt hinter sich. Er musste nicht fragen, wo für ihn reserviert war: Auf dem Ecktisch neben dem Klavier, seinem Lieblingsplatz im La Rocciosa, standen schon Wein- und Wassergläser bereit, dazu eine Karaffe mit saurem Sprudel und eine Flasche mit dunkel funkelndem Rotwein.

Die blutjunge Bedienung stand schon neben ihnen, noch bevor sie vollends Platz genommen hatten, und hielt ihnen lächelnd die Speisekarte hin. Froelich wusste, dass der seit zweieinhalb Jahren allein lebende Felice das Mädchen ursprünglich vor allem wegen seiner optischen Vorzüge eingestellt hatte: Dana hatte die Taille einer Sanduhr und das Gesicht eines Engels. Doch inzwischen war sie wirklich eine Perle des Lokals: schnell, immer freundlich und flexibel, wenn es um Sonderwünsche ging.

Nur ihre Italienischkenntnisse waren so dramatisch wie eh und je. Und so sagte sie mit zauberhaftem Lächeln die Empfehlungen des Tages auf: »Karpatzio di peske, Insalata Dawinki, Lasackne bolocknese, Knocki mit Gorgonzola, Skampi alla Gricklia und …« Sie atmete fast hörbar auf, als sie zum Tagesdessert kam: »… und Panna Kotta.«

Froelich sah Sanfftleben an, dann meinte er zu Dana nur kurz: »Ja.«

Es sprach für ihre Auffassungsgabe, dass sie einen Moment lang kurz stutzte, und dann mit einem breiten Grinsen zum Tresen huschte, wo sie Felice die Bestellung weitergab. Der hörte sich alles an, dann ging er lachend in die Küche.

»Haben Sie so viel Hunger heute?«, fragte Sanfftleben.

»Hab ich immer«, versetzte Froelich, »aber ich wollte halt auch den Einsatz für diesen Abend erhöhen. Sie sagten doch: wenn es nicht klappt mit Ihrer Idee, dann laden Sie mich ein.«

»Und wenn es klappt, zahlen Sie – hoffentlich haben Sie genug Geld dabei.«

Froelich schenkte dem Alten Wein und Wasser ein, und sie prosteten sich zu. Der Wein war Felices Lieblingstropfen, den er in der Regel nur offen ausschenkte. Auf dem Etikett stand die Traubensorte Primitivo verzeichnet, und die dunkelgrüne Flasche hatte einen Schraubverschluss – an einem langen Abend nach Lokalschluss hatte Felice Froelich einmal seine Sorge gebeichtet, das könnte ein Gast, der sich nicht mit dieser Rebsorte auskannte, falsch verstehen. Dabei schmeckte der zugleich kräftige und fruchtige Tropfen einfach herrlich, und er passte zu jedem Essen.

Dana kam mit einer riesigen Platte heran und lud sie mitten auf dem Tisch ab. Schnell ging sie einen Korb duftender Pizzabrötchen holen und stellte ihn dazu.

»Felice hat Ihre Bestellung ein wenig … interpretiert – ich hoffe, es ist Ihnen recht so.«

»Natürlich, Dana, vielen Dank, sieht sehr lecker aus.«

»Und schmeckt sicher auch ausgezeichnet. Warten Sie, der Chef hat mir extra noch aufgeschrieben, was alles drauf ist.«

Sie zog einen Zettel hervor und las ab.

»Oliven-Kräuter-Fokakia, Pilzkarpakio, Fakjoli alla Aklio …«

»Danke, Dana, das klingt alles sehr verführerisch, aber ich hab so einen Hunger …!«

»Ja, natürlich, entschuldigen Sie bitte. Felice meinte nur, ich soll Ihnen das unbedingt noch sagen.«

Das konnte sich Froelich gut vorstellen. Manchmal hatte er sogar den Verdacht, das Felice das eine oder andere Gericht nur deshalb auf die Tageskarte nahm, damit Dana mit ihrer putzigen Aussprache darüberstolperte. Und wirklich lugte Felice gerade aus der Küche zu ihnen herüber und schien sich köstlich zu amüsieren. Froelich fing seinen Blick auf und schüttelte kurz tadelnd den Kopf.

Als sie die Vorspeisen bis auf ein paar letzte Krümel verputzt hatten, machte sich Sanfftleben daran, Froelich seine Idee zu schildern. Eine gute Idee, wie Froelich zugeben musste. Und eine, die durchaus funktionieren konnte. Und wenn alles klappte, wie Sanfftleben dachte, war es Froelich auch diese Einladung wert.

»Frau Bednarz«, begann der alte Bestatter, »hat doch erzählt, dass es im Raum Pforzheim eine Einbruchserie gab, für die dasselbe Gas zum Einsatz kam, an dem die Sigles in Zell gestorben sind. Und das könnte durchaus ein vielversprechender Ansatz für Nachforschungen sein, meinen Sie nicht auch?«

»Die Kripo scheint sich da nicht so viel zu versprechen – und ich könnte mich zwar wahrscheinlich vor Ort unauffällig umhören, aber das wird nicht gehen: Inge hat mir ein Ultimatum gestellt, wie Sie wissen – da wird sie mir ganz sicher nicht erlauben, dass ich nicht nur weiterhin herumermittle, sondern dafür sogar noch nach Pforzheim fahre.«

»Doch, genau das wird sie tun.«

»Und wieso?«

Sanfftleben grinste, dabei entblößte er seine Schneidezähne, zwischen denen ein kleiner Rest der Focaccia-Kräuter klemmte.

»Ganz einfach: Von der Pforzheimer Spur weiß Ihre Inge doch noch gar nichts.«

»Ja, und? Ich werde ihr ja wohl erzählen müssen, warum ich dorthin fahre – und dann gibt's Ärger.«

Sanfftleben grinste noch breiter, und schließlich deutete Froelich, der die Essensreste nun wirklich nicht mehr sehen mochte, an seinen eigenen Schneidezähnen auf die entsprechende Stelle. Sanfftleben popelte die Kräuter umständlich heraus und schmierte sie weniger unauffällig in seine Serviette, als zu wünschen war.

»Ein Kollege von mir, ein alter Freund, hat in Pforzheim ein kleines Institut, das liegt zu Fuß nur ein paar Minuten von der Innenstadt entfernt. Er hat ein Gästezimmer, in dem ich selbst schon häufig übernachtet habe. Und er sucht gerade eine Aushilfe.«

»Was für ein Zufall.«

»Na ja, nicht ganz. Er weiß erst seit vorhin, dass er eine Aushilfe sucht. Er war mir noch was schuldig – ich hatte ihm vor ein paar Jahren mit Leichenhemden ausgeholfen, die nicht mehr lieferbar waren. Er mag es klassisch, ganz so wie ich, und das wird heute ja nicht mehr überall angeboten. Leider.«

Sanfftleben machte ein betrübtes Gesicht, das sich aber wieder aufhellte, als Dana eine große, übervolle Salatschüssel, zwei Teller sowie Salz, Pfeffer, Essig und Öl anschleppte.

»Mein Plan wäre also folgender«, brachte Sanfftleben wenig später zwischen zwei Bissen Salat halbwegs verständlich hervor: »Sie fahren als Aushilfe nach Pforzheim, bleiben dort ein paar Tage oder ein, zwei Wochen – je nachdem, wie es Ihre Nachforschungen erfordern. Ich kümmere mich solange um das Tagesgeschäft in Esslingen, und zwischendurch kommen Sie immer wieder mal hierher zurück und bleiben vor allem mit der Bestattung der Sigles betraut. Den laufenden Kram kann ich natürlich übernehmen, aber wenn Sie mal mit jemandem vor Ort reden wollen … Und so weit ist Pforzheim ja auch nicht weg. Das können Sie sogar mit der Ente in eineinhalb Stunden schaffen, wenn Sie nicht gerade zur Hauptverkehrszeit losfahren.«

Froelich gefiel die Idee inzwischen so gut, dass er sich schon ausmalte, wie er vielleicht vorher noch einen Abstecher zum Stammhaus nach Weil der Stadt machen und danach in seinem urigen Oldtimer die kurvige Strecke das Würmtal hinunterschaukeln konnte.

»Und wie schaffe ich es«, hakte er trotzdem nach, »dass Inge mich nicht verdächtigt, das Ganze nur eingefädelt zu haben, um ungestört recherchieren zu können?«

»Wie gesagt: Von der Verbindung des Mordfalls nach Pforzheim weiß Ihre Inge ja bisher noch nichts – außer, Sie hätten es ihr erzählt.«

Froelich schüttelte den Kopf.

»Und mein Kollege wird Sie anrufen und um Hilfe bitten. Das kommt also nicht von Ihnen oder von mir, sondern von ihm.«

Sanfftleben zog seine altmodische Klappuhr hervor und öffnete sie.

»Und zwar ruft er in ziemlich genau zwanzig Minuten bei Ihnen daheim an, wenn ich ihm nicht vorher absage. Und das soll ich doch nicht, oder?«

Kurz zögerte Froelich noch, dann schüttelte er erneut den Kopf.

»Sehen Sie: Und schon bin ich eingeladen!«

Der Alte strahlte über das ganze Gesicht und winkte der Bedienung, um noch Wein nachzubestellen.

»Ich hab das mit dem Kollegen extra so abgesprochen, damit der Anruf kommt, wenn Sie hier bei mir im La Rocciosa sind und nur Inge daheim ist. Er wird sich auf die alte Freundschaft mit mir beziehen, vielleicht sogar erstaunt sein, dass ich das Institut nicht mehr führe, und Ihrer Inge gegenüber einen ziemlich hilfsbedürftigen Eindruck machen. Der kann das sehr gut, glauben Sie mir. Wir hatten früher mal ein Bestatter-Theaterensemble, mit dem wir alle zwei Jahre ein neues Stück aufführten – Bühnenadaptionen von Fritz Langs Stummfilm ›Der müde Tod‹ oder auch mal den ›Brandner Kaspar‹. War immer ein Heidenspaß, meistens ziemlich derb inszeniert und fast immer ausverkauft – bis uns einer angeschwärzt hat und wir vom Verband böse Briefe bekommen haben, weil sich unser Theaterprojekt angeblich nicht mit der Würde unseres Berufes vertrage. Na ja … irgendeiner klemmt immer …«

Froelich schob seinen leeren Salatteller von sich weg und machte Dana ein Zeichen, dass er vor dem nächsten Gang eine Pause brauchte.

»Und ich sag Ihnen: Mein Sepp war der Beste von allen im Ensemble. Der hat die anderen regelmäßig unter den Tisch gespielt. Ein Naturtalent! Da müssen Sie sich wegen Ihrer Inge keine Sorgen machen: Sepp bringt das sehr glaubhaft rüber, darauf können Sie sich verlassen.«

* * *

Als Froelich an diesem Abend nach Hause kam, war Inge noch nicht da. Der Anrufbeantworter blinkte und zeigte einen Anruf in Abwesenheit an. Froelich hatte es nicht übers Herz gebracht, Sanfftleben davon zu erzählen, dass Inge gar nicht daheim war. Er hatte so von den theatralischen Talenten seines Kollegen geschwärmt …

An der Wirkung des Anrufs auf Pforzheim würde das ohnehin nichts ändern: Froelich würde einfach ins Bett gehen, ohne vorher noch einmal den Anrufbeantworter abzuhören – und die Nachricht würde Inge dadurch doch als Erste erreichen.

Er verkniff sich sogar, noch einmal im Kühlraum bei den Sigles vorbeizuschauen, nur um ja nicht zu riskieren, dass ihn Inge dabei erwischte und er noch im letzten Moment durch einen weiteren Streit das Gelingen von Sanfftlebens Plan gefährdete.

Froelich fand nur schwer in den Schlaf. Das tote Ehepaar ging ihm nicht aus dem Sinn, der bevorstehende Besuch mit Regina Rudel im Haus der Sigles und der Plan, Inge wegen der Recherchen in Pforzheim zu belügen – all das machte ihm zu schaffen. Irgendwann schreckte er hoch, sah Inge schnarchend neben sich liegen und stellte fest, dass er wohl doch eingeschlafen sein musste. Er wälzte sich von einer Seite auf die andere, und als durch das gekippte Fenster zwei Glockenschläge zu hören waren, dämmerte er gerade weg und hatte keine Lust nachzusehen, wieviel Uhr es nun genau war. Halb irgendwas, das musste reichen, jetzt, wo er endlich müde genug war.

Donnerstag, 6. Juni

Am nächsten Morgen weckte ihn das Radio, der aufgesetzt fröhliche Sprecher laberte drauflos, während im Hintergrund die ersten Takte eines zappeligen Popsongs begannen. Froelich wuchtete sich herum und drückte auf den Aus-Knopf. Dann setzte er sich auf die Bettkante, rieb sich die Augen, fuhr sich durchs Haar und tappte zu dem Sessel hinüber, auf dem er die Kleider ablegte, die noch nicht zwingend zur Wäsche mussten.

Inges Bett war leer und die Decke zurückgeschlagen. Auf dem Weg ins Bad hörte er von der Küche her geschäftiges Klappern, die Kaffeemaschine röchelte und die Brotschneidemaschine heulte auf. Ein paar Minuten später setzte sich Froelich an den gedeckten Tisch. Inge sah kurz von der Zeitung auf, sie wirkte ganz gut gelaunt, und Froelich gab ihr einen Kuss.

»Na, Schatz, gut geschlafen?«, fragte er.

Viel lieber hätte er gewusst, ob ihr Streit von gestern schon vergessen war, aber er wollte am liebsten gar nicht an dieses Thema rühren.

»Ja«, sagte Inge, »gut, aber kurz. Ich war mit Maren in Stuttgart unterwegs, das hab ich dir ja gestern schon gesagt. War mal wieder schön, der Weiberabend. Aber es ging halt recht lang.«

Sie lächelte und schmierte sich ein Butterbrot.

»Und du?«

»Ach, ich hatte gestern ein Gespräch mit Jana Bednarz.«

Inge sah ihn gespannt an.

»Und?«, sagte sie dann.

»Na ja ... Sie hat mir Infos angeboten zum Mordfall der Sigles, und ich habe ... ich habe sie nicht hören wollen.«

Das war nun nicht ganz gelogen, trotzdem fühlte sich Froelich elend, weil er Inge zumindest nicht die ganze Wahrheit erzählte.

Inge nickte, dann stutzte sie.

»Und wieso hat sie dir die Infos überhaupt angeboten? Ich meine: Hast du was gut bei ihr oder recherchierst du im Gegenzug etwas für sie?«

Froelich schluckte. Inge hatte den wunden Punkt genau getroffen. Es half nichts: Er war ein so schlechter Lügner, dass er hier lieber bei der Wahrheit blieb.

»Sie wollte, dass ich die Ohren offenhalte, wenn ich mich mit Frau Rudel über die Bestattung unterhalte. Die Schwester von Herrn Sigle war wohl gegenüber der Polizei nicht sehr auskunftsfreudig, was die privaten Verhältnisse ihres Bruders und ihrer Schwägerin angeht. Da sei alles ganz toll und harmonisch gewesen – ich sollte da möglichst unauffällig noch ein wenig nachfassen.«

»Und?«

Inge fasste in ganz ruhigem Tonfall nach, aber er konnte ihr ansehen, dass es in ihr brodelte und dass sie vielleicht auch ein bisschen Angst davor hatte, jetzt die falsche Antwort zu bekommen. Froelich legte eine Hand auf ihren Unterarm und lächelte sie an.

»Das Gespräch hat gestern stattgefunden, ich bin gegen fünf zu Frau Rudel und wir haben alle Details für die Bestattung besprochen. Schließlich betreue ich das Begräbnis, da gehört das zu meinen Aufgaben.«

Er lächelte sie weiterhin an, sie zuckte mit den Schultern.

»Tatsächlich hat sie das eine oder andere durchblicken lassen. Vor allem Frau Rudels Mann hat sehr wenig von Callista Sigle gehalten, aber inwieweit das von Bedeutung ist, müssen Frau Bednarz und ihre Soko herausfinden. Die Infos habe ich gleich gestern nach meinem Besuch bei Frau Rudel an Frau Bednarz durchgegeben, danach bin ich zum Essen zu Felice gegangen. Ich bin schließlich nicht bei der Polizei. Ich bin Bestatter. Und dein Freund, Inge.«

Sie sah ihn forschend an, dann schien sie zufrieden und widmete sich wieder ihrem Butterbrot.

»Ist das Thema damit erledigt?«, fragte er etwas später.

»Wenn du dich an das hältst, was du gerade gesagt hast: ja.«

Froelich atmete auf, eine Mischung aus Erleichterung und schlechtem Gewissen durchflutete ihn, da fiel ihm das nächste Problem ein: Wie konnte er das Gespräch auf den Anruf des Pforzheimer Bestatters lenken, von dem er ja offiziell gar nichts wusste?

Das Frühstück verlief ruhig, und er erzählte ihr von Felice und seiner Bedienung und davon, dass er im La Rocciosa mit Sanfftleben zusammengesessen war.

»Echt? Ich dachte, Felice und Sanfftleben mögen sich nicht?«

»Ach, der alte Sanfftleben zieht Felice immer mit seiner Marotte auf, dass er Gäste in seinem aufgesetzten italienischen Akzent anspricht, um mehr südländisches Flair reinzubringen, wie er glaubt – du hast das ja auch schon selbst erlebt.«

»Allerdings!«

Inge lachte.

»Tja, und gestern habe ich es wohl geschafft, dass die beiden Frieden miteinander geschlossen haben. Oder zumindest Waffenstillstand. Mal sehen, wie lange es hält.«

Es war schön am Esstisch, sie unterhielten sich über dies und jenes, und Froelich, der zugab, am Abend etwas angeheitert aus dem La Rocciosa zurückgekehrt zu sein, genoss die Aussöhnung, die offenbar stattgefunden hatte – nur der Anruf kam und kam nicht zur Sprache. Ahnte Inge, was wirklich hinter der Nachricht auf dem Anrufbeantworter steckte, und ließ sie ihn deshalb zappeln, würde sie ihm den Anruf womöglich sogar ganz verschweigen? Froelich zwang sich zur Ruhe und verkniff sich jede Anspielung, jede Frage – schließlich musste Inge sonst davon ausgehen, dass er das Leuchtsignal des Anrufbeantworters beim Heimkommen gesehen hatte. Das Gerät speicherte Nachrichten mit der Nummer des Anrufers ab und sagte die Zeit des Anrufs nach dem Abhören immer mit an. Also wusste Inge, dass die Nachricht eingegangen war, bevor sich Froelich schlafen gelegt hatte.

»Ich glaube, ich brauch noch einen Kaffee, nach dem Abend gestern.« Froelich tippte sich grinsend an die Schläfe, aber Inge reagierte gar nicht. »Tut mir leid, falls du heute morgen im Flur über meine Umhängetasche gestolpert bist. Ich hatte echt keine Lust mehr, die zum Büro rüberzutragen. Ich hab nicht links und nicht rechts geschaut, sondern bin sofort hundemüde ins Bett gekrochen.«

Er zwinkerte ihr zu, und sie lächelte zurück. Dann räumten sie den Tisch ab, und Inge ging ins Bad hinüber. Kurz darauf kam sie zurück auf den Flur und rief Froelich zu, der vor seiner zweiten Tasse Kaffee saß: »Du, Gottfried, da hat gestern ein Kollege von dir auf den AB gesprochen. Ein gewisser Reuchlin, er sagte irgendetwas von einer Vertretung oder Aushilfe – aber ich habe gestern auch nur noch mit halbem Ohr hingehört. Ich war einfach zu müde. Vielleicht rufst du ihn nachher kurz an? Es klang dringend.«

Froelich nickte und verkniff sich jede freudige Regung, bis Inge die Badtür wieder hinter sich geschlossen hatte. Dann atmete er tief aus und ließ sich erleichtert auf der Bank zurücksinken.

* * *

Ralph Mohr schob seinen Personalausweis unter der Glasscheibe des Empfangsschalters durch und nahm seinen Besucherausweis entgegen. Dann wartete er, bis der Beamte die Drehtür zum Eingangsbereich des Gefängnisses entriegelte. Wenig später kam ein anderer Beamter, begrüßte Mohr und seinen Kollegen Wieland und führte die beiden in den Besucherraum der JVA Rottenburg. Einige Tische waren frei, an einigen anderen saßen Häftlinge mit ihren Frauen oder Freundinnen, und ein Beamter behielt von einem erhöhten Platz hinter einer Art Empfangstresen aus alles im Blick.

»Warten Sie bitte hier?«, sagte der Beamte und ging zu einer Tür, die vom Flur vor dem Besucherraum in ein kleines Zimmer führte. Er klopfte kurz an, dann öffnete er und teilte den beiden Männern im Zimmer mit, dass die Kommissare der Kripo Pforzheim jetzt da seien.

»Gut«, sagte der eine. »Sollen reinkommen.«

Mohr und Wieland bekamen Bescheid, betraten ebenfalls den kleinen Raum und gaben den anderen Männern die Hand.

»Nun, Herr Filby«, kam Mohr ohne Umschweife auf sein Anliegen zu sprechen, kaum dass er Platz genommen hatte, »konnten Sie Ihren Mandanten dazu überreden, dass er mit uns kooperiert?«

Filby zog eine angewiderte Miene und sah die beiden Kommissare abschätzig an.

»Kooperieren … was für ein beschönigendes Wort!«

Die Stimme des Anwalts passte gut zu seinem öligen Auftreten. Mit gegelten Haaren und gezupften Augenbrauen, manikürten Fingernägeln und maßgeschneiderten Klamotten saß er sehr selbstzufrieden vor den Kripobeamten. Sein Mandant neben ihm wirkte dagegen wie ein Häuflein Elend, trommelte nervös mit den Fingern auf der Tischplatte und sah mal zu den Kommissaren, mal zu seinem Anwalt hin.

»Natürlich wird Ihnen Herr Baloutis nicht sagen, von wem er die Geräte hat, die Ihre Kollegen bei ihm beschlagnahmt haben.«

Er lehnte sich zurück und legte ein höhnisches Grinsen auf.

»Das kann Herr Baloutis nämlich gar nicht – schließlich hatte er dieses Zeug bis dahin kein einziges Mal gesehen, und Sie sollten bitte davon ausgehen, dass diese Geräte meinem Mandanten von irgendjemandem untergeschoben wurden. Das habe ich übrigens schon mehrfach im Namen meines Mandanten zu Protokoll gegeben. Weshalb ich selbstverständlich erwarte, dass Herr Baloutis nun möglichst zeitnah wieder auf freien Fuß gesetzt wird.«

»Ja, Herr Filby, ich weiß. Allerdings erwarten Sie das nun auch schon seit Februar, und trotzdem sitzt Ihr Mandant inzwischen seit gut drei Monaten hier in U-Haft. Vielleicht sollte Ihnen das allmählich zu denken geben.«

»Aber Herrn Baloutis als Hehler zu bezeichen ...!« Filby lachte gekünstelt. »Das ist doch lächerlich! Mein Mandant lebte seit eh und je unbescholten in Ammerbuch-Poltringen – da klingt ja schon der Ortsname nicht unbedingt nach organisiertem Verbrechen, nicht wahr? Und ausgerechnet meinen Mandanten wollen Sie mit einer Einbruchserie in Pforzheim und Umgebung in Verbindung bringen? Lächerlich!«

»Wir haben Diebesgut bei ihm gefunden, das aus mehreren Einbrüchen stammt, die wir einer Serie zuordnen. Sie wissen selbst, dass Herr Baloutis sonst ja wohl kaum noch immer hier einsitzen würde. Und wir haben noch mehr gegen ihn in der Hand, das wir aber aus ermittlungstaktischen Gründen noch nicht bekannt geben können.«

»Pure Willkür! Abgesehen von diesen untergeschobenen Geräten haben Sie nichts gegen meinen Mandanten in der Hand! Nichts! Sie bluffen nur – und eine Verbindung nach Pforzheim gibt es nicht und gab es nie!«

Filby hatte sich ein wenig in Rage geredet, aber das war vermutlich gespielt.

»Doch, es gibt Verbindungen nach Pforzheim«, versetzte Mohr ruhig und lächelte. »Sie zum Beispiel.«

»Ich?«

Filby lachte wieder, aber es wirkte noch weniger echt als vorhin.

»Sie, Herr Filby, kennen wir seit Jahren als Anwalt diverser Pforzheimer Unterweltgrößen, und es wird schon seinen Grund haben, dass Sie nun Atze vertreten.«

»Der Name meines Mandanten ...«, empörte sich Filby, aber Mohr schnitt ihm mit einer Handbewegung das Wort ab.

»Ich weiß: Ihr Mandant heißt Athanasios Baloutis. Aber wie kann sich der arme Atze aus Ammerbuch-Poltringen den Staranwalt der Pforzheimer Unterwelt leisten? Ich nehme an, Sie machen das hier nicht zum Sonderpreis?«

»Das tut nichts zur Sache, Herr Kommissar.«

»Stimmt einerseits – und andererseits bin ich überzeugt davon, dass Ihnen Atze keinen müden Cent bezahlen muss, sondern dass das Ihre üblichen Auftraggeber in Pforzheim übernehmen. Und warum sie das tun, kann ich mir ebenfalls denken.«

»Wie schön für Sie, aber mein Mandant ...«

»... wird nicht mit uns kooperieren, das haben Sie schon deutlich gemacht, danke. Wobei ich das wiederum nicht ganz verstehen kann.«

Baloutis sah Mohr fragend an, und der fuhr nun an ihn gerichtet fort.

»Schauen Sie, Herr Baloutis: Ihr Anwalt wird von irgendeinem Strippenzieher in Pforzheim bezahlt – was an sich ja mal schön für Sie ist, weil Herr Filby durchaus als guter Anwalt gilt. Nur sollten Sie mal darüber nachdenken, *warum* Ihnen dieser Anwalt bezahlt wird. Ich vermute ...«

»Genau«, ging Filby dazwischen: »Sie *vermuten*!«

»Ich vermute, dass Herrn Filbys Auftraggeber gerne die Hand auf dieser Geschichte haben möchten. Herr Baloutis – die möchten Sie unter Kontrolle haben. Damit Sie aus deren Sicht keinen Fehler machen, damit Sie nicht mit uns kooperieren, damit Sie nicht gegen die Leute aussagen, die diese Einbruchserie verübt haben, deren Beute wir zum Teil bei Ihnen gefunden haben.«

Filby lächelte zunehmend entspannt, was Mohr aus den Augenwinkeln etwas irritiert bemerkte. War er auf der falschen Fährte?

»Und ich vermute«, redete er trotzdem weiter, »dass sich Herrn Filbys Auftraggeber daran gestört haben, dass Sie als Ortsfremder plötzlich als Hehler in Pforzheim mitmischen wollen. Wissen Sie, Herr Baloutis: Rund um Pforzheim sind die Reviere für alles Mögliche längst abgesteckt – es gibt Hehler und Zuhälter, es ist geregelt, wer Schutzgeld kassiert und wer Waffen besorgt und so weiter. Da braucht es keinen Neuen aus Ammerbuch-Poltringen, der da auch noch mitmischt – und ich vermute, aus diesem Grund wurde Ihnen im Februar auf die Finger geklopft.«

»Wie meinen Sie das?«

Baloutis fragte mit belegter Stimme, und Filby sah sofort tadelnd zu ihm hin.

»Mein Mandant ...«, versuchte er das Gespräch wieder an sich zu reißen, aber Mohr beachtete ihn gar nicht.

»Es war kein Zufall, dass wir die Geräte im Februar bei Ihnen gefunden haben, Herr Baloutis.«

Filby wirkte plötzlich etwas nervös.

»Wir haben einen Tipp bekommen. Anonym natürlich, aber wir haben durchaus einen begründeten Verdacht, aus welcher Ecke der Hinweis kam. Und es wird Sie vielleicht überraschen: Es sind dieselben Leute, die sehr wahrscheinlich Ihren Anwalt bezahlen.«

Baloutis sah verblüfft zwischen Mohr und Filby hin und her, dann grinste er.

»So ein Blödsinn! Warum sollte mich jemand erst verpfeifen und einfahren lassen, und dann zahlt er mir den Anwalt, um mich wieder rauszuholen?«

»Sind Sie denn schon draußen?«

»Ich ... äh ...«

»Sie sitzen jetzt seit Februar in Untersuchungshaft, und Ihr famoser Anwalt hat Sie bisher noch nicht freibekommen? Respekt!«

Baloutis war nachdenklich geworden, sagte aber nichts, sondern kaute auf seiner Unterlippe herum.

»Das ist ja die Höhe!«, erhob Filby seine Stimme. »Sie taktieren hier doch unentwegt, Sie und Ihre Kollegen behaupten, Sie hätten ganz klare Beweise für die Schuld meines Mandanten, und außerdem argumentieren Sie ständig damit, dass Sie befürchten, Herr Baloutis könne im Falle seiner Freilassung untertauchen. Dabei ist er seit Jahren mit derselben Adresse in Poltringen gemeldet! Auch das, Herr Mohr: Willkür!«

»*Gemeldet* – das trifft es ganz gut: Ihr Mandant hat dort eine Zwei-Zimmer-Wohnung in einem heruntergekommenen Mehrfamilienhaus gemietet, und während die Garage bis unters Dach mit Hehlerware vollgestopft ist, kommt er in der Wohnung mit ausrangierten Obstkisten, ein paar wackligen Stühlen und einigen Holzregalen aus. Viel würde er nicht zurücklassen, sollte er sich spontan zur Abreise entscheiden, oder?«

»Wollen Sie meinem Mandanten nun auch noch seine prekären wirtschaftlichen Verhältnisse zum Vorwurf machen?«

»Und als wir die Hehlerware bei ihm entdeckten, war er gar nicht da. Drei Tage mussten die Kollegen warten, bis er endlich mal wieder im trauten Heim auftauchte – ich finde, da ist die Befürchtung, er könnte die Zeit bis zur Verhandlung gegen ihn tatsächlich zur Flucht nutzen, nicht allzu sehr aus der Luft gegriffen.«

Filby machte Anstalten, den nächsten Protest zu formulieren.

»Schenken wir uns die Spielchen, Herr Filby. Ich möchte Ihrem Mandanten erneut raten, mit uns zu kooperieren.« Mohr wandte sich an Baloutis. »Sie werden hier verarscht, Atze, glauben Sie mir. Filby holt Sie in tausend Jahren nicht raus, seine Auftraggeber wollen Sie nicht als Hehler in Pforzheim, weil sie keine Konkurrenz brauchen können. Sie bringen da nur Unruhe rein und verderben womöglich die Preise. Deshalb wurden Sie verpfiffen, deshalb sitzen Sie hier, und deshalb werden Sie auch als Hehler verurteilt und sitzen hier in Rottenburg Ihre volle Strafe ab.«

Baloutis kratzte sich am Kinn, und Filby starrte seinen Mandanten an, als wollte er ihn hypnotisieren.

»Wenn Sie mit uns zusammenarbeiten, wenn Sie uns Ihre Hintermänner nennen ... so etwas wird sich ganz sicher positiv auf Ihr Urteil auswirken. Und wenn Sie mögen, können Sie Ihren Anwalt für diese Zeit auch aus dem Raum schicken. Sie sind der Auftraggeber von Herrn Filby, und Sie bestimmen, ob er alles hören darf, was Sie mit uns zu besprechen haben.«

»Lassen Sie das, Herr Mohr!«, schimpfte Filby. »Sie wissen genau, dass in einem Strafprozess Mandant und Anwalt vor dem Gesetz quasi als eine Person gelten – Sie dürfen mich nicht von Gesprächen ausschließen, die Sie mit meinem Mandanten führen!«

»Stimmt: *Ich* darf das nicht. Aber wenn Herr Baloutis als Ihr Mandant mit mir unter vier Augen reden will und Sie dafür kurz vor die Tür schickt, haben Sie das zu respektieren.«

»Lassen Sie sich nicht einschüchtern, Herr Baloutis«, raunte Filby seinem Mandanten zu. »Die haben nichts gegen Sie in der Hand. Sie müssen nur den Mund halten, wie bisher.«

»Genau«, fügte Mohr hinzu, »Sie müssen den Mund halten, Atze, damit die Auftraggeber von Herrn Filby weiterhin ungestört ihren Geschäften nachgehen können. Sie als Konkurrent sind ja fürs Erste auf Eis gelegt.«

Baloutis wirkte zunehmend verwirrt.

»Was ich nur nicht verstehe«, schob der Kommissar nach, »... wenn die Szene in Pforzheim Sie als neuen Hehler nicht haben will – wie kamen Sie dann überhaupt an die Beute der Einbruchserie? Ich meine, die überlassen Ihnen doch keine

Ware, wenn Sie sie aus dem Geschäft raushalten wollen – und Sie hinterher sogar noch verpfeifen.«

Mohr fixierte Baloutis, der offenbar mit sich rang.

»War das Ganze vielleicht nur als Falle für Sie gedacht? Wollten die Sie reinlegen, Atze, indem sie Ihnen die Beute zuspielten und gleich darauf der Polizei einen entsprechenden Tipp gaben?

»Herr Baloutis«, mischte sich Filby in einem angestrengt ruhigen Ton ein, »lassen Sie sich von denen nicht unter Druck setzen.«

»Jetzt wird's mir klar!« Mohr klatschte sich theatralisch gegen die Stirn. »Sie sind ein Bauernopfer. Die haben Sie zum Schein ein bisschen mitspielen lassen, aber in Wirklichkeit haben Sie in Pforzheim nicht mal einen Zeh in die Tür bekommen. Die haben Ihnen die Geräte zugespielt, um uns etwas gegen Sie in die Hand zu geben. So war's, richtig? Und mit der Einbruchserie haben Sie rein gar nichts zu tun – das wäre ohnehin eine Nummer zu groß für Sie gewesen, stimmt's?«

Er wollte Baloutis provozieren, und der sprang auch sofort darauf an.

»Was reden Sie denn! Eine Nummer zu groß für mich, da lach ich ja! Hören Sie mal: Ich, Atze Baloutis, habe sehr wohl …«

Er unterbrach sich, schluckte und sah zu Filby hin. Der hatte seinen Mandanten aufmerksam beobachtet und sich bereit gemacht, seinen Redeschwall zu unterbrechen – doch eingeschritten war er bisher nicht. Offenbar war Baloutis mit seiner unbedachten und für ihn selbst sehr ungünstigen Äußerung nicht in die Nähe dessen gekommen, was Filbys Auftraggebern gefährlich werden konnte.

»Einen tollen Anwalt haben Sie da«, gab ihm Mohr zu bedenken. »Der lässt es zu, dass Sie sich hier mir gegenüber um Kopf und Kragen reden.«

»Ach, Herr Mohr«, widersprach der Anwalt in gönnerhaftem Tonfall, »ich habe Herrn Baloutis nichts sagen hören, womit er sich belastet hätte. Ihre Tricks laufen ins Leere, sehen Sie das doch endlich ein.«

Mohr behielt Baloutis im Auge und beugte sich ein wenig zu ihm hin.

»Wissen Sie, Atze, wenn Sie nur gelinkt wurden, müssen Sie sich wirklich nicht verpflichtet fühlen, die Einbrecherbande zu decken. Die haben Sie reingelegt und verpfiffen – und Sie halten für die auch noch den Kopf hin. Das würde ich mir an Ihrer Stelle echt zweimal überlegen.«

»Aber das mit den Einbrüchen, das sind doch …«

»Nein, Herr Baloutis«, ging Filby nun sofort dazwischen. »Sie sagen jetzt gar nichts mehr. Herr Mohr wird Ihnen jedes Wort im Mund umdrehen, und außer Ihrer Aussage hat er nichts gegen Sie in der Hand.«

»Aber Herr Filby, ich könnte doch …«

Filby sah ihn kurz aus funkelnden Augen an, dann wandte er sich an Mohr.

»Herr Baloutis wird nun gar nichts mehr sagen. Er will zurück in seine Zelle, und das Gespräch mit Ihnen ist hiermit beendet.«

Der Anwalt stand auf, und Baloutis folgte zögernd seinem Beispiel. Einen Augenblick später erhoben sich die beiden Kommissare ebenfalls.

»Wann immer Sie es sich anders überlegen, Atze, rufen Sie mich an. Wie gesagt: Wenn Sie es wünschen, kann das Gespräch auch unter vier Augen stattfinden.«

»Mein Mandant wird nicht mit Ihnen reden«, wiederholte Filby, und es klang wie eine Anweisung an Baloutis. »Er wird sich nicht selbst belasten.«

»Vielleicht, Atze, *ent*lasten Sie sich mit Ihrer Aussage auch«, schob Mohr nach.

»Wissen Sie, Herr Mohr«, versetzte Filby eiskalt: »Unbedachte Äußerungen können einen auch in ernsthafte Gefahr bringen.«

Unverhohlener konnte man seinem Mandanten vor Zeugen ja wohl kaum drohen, und Baloutis sah aus, als habe er den Wink mit dem Zaunpfahl verstanden. Er war bleich geworden, und kleinlaut und mit gesenktem Blick folgte er seinem Anwalt aus dem Zimmer.

»Ach, eins noch, Herr Filby, Herr Baloutis.«

Die beiden Männer blieben in der Tür stehen und sahen Mohr fragend an.

»Die Einbruchserie ist offenbar fortgesetzt worden.«

Filbys Augen weiteten sich einen Moment lang, dann hatte er sich wieder unter Kontrolle.

»In Esslingen wurde ein Einbruch verübt, der zu dem Muster der Pforzheimer Serie passt.«

Baloutis sah seinen Anwalt verblüfft an.

»Sieht ganz so aus«, fuhr Mohr schnell fort, »als seien Sie raus aus der Nummer, Atze. Sie sitzen hier, und draußen geht alles ganz normal weiter. Und die Beute vertickt jetzt ein anderer. Blöd gelaufen, was?«

»Lassen Sie das, Herr Mohr!«, beschwerte sich Filby. »Und was heißt das, dass der Einbruch in Esslingen zum Muster der Pforzheimer Serie passt?«

»Es gibt Übereinstimmungen im Vorgehen der Einbrecher.«

»Und welche?«

Mohr lächelte, antwortete aber nicht auf Filbys Frage.

»Es gibt aber auch einen großen Unterschied zu den Pforzheimer Einbrüchen.«

Der Anwalt wartete gespannt.

»Diesmal kamen zwei Menschen ums Leben.«

Baloutis wurde noch bleicher. Filby schluckte und zögerte kurz, dann schob er seinen Mandanten in den Flur hinaus.

* * *

Das Haus der Sigles stand am Hang oberhalb der Dreifaltigkeitskirche im Esslinger Stadtteil Zell. Es war das erste von insgesamt fünf Gebäuden auf einem Grundstück, das sich von der Straße Im Hangelstein nach Nordosten hin über etwa siebzig, achtzig Meter auf den Ortsrand zu erstreckte.

Froelich hatte Regina Rudel mit seiner Ente abgeholt, aber als sie die steile Straße vom Neckartal herauffuhren, hatte er das schon bereut. Der schwache Motor des alten Kleinwagens hatte seine liebe Mühe mit der Steigung. Schließlich hatte er die Ente gewendet und mit der Schnauze talwärts am Gehwegrand geparkt. Durch die Frontscheibe konnte er über den Dächern der weiter unten stehenden Häuser die riesigen Gebäude des Altbacher Kraftwerks und die beiden schlanken Betontürme sehen.

Er wuchtete sich aus dem Wagen und sah sich um. Über ihm dröhnte von Osten her ein Flugzeug in Richtung Echterdingen heran, bergabwärts und rechts von ihm standen Satteldachhäuser, die ihn an den Baustil der Sechzigerjahre erinnerten, einer der Bewohner hatte in seinem Vorgarten eine Modelleisenbahn aufgebaut. Den Hang hinauf standen Flachdachhäuser, wie sie in den Siebzigern und Achtzigern in Mode waren – das Haus der Sigles und die vier anderen schienen hier mit einigem Abstand die neuesten Bauten zu sein.

Die vier hinteren Häuser waren als Doppelhaushälften angelegt: Geschmackvoll in verschiedenen Braun- und Ockertönen lackiert, bildeten waagrecht aufgeschraubte Holzlatten die Fassade. Raumhohe Fenster und Terrassentüren sorgten drinnen für ausreichend Licht, und vor den Häusern blieb bis zum Gehweg Platz für kleine Vorgärten und eine Südterrasse. Die Dächer waren fast komplett bedeckt mit Solarzellen, und überall lagen und lehnten Kinderfahrräder und Tretroller auf den Durchgängen zu den hinter den Häusern gelegenen Gärten.

Das Haus der Sigles ähnelte den anderen Bauten in den meisten Details, allerdings war es größer und als freistehendes Gebäude errichtet, es waren keine Kinderfahrzeuge zu sehen, auf der Terrasse standen schwere Outdoor-Möbel und irgendein Gebilde unter einer grauen Schutzfolie, vermutlich der neu gekaufte Grill, von dem ihm Jana Bednarz erzählt hatte, und der Vorgarten war mit akkurat geschnittenen Büschen gestaltet, zwischen denen dunkelgrauer Kies für einen insgesamt recht schicken Eindruck sorgte.

»Kommen Sie?«

Regina Rudel war schon vorausgegangen und wartete nun vor dem Haus ihres Bruders auf Froelich. Sie wirkte nervös und wohl auch etwas irritiert, weil der Bestatter, der ihr doch eigentlich während des schweren Gangs in dieses Gebäude eine Stütze sein sollte, seine Zeit damit vertrödelte, sich interessiert in der Nachbarschaft umzusehen.

Sie nestelte den Schlüssel hervor, mühte sich mit dem Schloss der Haustür ab und betrat dann etwas zögernd den Hausflur. Froelich hielt sich nun dicht hinter ihr. Ein undefinierbarer Geruch hing in der Luft, aber das hatte vermutlich nicht mehr viel mit dem zu tun, was hier geschehen war. Jana Bednarz hatte ihm versichert, dass auf die Hinterbliebenen der Sigles keine bösen Überraschungen warteten. Blut war hier ohnehin nicht geflossen, und die Polizei hatte, nachdem von der Kriminaltechnik alle Spuren gesichert und dokumentiert worden waren, dafür gesorgt, dass alles gut gelüftet und provisorisch aufgeräumt wurde.

Wie Froelich nun sah, bedeutete das, dass die herausgerissenen Schubladen wieder zurückgesteckt und die überall verstreut hingeworfenen Kleider und Bücher teils in Schränken und Regalen verstaut und teils auf Tischen, Sesseln und auf dem Sofa gestapelt worden waren. Ein bisschen wirkte vor allem das Wohnzimmer, als hätten sich die Sigles auf eine längere Reise vorbereitet.

Neben ihm räusperte sich Regina Rudel. Er sah sie an. Sie wirkte nicht mehr so gefasst wie auf der Herfahrt, aber allem Anschein nach kam sie leidlich mit der Situation zurecht. Ihr Blick huschte ein wenig gehetzt über die Stapel und Möbel, die Fenster entlang, über den Fußboden hinweg, und ihre Augen wurden feucht.

»Geht's?«, fragte Froelich.

Sie nickte nur, wandte sich dann ab und marschierte kerzengerade in die anderen Zimmer. Küche, Arbeitszimmer, anschließend hoch in den ersten Stock, dort ins Bad, ins Gästezimmer und dann – langsamer werdend, Schritt für Schritt und fast scheu – ins Schlafzimmer. Eine kleine Weile blieb sie unter der Tür stehen, bevor sie den letzten Schritt hinein ins Zimmer machte. Froelich folgte ihr und stellte sich neben sie.

Es war ein schöner, ruhiger Raum. Das moderne Doppelbett dominierte, der Einbauschrank neben der Tür bot zwar viel Stauraum, wirkte aber durch das helle Holz und einige offen belassene Regalfächer nicht so massig, wie er war. Große Fenster gingen nach Osten, vermutlich schien die Morgensonne an den Nachbarhäusern vorbei genau hier ins Fenster. Froelich konnte sich gut vorstellen, wie man hier an schönen Tagen erwachte: mit einer sonnenbeschienenen Wand vor Augen, an der nur eine niedere Kommode und zwei Stühle standen. Die in hellen, warmen Ockertönen getünchte Wand musste an solchen Vormittagen geradezu leuchten.

»Hier lagen sie«, murmelte Regina Rudel und schaute auf das leere Bett hinunter.

Froelich sah sich nach der Einlassöffnung für die Lüftung des Raums um. Er konnte sie nicht finden, vermutlich war sie versteckt platziert, und er traute sich nicht, allzu auffällig nach ihr zu suchen. Ein leises Schluchzen neben sich ließ ihn aufhorchen. Regina Rudel stand mit herabhängenden Armen da und weinte. Froelich legte langsam eine Hand auf ihre Schulter und drückte sie sanft. Er sagte nichts und wartete. Vier, fünf Minuten später hatte sich die Frau wieder im Griff. Sie wischte sich die Augen trocken, drückte den Rücken gerade und schüttelte mit einer kaum merklichen Bewegung ihre Schulter. Sofort nahm Froelich seine Hand weg.

Sie blieb stehen, den Blick weiterhin aufs Bett gerichtet, dann sah sie Froelich an, nickte ihm zu.

»Danke, Herr Froelich«, sagte sie leise. »Und jetzt sollte ich mich wohl an die Arbeit machen. Würden Sie mir helfen, die nötigen Papiere zu suchen?«

»Natürlich, wenn Sie das möchten. Ich kann aber auch einfach warten, bis Sie alles gefunden haben – ich will nicht, dass Sie das Gefühl haben, ich würde hier irgendwie … in die Privatsphäre Ihres Bruders und Ihrer Schwägerin eindringen.«

»Nein, bitte, helfen Sie mir suchen. Umso schneller bin ich wieder draußen – ich finde die Atmosphäre hier doch bedrückender, als ich dachte. Ich wäre deshalb gern so schnell wie möglich mit der Sucherei fertig.«

Froelich war das recht. Auf diese Weise konnte er sich ein noch genaueres Bild von den Lebensumständen der Sigles machen. Auf neue Hinweise hoffte er dagegen nicht, schließlich hatte die Kriminaltechnik hier schon alles auf den Kopf gestellt und ausgewertet.

»Wo soll ich anfangen?«, fragte er. »Oben unter dem Dach?«

»Bitte bleiben Sie noch kurz hier, wir könnten das Schlafzimmer gemeinsam durchsehen. Danach würde ich ins Wohnzimmer runtergehen, und wenn Sie währenddessen das Gästezimmer …?«

»Natürlich, ganz wie Sie wünschen.«

Sie suchten schweigend, schauten in Schubladen und sichteten die Stapel, die auch hier aufgeschichtet waren. Dann ging Regina Rudel ins Erdgeschoss hinunter, und Froelich ging ins Gästezimmer. Das Bett war gemacht, das Zimmer aufgeräumt, nur ein einziger Stapel frische Bettwäsche und Handtücher lag auf dem Nachttisch links des Doppelbetts – sie hatten vermutlich im Wandschrank für Besuch bereitgelegen. Im Schrank selbst waren Tischdecken und Bücher gelagert, einige Fächer waren leer.

Hier war er schnell fertig, und als er auf den Flur hinaustrat, hörte er, wie Regina Rudel unten hin und her lief, Türen öffnete und schloss. Er ging ins Bad, sah auf dem Rand der Badewanne Fläschchen mit diversen Duftbädern stehen, zwei übereinander in die Ecke der Duschkabine geschraubte Schwammkörbe aus Metall waren gefüllt mit Shampoos, davon eines gegen starke Schuppenbildung. Über den beiden

Waschbecken waren weiß lackierte Bretter an die Wand geschraubt, auf denen sich elektrische Zahnbürsten, Zahnseide und verschiedene Zahncremes, Kämme und Bürsten, Parfüm und Deostifte, ein Nagelset, Rasierzeug und ein Epilierer mit weiß-lila Gehäuse befanden.

Ein kleines Wandschränkchen neben dem WC stand offen, hier waren Medikamente und Verbandszeug wild übereinandergestapelt. Natürlich hatte die Kriminaltechnik auch das alles durchgesehen und die Arznei hinterher, so gut es ging, zurück ins Schränkchen gepackt. Froelich musterte die Packungen, entdeckte Tabletten gegen Bluthochdruck, Salben gegen Fußpilz und Mittel gegen Insektenstiche, Watte, Tampons und Heftpflaster – nichts Ungewöhnliches für Menschen um die fünfzig, wie es die Sigles gewesen waren. Schlaftabletten oder Psychopharmaka konnte er nicht entdecken, insoweit hatte das familiäre Idyll auch hinter der schönen Fassade Bestand.

Wieder auf dem Flur, hörte er Regina Rudel unten wie vorhin suchen und wühlen, also ging er noch eine Etage nach oben, um sich auch im obersten Stock etwas umzusehen.

Die Treppe führte in einen großen Raum, der bis auf ein kleines Bad das gesamte Stockwerk umfasste. Die Dachschräge, die in gut einem Meter Höhe begann, und der in einem sehr hellen Blaugrau eingefärbte Korkboden verliehen dem Raum etwas Gemütliches, die Fenster an den Giebelseiten ließen viel Licht herein, und die karge Möblierung unterstrich den luftigen Eindruck. Unter der Dachschräge reihten sich Instrumentenständer auf, auf denen Mandolinen, Lauten und andere Saiteninstrumente postiert waren. Neben einem der Giebelfenster waren ein Saxofon und eine Oboe mit transparenten Kunststoffhaltern an der Wand befestigt. Alles wirkte wie eine Ausstellung, nur die alte Wandergitarre, die verschrammt und mit Stickern beklebt auf einem kleinen Sofa lag, sah wirklich benutzt aus.

Neben dem Sofa stand ein etwas altmodischer HiFi-Turm, der den Einbrechern – wie die Instrumente – wohl zu wenig wertvoll erschienen war, daneben eine Lautsprecherbox, und ein sich auf dem Boden kräuselndes Kabel führte zur zweiten Box am gegenüberliegenden Raumende.

Die Tür zum Badezimmer war mit zwei Regalen aus hellem Holz eingerahmt. Die Rückwände der Regale waren mit Postern von Strandansichten beklebt, sie bildeten gewissermaßen das Spalier für den Gang ins Bad – und die Regale waren mit Büchern und Ringordnern gefüllt.

Die Titel wiesen auf historische Romane und Thriller sowie Sachbücher hin, die sich mit Themen wie Kfz-Technik, Energiesparen, gesunder Ernährung und den unterschiedlichsten Facetten von Passivhäusern befassten. Die Ringordner waren in schöner Handschrift mit »Steuer/Haus«, »Steuer-Erklärung 2007 ff« oder »Konto Callista« versehen.

Er zog einen der Ordner heraus und blätterte zur neuesten Steuererklärung. Es war die Erklärung für das vorige Jahr, also hatten es die Sigles damit – anders als er – nicht schleifen lassen. Froelich überließ diesen ganzen Kram seinem Steuerberater, und sein Desinteresse an den Details führte auch jetzt dazu, dass er nicht wirklich begriff, was da geschrieben stand – doch dass das Ehepaar Sigle sein gutes Auskommen gehabt hatte, wurde ihm angesichts der Zahlen in der Zusammenfassung trotzdem klar. Dass sie kurz vor ihrem Tod einen Feuerkorb günstig im Supermarkt gekauft hatten, lag also nicht an einem finanziellen Engpass, sondern vermutlich an einem angeborenen Drang, zu sparen, wo es eben ohne allzu großen Verzicht ging.

Im Ordner mit den Auszügen zu einem auf Callista Sigle eingetragenen Konto fand er außer ihrem Gehalt noch regelmäßige Eingänge, die unter anderem mit »Miete und Nebenkosten« bezeichnet waren. Den recht stattlichen Beträgen zufolge musste Callista Sigle eher neuere oder größere Objekte vermieten. In einem Fall war eine GmbH als Auftraggeber der Zahlung genannt, und die Mehrwertsteuer wurde im Verwendungszweck der Überweisung gesondert aufgeführt – dabei dürfte es sich um ein Büro oder ein anderes gewerbliches Mietobjekt handeln. Die anderen beiden lauteten auf Privatnamen.

»Herr Froelich?«, rief Regina Rudel von unten. »Ich wäre fertig, soll ich Ihnen oben noch helfen?«

Kurz erschrak er, dann beugte er sich über das Treppengeländer.

»Ja«, antwortete er, »das wäre gut. Hier oben stehen Ordner mit privaten Unterlagen, es wäre sicher besser, wenn Sie das durchsehen – davon lasse ich lieber die Finger, ja?«

»Ist gut«, antwortete sie von unten und kam heraus.

Froelich war heilfroh, dass sie ihm die Lüge so einfach abgekauft hatte, und er ging, nachdem sie den zweiten Stock erreicht und er ihr das Regal mit den Steuer- und Kontoordnern gezeigt hatte, hinunter ins Erdgeschoss.

Dort waren auf dem Wohnzimmertisch Unterlagen und eine Dokumentenmappe bereitgelegt – offenbar war Regina Rudel fündig geworden. Froelich streifte kurz durch die Räume, dann stellte er sich ans Küchenfenster und schaute auf den hinter dem Haus gelegenen Garten hinaus. Auch hier war alles sorgfältig gestutzt und gemäht, graue Kiesel bedeckten die Flächen um die Stämme von Büschen und kleinen Bäumchen. Im Garteneck zur Straße Im Hangelstein hin war ein Komposthaufen aufgetürmt, daneben lehnten einige Gartenwerkzeuge an einer Art Regal, das mit gespaltenem Brennholz gefüllt war. Am anderen Ende des Gartens wuchsen in einem auf Hüfthöhe angelegten Hochbeet Kräuter und Salat. Auch dort war kein Gräschen zwischen den Pflanzen zu sehen. Der Rasen war von einigen Büschen eingefasst, die als Sichtschutz fungierten, und über die Fläche verteilt standen eine Hollywoodschaukel und zwei an dunkelgrau polierten Metallbögen befestigte Hängematten.

Etwas abseits zwischen Büschen und dem Hochbeet erhob sich eine runde Metallsäule, gut einen Meter hoch und etwa zwanzig Zentimeter im Durchmesser. Den oberen Abschluss bildeten mehrere metallene Ringe, zwischen denen

Schlitze freigelassen waren, und darüber eine matt polierte Kuppel aus demselben Metall.

Jana Bednarz hatte den Ansaugdom, durch den das Gas ins Haus geleitet wurde, nur vage beschrieben, aber Froelich wusste trotzdem sofort, was er da vor sich sah. Er spürte mehr, als er es hörte, dass Regina Rudel neben ihn trat und ebenfalls in den Garten hinaussah.

»Durch dieses Ding«, sagte sie schließlich und nickte zu dem Metallrohr hin, »haben sie das Gas ins Haus geleitet, richtig?«

* * *

Hagen Filby fuhr fast im Schritttempo vom Parkplatz der JVA und fädelte sich betont langsam in den spärlichen Verkehr auf der Berliner Straße ein. Er fühlte sich immer beobachtet, solange er die stacheldrahtbewehrten Mauern und das Empfangsgebäude des Gefängnisses noch durch die Seitenfenster oder im Rückspiegel sehen konnte. Und da es gut möglich war, dass die beiden Pforzheimer Kripokommissare noch in der Nähe waren, ließ er das Handy auch noch in der Mittelkonsole liegen, als er schon den Ortsausgang von Rottenburg passiert hatte.

Erst auf halbem Weg zur Autobahn bog er nach rechts in einen Feldweg ab und ließ seinen Wagen ein Stück weit ausrollen, bevor er stoppte, nach dem Handy griff und ausstieg. Er sah sich nach allen Seiten um, aber von den auf der Landstraße vorbeisausenden Autos und einem Traktor abgesehen, der ein paar hundert Meter nördlich von ihm über ein Feld tuckerte, war niemand in der Nähe.

Filby rief die vor seinem Besuch in der JVA zuletzt angerufene Nummer erneut auf und wartete. Es klingelte am anderen Ende nur zweimal, dann wurde abgehoben.

»Ja?«

»Filby hier, Atze hat sich nicht verquatscht. Soweit ist alles in Ordnung.«

»Wieso ›soweit‹?«

»Mohr sagte, dass unsere Einbrecher wieder aktiv seien.«

Am anderen Ende der Verbindung war es still. Dann war ein kurzes Keuchen zu hören.

»Ich glaub's echt nicht! Haben die das immer noch nicht kapiert?«

»Und jetzt?«

»Sag mal, Filby, weiß Mohr denn, wer die Einbrecher sind?«

»Nein, ich glaube nicht.«

»Und woher will er dann wissen, dass sie weitermachen?«

»Es gab in Esslingen wohl einen Einbruch, der ins Muster passt.«

»Aha?«

»Ja, Sie wissen schon: Passivhaus, Gas und so – jedenfalls habe ich das so rausgehört. Ausdrücklich gesagt hat es Mohr nicht, aber sie müssen ja irgendwie zu dem Schluss gekommen sein, dass die Serie nun in Esslingen weitergeht.«

»Das lässt sich rausfinden. Ich schicke gleich nachher jemanden los, bis heute Abend sollten wir Bescheid wissen. Und dann gnade denen Gott!«

Die Stimme hatte einen grimmigen Unterton bekommen.

»Da ist noch was.«

»Ja?«

»Es hat bei dem Einbruch wohl Tote gegeben.«

»Was?!«

»Ja, zwei Tote, meinte Mohr. Mehr hat er nicht rausgelassen, und ich war vor allem darauf aus, Atze möglichst schnell wieder in seine Zelle zurückbringen zu lassen.«

»Gut. Das mit den Toten kann ich auch von hier aus in Erfahrung bringen.«

»Dachte ich mir.«

»Und … macht dieser Atze Zicken? Oder hält er dicht?«

»Mohr hat ihm gegenüber behauptet, diejenigen, die mich für ihn angeheuert haben, hätten ihn auch bei der Polizei verpfiffen.«

Die Stimme lachte rau.

»Guter Mann, der Mohr.«

Das Lachen verebbte.

»Ich lass Atze mal ein bisschen beobachten, damit er uns nicht aus dem Ruder läuft. Du hörst dann wieder von mir.«

»Alles klar«, sagte Filby ins Telefon, aber da war das Gespräch bereits beendet.

* * *

Schon im Wohnungsflur roch es nach Linsen. Inge scheuchte Froelich gleich wieder aus der Küche, kaum dass er die Nase hereingesteckt hatte.

»Ruf du endlich deinen Kollegen in Pforzheim an«, rief sie ihm hinterher. »Der hat schon wieder versucht, dich zu erreichen.«

Sie hatte ihm die Nummer auf dem karierten Block neben dem Telefon notiert. Er riss den Zettel ab und ging ins Büro, wo er eher in Ruhe telefonieren konnte.

»Reuchlin«, meldete sich eine brüchige Stimme.

»Gottfried Froelich hier, Sie hatten mich angerufen, Herr Reuchlin.«

»Ah ja, schön.« Der andere ließ eine kurze Pause. »Können Sie reden?«

»Ja, ich bin im Büro, meine Freundin kocht gerade Linsen und Spätzle, damit dürfte sie noch eine Weile beschäftigt sein. Herr Sanfftleben hat mir erzählt, dass Sie mir … nun ja: mit einer kleinen Ausrede aushelfen werden. Vielen Dank, übrigens.«

»Wie: aushelfen? *Sie* sollen *mir* aushelfen – ich brauche hier dringend jemanden. Ich selbst muss nach meiner kranken Großmutter sehen, muss ihr Wein und Kuchen bringen und kann mich in den nächsten ein, zwei Wochen nicht um mein Institut kümmern. Sanfftleben meinte, Sie könnten einspringen. Vielen Dank, übrigens.«

»Äh …«, stammelte Froelich, der nun doch etwas verwirrt war. Das schallende Gelächter am anderen Ende machte es nicht besser.

»Ich bin gut, was? Immer noch, obwohl wir unsere Truppe schon vor Jahren dicht gemacht haben. Hat Ihnen Sanfftleben von unserer Theatergruppe erzählt?«

»Ja, hat er.«

»Ich hab das echt draufgehabt – schade, dass wir heute nicht mehr auf der Bühne stehen. Wobei: die Rolle ist etwas mit mir durchgegangen … eine Großmutter, um die ich mich kümmern könnte, hab ich längst nicht mehr.«

Er lachte wieder.

»So, und was ist nun?«, fragte Reuchlin nach einer kurzen Pause. »Kommen Sie nach Pforzheim und … hi hi … kümmern sich als Aushilfe um mein Institut?«

»Ich hoffe, es klappt. Ich muss nachher noch mit meiner Freundin reden, aber wenn ich es nicht allzu blöd anstelle, sollte alles glattgehen. Notfalls würde ich Sie bitten, noch einmal nachzufassen und sie direkt anzubetteln, weil Sie doch zu Ihrer Großmutter …«

»Nein, lieber Kollege, nehmen wir lieber eine Cousine – die wäre, wenn es sie gäbe, sicher alt genug.«

Er lachte wieder.

»Meinetwegen. Auf jeden Fall gebe ich Ihnen Bescheid, so oder so.«

Froelich ging zurück in die Küche, und nun durfte er sich immerhin schon mal mit Tisch decken und Saftschorle einschenken nützlich machen, danach ließ er sich auf seinen angestammten Platz auf der Eckbank sinken.

»Hast du diesen Reuchlin angerufen?«, fragte Inge und drückte eine weitere Portion Spätzle ins kochende Wasser.

»Ja, hab ich. Ich kenn den gar nicht, das ist wohl ein alter Kumpel von Sanfftleben. Und eigentlich wollte er auch eher ihn fragen, aber Sanfftleben ist ja nicht mehr wirklich als Bestatter tätig. Und den Gefallen, den Reuchlin von ihm wollte, könnte er ihm auch gar nicht mehr tun.«

»Und der wäre?«

»Reuchlin ist wohl nicht mehr der Jüngste, und er hat eine Cousine, der es nicht so toll geht. Nach der muss er schauen, sagt er, und nun braucht er für sein Institut in Pforzheim kurzfristig eine Vertretung. Sanfftleben hat ja keinen Führerschein mehr, also hat er mich gefragt.«

»Und, was hast du ihm geantwortet?«

Inge hatte die Frage ganz beiläufig klingen lassen, aber Froelich wusste natürlich, dass er unter Beobachtung stand. Er zuckte mit den Schultern.

»Ich weiß nicht recht.«

»Wovon hängt das ab?«, hakte sie nach.

»Na, von dir natürlich.«

»Ach? Von mir? Schön.«

Sie lächelte, fischte die Spätzle aus dem Kochtopf, schüttete sie zu den anderen in eine große Schüssel, gab neuen Teig in die Presse und drückte den nächsten Schwung durch.

»Weißt du, Inge, mir macht unser Streit von gestern noch zu schaffen. Und wenn ich jetzt nach Pforzheim gehe ... Ich kann ja nicht sagen, wie lange das dauern wird. Eine Woche, vielleicht auch zwei?«

Sie fischte mit der Gabel einige Spätzle aus der Schüssel.

»Komm, probier mal«, sagte sie und winkte Froelich heran. Er stand auf, ließ sich von ihr füttern, machte »Mhh ...!« und küsste sie mit vollem Mund.

»Und falls du nach Pforzheim gehen würdest – was wäre dann mit dem Institut hier?«, fragte sie.

»Ich glaube, Sanfftleben könnte sich um das meiste kümmern. Und zwischendurch würde ich immer mal wieder herkommen, gerade die Bestattung der Sigles würde ich gerne im Blick behalten.«

Sie hob eine Augenbraue.

»Als Bestatter, nur als Bestatter!«, versicherte er. »Ich habe doch schon alles mit Frau Rudel besprochen – also könnte ich Sanfftleben einweisen, würde aber weiterhin selbst den Kontakt halten mit den Hinterbliebenen, mit dem Pfarrer und so weiter.«

Inge sah ihn nachdenklich an, dann nickte sie und holte die letzten Spätzle aus dem Wasser.

»Gut. Und jetzt ab mit dir!«

»Hm?«

»Na, erst mal rüber zum Tisch, Essen ist fertig – und dann ins Schlafzimmer, zum Packen.«

Er sah sie fragend an.

»Du wirst ja wohl Wäsche zum Wechseln brauchen, wenn du nach Pforzheim fährst, oder?«

Sie trug mit breitem Lächeln die Schüsseln zum Tisch und schöpfte Froelich großzügig den Teller voll.

»Und wenn du in Pforzheim deinem Kollegen hilfst, bist du wenigstens weit weg von diesem Mordfall in Zell.«

Froelich nickte ihr mit dünnem Lächeln zu und hoffte, dass ihm sein schlechtes Gewissen nicht anzusehen war.

* * *

Sanfftleben saß natürlich wieder im Rosenhäusle, seinem kleinen, charmanten Stammlokal. Direkt neben dem auffälligen Eckhaus ging die steile Treppe auf der überdachten Wehrmauer bis zur Burg hinauf, wie die alte Schanzenanlage beim Dicken Turm genannt wurde, obwohl dieser imposant über dem Neckartal thronende Teil der Stadtbefestigung nie wirklich eine Burg gewesen war. Inzwischen war die Wiese neben der Mauer am Wochenende und an schönen Abenden oft von jüngeren Esslingern bevölkert, die dort lasen, picknickten oder einfach nur zusammensaßen.

Für ein paar schöne Stunden brauchte Sanfftleben keine Wiese, ihm war eine gemütliche Wirtschaft lieber, schon weil hier verlässlich etwas gegen seinen beachtlichen Durst getan wurde. Es war erst später Nachmittag, aber der alte Bestatter winkte schon der Bedienung, ihm Nachschub zu bringen, und schob sein leeres Viertelesglas von sich weg. Die junge Frau eilte herbei, ein Glas in der einen, einen Teller in der anderen Hand.

»Na, Kollege, wollen Sie auch was bestellen?«

Sanfftleben sah Froelich nur kurz an, dann widmete er sich seinem Essen: Wie jeden Donnerstag gab es im Rosenhäusle Fleischküchle mit Soße und verschiedenen Beilagen. Der Alte hatte diesmal Bratkartoffeln gewählt, und Froelich musste sehr an sich halten, sich vom herzhaften Duft nicht auch zu einer Bestellung hinreißen zu lassen. Dass ihn noch die Linsen und Spätzle vom Mittag drückten, wäre für sich allein noch kein Hinderungsgrund gewesen – Froelich konnte auch satt noch einiges verputzen. Aber Inge hatte ihm zum Espresso nach dem Essen vorgeschwärmt, wie schön sie heute Abend bei einem Glas Wein beisammen sitzen würden, bevor er morgen nach Pforzheim fuhr. Und er hoffte, der Abend würde in eine schöne Nacht münden, wie er sie schon seit einiger Zeit nicht mehr mit Inge erlebt hatte.

»Nein, danke, ich bin noch pappsatt von heute Mittag. Und morgen geht's nach Pforzheim.«

»Ah, hat's geklappt? Freut mich.«

Sanfftleben stopfte sich einen großen Bissen in den Mund und kaute grinsend.

»Und während ich Ihren Bekannten in Pforzheim ›vertrete‹, springen Sie in dieser Zeit hier in Esslingen ein?«

»Klar, kein Problem.«

»Im Büro habe ich Ihnen alles aufgeschrieben, den Schlüssel haben Sie ja noch. Abgesehen von den Sigles steht gerade nichts Dringendes an. Mit Frau Rudel habe ich alles Wichtige besprochen und das meiste auch schon auf den Weg gebracht. Die Bestattung ist für kommenden Montag angesetzt, und ich komme spätestens dann rechtzeitig wieder nach Esslingen zurück. Halten Sie mich zwischendurch auf dem Laufenden?«

Sanfftleben nickte.

»Und Sie mich, bitte!«, brachte er mit halbvollem Mund mühsam hervor.

»Mach ich – und danke nochmals! Ihr Bekannter hat das prima eingefädelt. Inge hat keinen Verdacht geschöpft.«

»Hm«, machte Sanfftleben und stopfte sich den nächsten Happen in den Mund.

»Wie ist er eigentlich, Ihr Pforzheimer Kollege?«

Sanfftleben grinste, kaute und nahm einen Schluck. Dann zwinkerte er Froelich zu.

»Der kennt in Pforzheim Gott und die Welt, an Kontakten sollte es Ihnen dort also nicht fehlen. Aber vor allem: der Sepp ist eine Marke, auf den können Sie sich freuen.«

Er lachte, wollte aber nichts weiter über Reuchlin erzählen, und als die nötigsten Details für die Aufgaben in den nächsten Tagen besprochen waren, verabschiedete sich Froelich und marschierte voller Vorfreude zurück nach Hause.

* * *

»Mario«, sagte der Mann und schob zwei Scheine über den Tresen. »Einfach Mario.«

Die Kneipe am Rand der Esslinger Altstadt war gut besetzt, und der Wirt steckte das Geld blitzschnell weg, während er seinen Blick durch das kleine Lokal huschen ließ, ob er und der Fremde beobachtet würden.

»Okay, Mario. Und warum willst du das wissen?«

Mario grinste breit, zeigte einen gelblich grau verfärbten Schneidezahn und schob noch einen dritten Schein zum Wirt hin.

»Du hast recht, das ist ja auch egal«, sagte der, nahm das Geld an sich und schrieb einige Namen und Adressen auf einen Zettelblock. Er riss das Blatt ab und gab es dem Fremden.

»Also, Mario«, begann er, deutete nacheinander auf die Notizen und erklärte jeweils, was wie mit dem Thema zu tun hatte, das den Fremden interessierte.

»Gut, sehr gut. Vielen Dank, Mann.«

»Kennst du dich hier aus? Weißt du, wo das alles ist?«

»Das find ich schon. Nur diese …«

Mario schaute auf den Zettel.

»… Geiselbachstraße sagt mir nichts. Ist das weit von hier?«

»Nein, zu Fuß keine zehn Minuten.«

Er beschrieb ihm den Weg, dann griff Mario nach dem Zettelblock und steckte ihn ein.

»Hast du mir auch noch einen Stift?«

Der Wirt gab ihm einen und sah nachdenklich zu, wie der Fremde den düsteren Gastraum durchquerte. Typen wie diesen Mario gab es auch in Esslingen: möglichst cool, möglichst einsilbig – ein bisschen wie den Büchern um den Mafia-Paten Don Vito Corleone entsprungen. Doch Mario war nicht von hier, sonst hätte er ihn gekannt – und der leicht ins Badische tendierende Akzent deutete eher auf Karlsruhe oder Pforzheim hin. Er grinste und beobachtete den anderen, bis die Tür hinter ihm zugefallen war.

Draußen sah sich Mario kurz um. Das Lokal nebenan hieß Goldener Habicht, in den anderen Häusern, die den kleinen Platz begrenzten, waren ein Billigbäcker, ein Zeitschriftenkiosk, ein Handyladen und eine Schnellreinigung untergebracht. Er ging zu seinem Wagen, einem silberfarbenen Kombi, und fuhr hinaus nach Zell. Oberhalb der Kirche fand er die gesuchte Adresse und machte durchs Autofenster ein paar Fotos von der hölzernen Hausfassade, vom Abstellplatz, den Büschen am Rand des Gartens und den benachbarten Häusern. Als er die Modelleisenbahn auf der anderen Straßenseite entdeckte, musste er lachen. Er zoomte einige Details heran und machte auch davon noch ein paar Schnappschüsse. Dann fuhr er wieder ins Tal hinunter und ließ sich vom Navi zur Esslinger Altstadt lotsen.

Schönes Wetter, ein leichter Job und keinen Stress: Aufträge wie den heutigen könnte ihm der Chef ruhig häufiger geben. Bestens gelaunt pfiff er die Erkennungsmelodie seines Lieblingsfilms.

* * *

Der Abend war angenehm lau, und Froelich genoss es sehr, mit Inge endlich mal wieder im Freien zu sitzen. Man hatte das Gefühl, dass es zuvor wochen- oder monatelang immer nur geregnet hatte, zuletzt waren auch die Pfingsttage ins Wasser gefallen. In Esslingen ging das Hochwasser seit Montag wieder zurück, ein eilig aufgeschütteter, drei Meter hoher Damm, der zuvor die Innenstadt vor der Überflutung schützen sollte, war inzwischen wieder geöffnet – nun herrschte in den Neckarkanälen in der Innenstadt Ebbe, weil einer der Bagger während des Dammbaus ein Neckarwehr beschädigt hatte. Die ersten toten Fische trieben bereits im niedrigen Wasser der Kanäle, und in der Maille war die Luft derzeit nicht halb so frisch wie gewohnt.

Darüber und über viele andere Themen redeten Inge und er, tranken dazu kräftigen Rotwein und ließen sich Käse- und Rauchfleischhäppchen schmecken, die Froelich auf einem großen Brett angerichtet hatte. Inge hatte sich sogar dazu bewegen lassen, mit ihm zusammen einen der ausrangierten Sargdeckel als Bank und Tisch in einem auf den Innenhof hinauszutragen. Froelich hatte eine große Decke darüber gebreitet, Kerzen angezündet und seinen tragbaren CD-Spieler mit einer Live-Aufnahme von Zucchero gefüttert.

Und nun saßen sie, die Rücken an die Hauswand gelehnt, die Beine ausgestreckt, und plauderten, tranken und naschten. Ab und zu lächelten sie sich wie frisch Verliebte an, und auch sonst störten sie die Autos nicht, die auf der Geiselbachstraße vorbeifuhren.

»Ich werde die Zeit, die du in Pforzheim verbringst, übrigens nutzen«, sagte Inge.

»Klar: Du wirst mit Felice flirten, diesem toskanischen Schwerenöter.«

Froelich grinste, denn anfangs war er tatsächlich für kurze Zeit eifersüchtig auf den Wirt des La Rocciosa gewesen, weil er während des ersten gemeinsamen Abends im Ristorante ihr übertrieben galant den Gigolo vorgespielt hatte. Inge musste lachen, ihr war wohl gerade derselbe Abend eingefallen.

»Stimmt eigentlich. Danke, dass du mich daran erinnerst.«

Er drohte ihr spielerisch mit dem Zeigefinger.

»Nein, im Ernst: Ich habe ja gerade keinen großen Auftrag, meine Reportage hab ich abgeliefert, also dachte ich mir: Schreib doch mal ganz was anderes.«

Inge arbeitete seit vielen Jahren als freie Journalistin, und in den vergangenen Monaten war es tatsächlich etwas ruhiger geworden in ihrem Berufsleben. Er verdiente genug für sie beide, und Inge hatte offenbar keine Probleme damit, beruflich auch mal etwas kürzer zu treten.

»Ich schreibe einen Roman, Gottfried.«

Er wusste nicht, was er erwartet hatte – aber diese Neuigkeit war eine Überraschung für ihn.

»Einen Krimi?«

»Um Himmels willen: nein! Jetzt hab ich dich endlich so weit, dass du nicht mehr den Hobby-Ermittler gibst – da fang doch ich nicht damit an, nicht einmal in meiner Fantasie! Nein, nein, mir schwebt eher eine Geschichte vor, in der sich jemand endlich selbst findet, seine geheimen Sehnsüchte zulässt und ganz neue Wege einschlägt.«

»So wie du jetzt mit deinem Romanprojekt?«

»Ja, vielleicht. Ich glaube, dass eine solche Geschichte immer auch ein bisschen von dem handelt, der sie schreibt. Glaubst du nicht auch?«

»Keine Ahnung, aber ich will das auf jeden Fall als Erster lesen, ja?«

Sie grinste ihn an.

»Hast du Angst, dass du drin vorkommst?«

Er lächelte zurück.

»Müsste ich davor denn Angst haben?«

Ihr Blick wurde weicher, sie griff nach einem Stück Käse und schob es Froelich in den Mund.

»Natürlich nicht, mein Dicker.«

Froelich kaute schneller und schluckte den Käse zügig hinunter. »Dicker« war wie ein Stichwort zwischen ihnen, vor allem, wenn Inge es in dem rauchigen Timbre aussprach, das sie jetzt aufgelegt hatte. Jeder schnappte sich etwas, Inge pustete sorgfältig die Kerzen aus und sah Froelich dabei vielsagend an. Dem wurde es kalt und heiß, eilig gingen sie nach drinnen, nur der Sargdeckel mit der Tischdecke und den erloschenen Kerzen blieb zurück.

Verdeckt vom Hauseck stand Mario und grinste. Dieser Typ war wohl der Bestatter gewesen, von dem der Wirt erzählt hatte. Fast so dick wie der Chef, aber noch wesentlich beweglicher. Kunststück, der Bestatter war ja auch um einiges jünger. Deutlich jünger auch als die kleine, schlanke Mittfünfzigerin, die ihm auf dem Sargdeckel so eingeheizt hatte.

Mario schnalzte mit der Zunge und schlich mit leuchtenden Augen an der Hauswand entlang. Wenn die beiden jetzt gleich zugange waren, konnte er ohnehin noch nicht ins Haus. Und wenn er schon warten musste, konnte er auch ein bisschen zuhören.

Er lauschte, und es dauerte nicht lange, bis durch eines der gekippten Fenster im Obergeschoss Schritte zu hören waren. Jemand ließ sich aufs Bett fallen, dem Ächzen des Bettgestells nach zu urteilen war es wohl der Dicke. Mario stellte sich direkt unter das Fenster, lehnte sich gemütlich gegen die Wand und horchte. Er kam auf seine Kosten, die beiden droben offensichtlich auch, und als irgendwann nur noch lautes Schnarchen aus dem Schlafzimmer auf die Gasse drang, löste sich Mario bedauernd von der Wand, nestelte sein Werkzeug hervor und machte sich leise an der Hintertür zu schaffen.

Das Schloss war schnell geöffnet, und im Hausflur schloss er für eine Minute die Augen, um sich an die Lichtverhältnisse zu gewöhnen und den Weg zum Kühlraum ohne Taschenlampe zu finden. Er hatte natürlich eine dabei, aber in einem dunklen Haus hatte ein Lichtkegel auch seine Tücken. Wer wusste schon, wie neugierig hier die Nachbarn waren? Jedenfalls standen die Häuser dicht an dicht, da war immer mit unerwünschten Augenzeugen zu rechnen.

Der Wirt hatte gewusst, dass das Institut Sanfftleben einen eigenen Kühlraum hat, und sein anderer Informant hatte ihm gesteckt, dass genau hier die Leichen der beiden toten Einbruchsopfer lagen. Nun wollte er die Toten fotografieren – Bilder vom Haus hatte er schon, und mit den Fotos aus dem Kühlraum, so fand Mario, wäre die Mappe für den Chef komplett.

Die erste Tür, die er langsam aufdrückte, ging in eine Garage hinaus, in der ein Leichenwagen stand. Hinter der zweiten befand sich schon der Kühlraum. Mario öffnete die Tür nur einen Spalt breit und drückte sich hindurch – da sprangen die Neonlichter an und tauchten alles in grelles Licht. Er erschrak und ließ die Tür einen Tick zu heftig zuschlagen. Starr blieb er stehen, wo er war, und lauschte, aber nirgendwo im Haus regte sich etwas. Schließlich war er beruhigt und sah sich im Raum um.

In einer Ecke stand ein Keyboard. Mario musste grinsen. Dieser Bestatter schien ein origineller Typ zu sein: musizieren neben Leichen, das brachte auch nicht jeder fertig. Er ging hinüber zu dem Instrument, blätterte in den Notizen, die neben dem Keyboard lagen – offenbar komponierte der Dicke eigene Songs. Leider schrieb er englische Texte, mit denen Mario nicht viel anfangen konnte, auch Noten konnte er nicht lesen, also legte er alles wieder zurück und wandte sich den beiden Särgen zu, die ein paar Schritte entfernt direkt nebeneinander standen.

Im einen lag ein Mann, im anderen eine Frau, und weil sich im Kühlraum sonst nur noch ein älterer Herr mit Glatze befand, neben dessen rustikalem Holzsarg noch die Utensilien auf einem kleinen Werkstattwagen lagen, mit deren Hilfe die Leiche vermutlich vorzeigbar gemacht wurde, ging Mario davon aus, dass er in den beiden Leichen das Ehepaar Sigle vor sich hatte, das in seinem Passivhaus in Esslingen-Zell mit einer Überdosis Gas getötet worden war.

Die beiden sahen friedlich aus, ganz entspannt, und wie immer, wenn er Tote sah, beneidete er die beiden fast ein wenig. Diese Ruhe, dieses völlige Desinteresse an allem, was um sie herum geschah … Mario wollte nicht sterben, aber gelassen und in sich ruhend – das war schon der Zustand, nach dem er strebte. Leider ließ es der Beruf nicht immer zu, dass er Harmonie und Frieden erlebte.

Mario betrachtete die Gesichter der beiden eine Weile, dann trat er zwei Schritte zurück und richtete die Kamera auf sie. Dabei versuchte er, ihre Särge so wenig wie möglich aufs Bild zu bekommen.

Freitag, 7. Juni

Gegen halb acht klingelte der Wecker, und Froelich brauchte eine Weile, bis er es aus den Federn schaffte. Er hatte geschlafen wie ein Toter, kein Wunder nach dem gestrigen Abend. Im Hinausgehen blieb er kurz an Inges Bettseite stehen und hauchte ihr einen Kuss auf die Wange.

»Hm?«

Sie wurde nicht ganz wach, aber er flüsterte ihr trotzdem zu, dass er jetzt duschen und danach das Frühstück richten werde. Als er sich trocken gerubbelt hatte, zog er den Morgenmantel über und ging zuallererst ins Erdgeschoss hinunter. Er erinnerte sich vage, dass es ihm irgendwann spät am Abend oder in der Nacht so vorgekommen war, als hätte er das Schlagen einer Tür gehört. Aber unten war alles in Ordnung. Die Hintertür war zu, weder in der Garage noch im Sarglager war etwas Ungewöhnliches zu sehen. Im Kühlraum lagen zwei Notenblätter auf dem Boden, aber die waren vermutlich von dem Lufthauch heruntergeweht worden, als er gestern die Tür hinter sich zugezogen hatte.

Eine gepfiffene Melodie kam ihm in den Sinn, die er aus einem berühmten Mafiafilm kannte, aber er konnte sich nicht mehr erinnern, ob er auch das Pfeifen gestern Nacht wirklich gehört oder ob er es nur geträumt hatte.

Er tappte wieder hinauf, ließ Kaffee durchlaufen, deckte den Tisch und setzte Wasser für Frühstückseier auf. Bald war die Küche erfüllt vom Duft nach frischem Kaffee. Froelich schenkte Multivitaminsaft in zwei Gläser und trug sie hinüber ins Schlafzimmer, wo sich Inge inzwischen gähnend unter ihrer Decke räkelte.

* * *

Sie hatten sich mit langen Küssen verabschiedet, und er vermisste Inge schon, noch bevor er auf den vielbefahrenen Altstadtring einbog. Während er auf der B10 dahinzuckelte und die Tachonadel im Auge behielt, bis er die Blitzersäulen bei Mettingen hinter sich hatte, wählte er seine Festnetznummer und sprach Inge noch ein paar verliebte Sätze auf Band. Sie ging nicht ran, wahrscheinlich stand sie nun selbst unter der Dusche.

Mit jedem Kilometer Fahrt wurde es ihm leichter ums Herz, und als er in Leonberg von der Autobahn abfuhr und die Steigung in Richtung Renningen in Angriff nahm, kreisten seine Gedanken schon vollständig um den Mord am Ehepaar Sigle. Beim Naturtheater schreckte ihn wildes Hupen auf, hinter ihm saß ein gestikulierender Mann mit hochrotem Kopf am Steuer einer teuren Limousine – ihm hatte die Überholspur wohl nicht mehr gereicht, und nun musste er hinter Froelichs Ente abbremsen, um den gemächlich dahintuckernden Oldtimer nicht von der Fahrbahn zu schieben.

Froelich kümmerte sich nicht weiter um ihn, auch nicht, als der andere mit drohenden Gebärden an der nächsten Ampel die kurze Überholspur nutzte, um mit kreischendem

Motor an ihm vorbeizuziehen. Er hatte alle Zeit der Welt. In Pforzheim hatte er sich erst für den frühen Nachmittag angesagt, vorher wollte er noch seinen Mitarbeiter Walter Reiff besuchen, der seit vier Jahren die Geschäfte im Stammhaus von Fürchtegott Froelich & Söhne führte – und der das, nebenbei bemerkt, sehr gut und sehr einträglich machte.

Der Anblick des gewaltigen Kirchturms von Sankt Peter und Paul zauberte ihm ein Lächeln ins Gesicht, und als er die Ente im Hof des Instituts parkte, kam schon Reiff aus der Tür und strahlte. Es war schön hier wie eh und je.

Er fand ja selbst, dass er Weil der Stadt zu selten besuchte, aber die Erinnerung an seine Jugendliebe Anita und an den ersten Mordfall, in dem er mitermittelt hatte, schlugen ihm bei aller Wiedersehensfreude jedes Mal auch aufs Gemüt. Es wurde zwar mit jedem Besuch, den er seinem Elternhaus abstattete, und mit jedem Monat, der verging, etwas leichter – aber noch immer gab es ihm einen Stich, mit dem Glucksen der Würm im Ohr auf die Mauern, Dächer und Türme der Stadt zu blicken, in der damals so viel geschehen war, das ihm an die Nieren ging.

Nun saß er auf der Terrasse, trank seinen zweiten Kaffee und schaute über die Würm hinweg auf den Friedhof. Dort lag Agathe Weinmann begraben, die ihn damals überhaupt erst auf die Idee gebracht hatte, sich um das Vorleben seiner Klienten zu kümmern. Und dort hatte ihre Freundin Lina Laurentii ihr nachts am Grab das »Ave Maria« gesungen. Er lächelte versonnen, und Reiff, der es bemerkte und natürlich wusste, dass Froelichs Miene nichts mit seinen Erzählungen aus dem Tagesgeschäft zu tun hatte, verstummte und sah ebenfalls zum Friedhof hinüber.

»Du denkst noch oft an damals, oder?«, fragte er schließlich.

»Geht so. Eigentlich fast nur, wenn ich hier bin.«

Reiff nickte und schwieg.

»Ich glaube, Inge und ich sollten heiraten«, sagte Froelich nach einer längeren Pause. »Wir haben uns vorgestern richtig heftig gestritten, gestern haben wir uns versöhnt …«

Er lächelte noch etwas mehr.

»Das ist alles schon genau so, wie ich mir das in einer Ehe immer vorgestellt habe. Und eine Bessere als Inge finde ich ohnehin nicht mehr.«

Froelich grinste Reiff an.

»Nicht, dass sie mir eines Tages mit einem Jüngeren durchbrennt.«

Es entstand erneut eine Pause.

»Der Altersunterschied macht euch nichts aus, Gottfried?«

Reiff kannte Inge, er wusste, dass sie auf ihre Art jünger war als Froelich und viele andere – aber sie war nun mal siebenundfünfzig, und Froelich würde im Oktober erst dreiundvierzig werden.

»Nein, der macht uns nichts aus«, antwortete Froelich, und die Erinnerung an die vergangene Nacht löste einen wohligen Schauer in ihm aus. »Wirklich nichts.«

Sie saßen noch gut eine Stunde lang auf der Terrasse, dann verabschiedete sich Froelich, sah noch einmal zu Sankt Peter und Paul hinüber und kletterte in seinen Wagen. Gemächlich umkurvte er die Stadtmauer und fuhr schließlich das Würmtal hinab auf Pforzheim zu.

* * *

»Gute Arbeit, Mario, danke.«

Der dicke alte Mann lehnte schwerfällig in seinem riesigen Ledersessel, schloss die Kartonmappe, ließ sie auf seinen Schoß sinken und deutete mit seinen fleischigen Fingern auf das Geld, das auf dem Schreibtisch vor ihm lag. Mario nahm die Scheine an sich, deutete eine knappe Verbeugung an, murmelte ein leises »Ciao, Chef« und ging aus dem Zimmer.

Mario zog die gepolsterte Tür behutsam hinter sich zu, und der Dicke blieb allein im Raum. Umständlich wuchtete er sich im Sessel ein wenig nach vorn, griff nach dem an der Tischkante liegenden Handy und rief eine der gespeicherten Nummern auf. Überraschend behende glitten seine wulstigen Finger dabei über die Tastatur, und als sich der Gesprächspartner meldete, nannte der Chef keinen Namen, sondern knurrte nur: »Kannst du mir bitte mal diese ›Gentlemen‹ ranschaffen? Ich muss mit denen reden, am liebsten heute noch.«

Damit legte er auf, sah nachdenklich durch das Fenster auf die Pforzheimer Innenstadt hinaus und begann nach einer Weile, seine Finger zu kneten.

* * *

So sehr Froelich die Fahrt die Würm entlang, durch das saftige Grün des Waldes und über die geschwungenen Kurven der Landstraße genossen hatte, so schnell war seine gute Laune verflogen, als er sich durch die südliche Vorstadt allmählich ins Pforzheimer Zentrum vorarbeitete. Die ganze Vorstadt schien aus besonders tristen Mehrfamilienhäusern zu bestehen, die sich auf beiden Seiten der Straße aneinanderreihten, und die ganze Innenstadt schien ein einziges heilloses Gewimmel aus Stau, Baustellen und Umleitungen zu sein.

Schließlich hatte er keine Lust mehr, in dem Durcheinander die Straße zu suchen, in der Sepp Reuchlin sein Bestattungsinstitut hatte. Er nahm die erste Tiefgarage mit einem nach Stadtmitte klingenden Namen, verpasste die Einfahrt, drehte um und nahm die zweite Zufahrt auf der Straßenseite gegenüber. In der Garage war erstaunlich viel Platz, und nur ein kleines Stück vom Ausgang entfernt entdeckte er die Tourist-Information, wo er sich mit allerlei Materialien über die Stadt und vor allem mit einer Broschüre eindeckte, die in ihrer Mitte einen detaillierten Plan der Innenstadt bot.

Darin war die Dillsteiner Straße schnell gefunden, und der Fußweg von kaum zehn Minuten führte ihn am Stadttheater vorbei, das gerade ein Stück nach einem der bekanntesten Texte von Edgar Allan Poe im Programm hatte. Er kam am wuchtigen Congress-Centrum vorbei, sah junge Leute auf den Uferwiesen eines Flusses sitzen und Frisbee spielen. Das Gewässer war von hohen Ufermauern eingefasst, über die üppig grünende Bäume ihre schweren Äste hängen ließen – und als er den Namen des Flusses in der Karte nachlas, staunte er nicht schlecht: Die Enz floss auch durch Besigheim, wo er ebenfalls ein Institut betrieb und mit seinem zweiten Mord konfrontiert worden war.

Die Dillsteiner Straße wurde auf beiden Seiten von mehrgeschossigen Stadthäusern eingefasst, neben dem rechten Gehweg waren junge Bäume in kleine, von Gittern umgebenen Erdflecken gepflanzt. Den Eingang zur Straße markierten ein Tabakladen auf der linken und ein Modegeschäft auf der rechten Seite, ein Verkehrsschild wies darauf hin, dass die Jahnstraße stadteinwärts gesperrt war – wobei Froelich nicht ganz klar war, warum dieses Schild in der Dillsteiner Straße stand.

Aus der Nummerierung der Gebäude konnte er schließen, dass sich Reuchlins Institut auf der linken Straßenseite befand, doch das neben einem zurückhaltend gestalteten Hauseingang hängende Schild »Gute Hoffnung« führte ihn auf eine falsche Spur: Es handelte sich nicht um Reuchlins Geschäft, sondern um ein Hotel.

Ein Stück weiter hatte er sein Ziel aber fast erreicht: ein Wegweiser mit der Aufschrift »Reuchlin Bestattungen« zeigte in einen Hinterhof, und als er den tunnelartigen Durchgang hinter sich hatte, sah er linkerhand ein großes Schaufenster aus milchigem Glas, auf dem der Name des Instituts in altertümlichen Buchstaben stand, davor war ein ziemlich betagter Leichenwagen geparkt.

Im Hof war niemand zu sehen, eine zweiflügelige Holztür neben dem Haupteingang war durch den Leichenwagen so zugestellt, dass sie nicht mehr zu öffnen war. Links des Wagens lagen kleine Holzreste wild durcheinander, rechts davon lehnten zwei Plastikkränze an der Hauswand, die roten Stoffschleifen trugen in ausgebleichten und teilweise abgeplatzten Buchstaben die Sätze »Ruhe sanft« und »In ewigem Gedenken«.

Froelich lugte durch die milchige Scheibe. Im Institut schien niemand zu sein, aber vielleicht gab es dort eine Möglichkeit, Reuchlin auf sich aufmerksam zu machen. Er wollte losgehen, als hinter ihm Schritte hallten und auf ihn zukamen. Ein älterer Herr in hochgekrempelten Stoffhosen und Gesundheitslatschen eilte herbei, sein offenes, weites Hemd flatterte hinter ihm her, darunter war ein schwarzes T-Shirt zu sehen, das nachlässig in den Hosenbund gesteckt war.

»Herr Froelich?«, fragte der Mann und schüttelte, ohne erst auf eine Antwort zu warten, mit beiden Händen Froelichs Rechte. »Freut mich sehr, Sie kennenzulernen. Der alte Richie hat ja in den höchsten Tönen von Ihnen geschwärmt.«

»Ach?«

Froelich kam zwar gut aus mit Richard Sanfftleben, aber manchmal hatte er den Eindruck, er würde den Kollegen eher nerven als begeistern. Vor allem, wenn er keine schmutzigen Witze hören wollte oder ihn wegen seines übermäßigen Alkoholkonsums tadelte.

»Sind Sie nicht mit dem Auto gekommen?«

»Doch, aber mir war das zu blöd mit diesen ganzen Umleitungen und Baustellen, ich hab den Wagen erst einmal in der Tiefgarage abgestellt.«

»Schön, schön, den können Sie ja nachher holen. Ich zeig Ihnen kurz alles, und dann will ich auch schon los.«

Er stürmte auf die Eingangstür zu, und Froelich beeilte sich ihm zu folgen. Reuchlin schubste die Tür auf, ein schwerer Gong erklang, gefolgt von einigen weiteren Tönen, die wie ein altmodisches Glockenspiel klangen.

»Cool, oder?«

Reuchlin deutete über seine Schulter nach oben. Dort war ein kleines Kästchen mit Schlitzen an der Decke befestigt:

Anscheinend löste das Öffnen der Tür die dort gespeicherte Tonfolge aus.

»Was meinen Sie damit, dass Sie gleich los wollen?«, fragte Froelich, während der andere wild in einer großen Schublade in der Empfangstheke herumfuhrwerkte, offensichtlich auf der Suche nach etwas – und noch offensichtlicher ohne jede Geduld. »Das mit der kranken Großmutter oder Cousine war doch nur eine Erfindung, damit Sie mich von zuhause loseisen können. Ich muss Sie doch nicht wirklich vertreten, oder?«

Reuchlin erstarrte mitten in der Bewegung und sah, die Hände noch tief in der Schublade vergraben, belustigt zu Froelich auf.

»Sie sind echt eine Marke«, gickerte er, »aber das hat mir Richie ja schon angekündigt.«

»Ach, Ihnen auch?«

Reuchlin lachte und suchte weiter.

»Und warum wollen Sie jetzt gleich los, wenn die Geschichte mit der Cousine doch nur erfunden ist?«

»Weil ich drüben bei Luigi einen wunderbaren Teller mit Schinken, Salami und Provolone stehen habe. Das wird zwar nicht kalt, aber wer weiß schon, ob Luigi das edle Zeug nicht irgendwann doch lieber selber isst.«

Nun hatte Reuchlin wohl gefunden, was er suchte. Er warf Froelich im hohen Bogen einen Schlüsselbund zu, dann kam er um die Theke herum und deutete nacheinander auf alle Schlüssel an dem Metallring.

»Vordereingang, Sarglager, Hintereingang ... ach so, den Hintereingang muss ich Ihnen erst noch zeigen, ist ein bisschen kompliziert. Der geht zum Nachbarhof hinaus. Egal, dann der hier: der ist für das Tor, mit dem Sie den Innenhof abschließen können – aber das war, glaube ich, seit dreißig Jahren kein einziges Mal verschlossen. Der hier ist für den Leichenwagen, der für den Briefkasten und der ... äh ... hab ich vergessen.«

Damit trat er einen Schritt zurück, stemmte beide Fäuste in die Seite und sah Froelich forschend an.

»Noch Fragen?«

»Äh … ich …«

»Also nicht, schön, schön. Und jetzt …« Er deutete auf den Schlüsselbund in der Hand des verdutzten Froelich. »… jetzt stecken Sie das weg und kommen Sie mit. Luigi hat sicher auch für Sie noch Schinken und Käse.«

Schon marschierte er aus dem Laden und über den Innenhof davon. Als Froelich ebenfalls durch die Tür trat, sah er Reuchlin ungeduldig im Durchgang stehen.

»Ja los, worauf warten Sie? Oder essen Sie womöglich nicht gern?«

Froelich dachte noch darüber nach, ob das eine Anspielung auf seine Figur gewesen sein sollte, aber Reuchlin hatte weder auf seinen Bauch geschaut noch auf seinen eigenen geklopft – stattdessen hatte er sich gleich nach der kurzen Bemerkung abgewandt und eilte nun über die Straße auf ein kleines Ladengeschäft zu. »Feinkost Gaudente« stand auf einem großen Schild über dem einzigen Schaufenster.

Als Froelich ebenfalls die andere Straßenseite erreicht hatte, sah er Reuchlin durch das große Fenster schon wieder am Tisch sitzen und sich kauend über einen Teller beugen. Feinkost Gaudante war dem Anschein nach eine heimelige Mischung aus Bistro und Verkaufsgeschäft, in der Auslage lockten die unterschiedlichsten Käsesorten, Salamilaibe, Schinkenstücke und -scheiben und Antipasti aller Art. Hinter der Theke war eine beeindruckende Sammlung italienischer Weine und Spirituosen in Wandregalen aufgereiht, und auf der dem Fenster abgewandten Ende der Theke stand eine kompliziert aussehende Espressomaschine, umgeben von Packungen und kleinen Säcken mit Kaffeebohnen, die mit Preisschildern und teils handgeschriebenen Etiketten versehen waren.

Hinter der Theke stand niemand, aber Reuchlin gegenüber lehnte ein dürres Männchen mit schütterem, rabenschwarzem Haar lässig an der hüfthohen hölzernen Wandvertäfelung. Als Froelich den Raum betrat, deutete Reuchlin auf ihn.

»Das ist er«, sagte er nur und widmete sich dann wieder dem Schinken vor sich.

Das Männchen ging ihm mit ausgestreckten Händen und einem strahlenden Lächeln entgegen.

»Sie sind das? Freut mich sehr. Ich bin Luigi, und das hier …« Er machte eine alles umfassende Geste. »… ist mein kleiner Laden.«

Froelich begrüßte Luigi Gaudante freundlich, aber insgeheim fragte er sich, was Sanfftleben seinem Freund Reuchlin wohl so alles über ihn erzählt hatte. Nur Gutes, hoffentlich. Wobei … der alte Bestatter neigte zu einem sehr derben Humor, wie Froelich schon mehrfach hatte erfahren müssen.

»Ach, wo hab ich nur meinen Kopf?«

Luigi lachte, bugsierte Froelich zu einem freien Stuhl neben Reuchlin und verschwand in Windeseile hinter der Theke. Als er wieder auftauchte, trug er einen Teller heran, der dem vor Reuchlin glich – bis auf die Tatsache, dass hier noch bergeweise Salami, Schinken, Käse und Oliven aufgetürmt waren.

»Mögen Sie so was?«, fragte Luigi und lächelte Froelich an.

»Ja, sicher – wer nicht?«

»Dann hauen Sie rein, ich wünsche guten Appetit! Das geht zur Begrüßung aufs Haus.«

Er setzte sich auf den letzten freien Platz am Tisch und sah Froelich gespannt an, als wartete er darauf, dass sein neuer Gast die Spezialitäten probiert und mit einem Kommentar bedacht hatte. Froelich pickte sich von allem etwas heraus, griff dann erneut zu und lobte zwischendurch immer wieder mit vollem Mund. Luigi war's zufrieden, er lehnte sich mit verschränkten Armen auf seinem Stuhl zurück und beobachtete die beiden Männer beim Essen.

»Ich habe gehört, dass Sie in Esslingen ein Lieblings-Ristorante haben und dass der Wirt aus der Toskana stammt.«

»Ja, ja, aus einem Dorf bei Siena: Castiglione d'Orcia. Felice, der Wirt, hat mir mal Fotos gezeigt – sehr schön. Der Ort selbst und auch die alte Burg oben auf dem Hügel.«

Luigi grinste.

»Ich weiß. Mein Dorf San Quirico d'Orcia liegt nur sechs Kilometer nördlich von Castiglione. Sanfftleben hat mir über Sepp ausrichten lassen, ich soll mich essensmäßig ein bisschen um Sie kümmern.«

Froelich sah Luigi erstaunt an.

»Kennen Sie meinen Kollegen Sanfftleben?«

»Ja«, lachte Luigi, »ein schräger Typ, aber nett.«

Er stand auf, nahm eine gerahmte Urkunde vom Wandhaken und hielt sie Froelich hin. Darauf stand: »Richard Sanfftleben – Institut des Jahres 1999«. Das Original der Urkunde hatte ihm Sanfftleben mal gezeigt, eine Kopie hatte er im Esslinger Büro hängen. Auch Froelich konnte eine ähnliche Auszeichnung vorweisen: 2004 hatte er mit dem Stammhaus in Weil der Stadt den Bestatter Award gewonnen, während der Preisverleihung hatte er Richard Sanfftleben kennengelernt. Doch er konnte sich keinen Reim darauf machen, wie Feinkost-Luigi zu einer Kopie von Sanfftlebens Urkunde kam.

»Als Richie das Ding damals gewonnen hat, haben wir das hier bei Luigi mit der ganzen Bestatter-Theatertruppe gefeiert. Er ist bei mir über Nacht geblieben, und am nächsten Abend haben wir zu zweit gleich noch einmal gefeiert, natürlich auch wieder hier. Da hat er mir und Luigi jeweils eine Kopie der Urkunde rahmen lassen, seither hängen die hier, eine im Bistro, eine bei mir drüben im Institut.«

»Und Sie sollen sich darum kümmern, dass ich in Pforzheim gut versorgt werde?«

»Ja, hat er gesagt. Das ist auch besser so: Sepp ist ein miserabler Koch, essen Sie lieber bei mir.«

»Da hat er recht«, pflichtete Reuchlin bei und aß weiter.

Froelich schüttelte lachend den Kopf. Sanfftleben hatte seinen Besuch hier ja wirklich gründlich vorbereitet.

»Gibt es noch jemanden, der sich um mich kümmern soll, während ich in der Stadt bin?«

»Ja«, sagte Sepp ungerührt und deutete durch das Schaufenster schräg über die Straße. »Kanne will ich Ihnen noch vorstellen. Aber das muss bis morgen warten, der ist heute nicht da.«

»Kanne?«

»Sie spielen doch Klavier, oder? Hat mir jedenfalls Richie erzählt. Im Kühlraum, stimmt's?«

Reuchlin und Luigi grinsten sich vielsagend an.

»Mit einem Kühlraum kann ich nicht dienen, und ein Keyboard habe ich auch nicht – aber Kanne hat dort drüben sein Musikaliengeschäft, der lässt Sie sicher zwischendurch mal auf einem seiner Klaviere spielen, wenn Ihnen danach ist.«

»Und der heißt Kanne?«

»Eigentlich heißt er Ferdinand Östreicher, aber weil er früher in ein paar lokalen Bands Saxofon spielte, haben ihn alle immer nur Kanne genannt – Kanne für Saxofon, Sie verstehen?«

»Ja, das versteh ich schon, aber ich würde lieber jemand anderen kennenlernen.«

»Vermutlich jemanden«, schlug Reuchlin vor, »der Ihnen etwas über die Einbrüche hier in der Gegend erzählen kann, richtig?«

»Genau, deswegen bin ich ja eigentlich hier. Ich dachte, ich gehe nachher mal bei der Kripo vorbei. Eine Bekannte hat mir den Kontakt zu dem Kommissar vermittelt, der dort die Einbruchserie bearbeitet.«

»Kein Problem, ich kann Sie hinbringen.«

Er sah auf die Uhr.

»Kann allerdings sein, dass Ihr Kommissar nicht mehr im Büro ist. Es ist schon kurz vor sechs.«

»Mist, na ja, dann muss das halt bis morgen warten.«

»Ich kenne noch jemanden, der Ihnen vielleicht weiterhelfen kann.«

Froelich sah ihn gespannt an.

»Essen Sie fertig«, sagte Reuchlin, »und holen Sie Ihren Wagen aus der Tiefgarage, dann gehen wir los.«

Froelich nahm das letzte Stück Käse vom Teller, spülte mit Mineralwasser nach und ließ sich auch den Espresso noch schmecken, den Luigi ungefragt vor ihn hinstellte. Anscheinend ließ es sich in Pforzheim aushalten.

»Und?«, fragte Reuchlin. »Haben Sie die Baustellen und die Umleitungen hier bei uns in Pforzheim jetzt langsam verdaut?«

Froelich nickte und sah sehr zufrieden aus. Reuchlin ließ sich von ihm die Innenstadtkarte geben und fuhr mit dem Zeigefinger die Strecke entlang, auf der er mit dem Auto am schnellsten von der Tiefgarage zum Institut kam.

* * *

Als Froelich die Ente im Innenhof des Bestattungsinstituts abstellte, war wieder niemand zu sehen. Er betrat das Geschäft, rief nach Reuchlin und ging, als er keine Antwort bekam, durch eine offenstehende Tür ins Hinterzimmer. Hier roch es muffig, und in altertümlichen Wäscheschränken waren, wie er durch die verglasten Vorderseiten der Schubladen sehen konnte, Hemden, Schleifen und andere Utensilien gelagert, die ein Bestatter vorrätig haben musste.

Der Raum hatte zwei weitere Türen, eine davon stand offen und führte ins Sarglager. Froelich sah sich dort um: Reuchlin hatte offenbar einen erlesen altmodischen Geschmack – Sanfftleben, der ähnlich gepolt war, hatte ja gesagt, dass es Reuchlin ebenfalls, wie er es nannte, »traditionell« mochte. Immerhin: die Särge waren solide und durchaus hochwertig. Im Regal gab es einige Lücken, und hinten an der Wand hing ein Plakat, das Froelichs Interesse weckte. Darauf waren sechs Männer und drei Frauen mittleren Alters zu sehen, die sich umarmt hielten und in die Kamera lachten. Darüber stand in fetten Lettern »Der müde Tod«, und hinter der lachenden Gruppe stand eine düstere Gestalt mit Sense im Halbschatten.

Das musste ein Plakat der alten Theatergruppe sein, von der Sanfftleben erzählt hatte. Und der hagere Mann links außen hatte durchaus Ähnlichkeit mit seinem Kollegen – wenn er auch ein weniger knochiges Gesicht und volles, schwarzes Haar hatte.

Froelich ging durch einen schmalen Gang, den einige auf dem Boden abgestellten Särge freiließen, auf das Plakat zu und versuchte, darauf den jungen Reuchlin zu entdecken – dabei stieß er mit dem Fuß gegen ein Bein und kam ins Straucheln. Abgestützt auf einen verschnörkelten Eichensarg, konnte Froelich einen Sturz gerade noch so verhindern, und so vornüber gebeugt, sah er nun auch Reuchlin am Boden liegen.

Er hatte zwei Jutesäcke auf dem Betonboden des Lagerraums ausgebreitet, auf ihnen hatte er sich ausgestreckt, den Oberkörper gegen einen riesigen Sarg gelehnt, der mit seinem schwarzen Klavierlack und den ausgreifenden Ornamenten auf dem Deckel gut in einen Gruselfilm gepasst hätte. Froelich rappelte sich wieder auf, und auch Reuchlin erhob sich, klopfte etwas Staub von der Hose und rieb sich gähnend die Augen.

»Warum haben Sie denn so lange gebraucht?«, fragte er dann. »Haben Sie sich verfahren?«

Dass er sich zu einem Nickerchen ins Sarglager zurückgezogen hatte, schien ihm keine weitere Begründung wert – und Froelich wunderte sich auch nicht. Schließlich hatte auch er schon manchmal die Ruhe in solchen Räumen für eine Pause genutzt. Und Reuchlin hatte sich nicht einmal in einen der Särge gelegt, wie es Froelich zu tun pflegte, wenn er mal einen im Lager hatte, der voluminös genug für ihn war.

»Nein«, erklärte Froelich seine Verspätung und zog ein paar neue Fünf-Euro-Scheine hervor, »aber der Kassenautomat hat meine neuen Fünfer nicht genommen. Münzen hatte ich keine einstecken, und Zwanziger und Fünfziger schluckt der Automat nicht. Also musste ich erst einmal jemanden auftreiben, der mir wechseln konnte.«

»Da wo wir jetzt hingehen, bekommen Sie mit Ihren neuen Fünfern jedenfalls keine Probleme. Auf geht's, Herr Froelich!«

»Soll ich fahren?«

»Nein, wir laufen. Ich brauch die Bewegung, und allzu weit ist es auch nicht.«

Als sie die Enz überquerten, schnaufte Froelich schon wie ein Walross. Reuchlin schlug ein ordentliches Tempo an und quatschte in einem fort auf seinen Begleiter ein.

»Ich kenne zwei Kneipen, in denen wir etwas zu den Einbrüchen erfahren könnten. Die eine ist eine üble Kaschemme mit dem hochtrabenden Namen ›Zum Goldenen Reiter‹. Hasso, der Wirt, ist ein widerlicher Kerl, der im selben Haus noch eine Spielhalle und ein Bordell laufen hat. Das andere ist Bernies Beiz, wie die Kaschemme nicht weit vom Bahnhof entfernt – da ist es angenehmer, das Bier schmeckt besser und Bernie Rieker ist ein netter Kerl. Da versuchen wir es zuerst, und wenn wir Glück haben, kann ich Ihnen das andere Loch ersparen.«

Nun ging es bergauf, Reuchlin deutete nach links auf das Gebäude der Polizei, in dem auch die Pforzheimer Kripo untergebracht war, und dann führte er ihn durch eine Unterführung auf die andere Seite des Bahnhofs.

Schließlich hatten sie Bernies Beiz erreicht. Das kleine Lokal wirkte sehr gemütlich, der runde Tresen in der Mitte des Raums dominierte die Kneipe, und hinter den Zapfhähnen werkelte ein kleiner, drahtiger Mann mit Drei-Tage-Bart und ebenso kurz geschorenen Haarresten am Hinterkopf.

Zur Rudolfstraße hin waren drei kleine Tische frei, Reuchlin steuerte auf den mittleren zu. Keine Minute später stand der drahtige Mann neben ihnen und lächelte.

»Na, Herr Reuchlin, noch immer am liebsten ein Pils?«

»Dass Sie das noch wissen, Bernie! Ich war ja nun auch schon eine Weile nicht mehr hier. Ja, ein Pils wäre prima.«

»Und für Sie?«, wandte er sich an Froelich, der ein Hefeweizen bestellte.

Das Publikum in dem kleinen Lokal war bunt gemischt. Zwei Tische weiter saßen drei Herrschaften im gesetzten Alter, die beiden Damen tranken Hugo, der Mann einen Rotwein. Gleich neben dem Eingang lümmelten zwei Punker und tranken Bier. Ein Handwerker in Latzhose beugte sich über seinen Teller und schaufelte angebratenen Fleischkäse mit Spiegelei in sich hinein, und einen Tisch weiter saß ein junges Pärchen und prostete sich mit Apfelschorle zu.

Bernie brachte das Bier, und Reuchlin fragte ihn, ob er nachher noch kurz Zeit habe, sich zu ihnen zu setzen. Kurz schien er zu zögern, dann sah er sich um, nickte schnell und ging zurück zum Tresen, wo er Bier zapfte, einigen Gästen Nachschub brachte und zwischendurch im Vorbeigehen neue Bestellungen aufnahm.

Etwa eine Viertelstunde verging. Der Handwerker zahlte und ging, die Punker hatten leergetrunken und wollten nichts mehr bestellen, blieben aber sitzen. Am Tisch mit den gesetzteren Herrschaften wurde es etwas lebhafter, und das verliebte Pärchen bestellte zwei Gläser Prosecco. Dann kam Bernie zu ihnen an den Tisch, eine Schale mit Pistazien und ein Glas Bier in der Hand, und zog sich einen freien Stuhl heran.

»Darf ich Ihnen Herrn Froelich vorstellen?«, begann Reuchlin. »Ein Kollege von mir aus Esslingen. Er hilft mir im Institut, und darüber hinaus ... hätte er ein paar Fragen.«

Bernie gab Froelich die Hand und musterte ihn kurz, dann wandte er sich wieder an Reuchlin.

»Sie reden nicht lange drum herum, Herr Reuchlin. Das war schon damals so.«

Froelich schaute fragend drein.

»Herr Riekers Mutter starb vor fünfzehn Jahren«, erklärte Reuchlin, »und weil sie bei mir gleich um die Ecke wohnte, hat er mich gebeten, dass ich mich um alles kümmere. Seither kennen wir uns.«

»Und seit damals«, fügte Bernie grinsend hinzu, »hat er etwas gut bei mir. Ich war zu der Zeit nicht besonders flüssig, und die Bestattung hatte ich finanziell etwas unterschätzt. Da ist mir Ihr Kollege sehr entgegen...«

»Lassen wir die alten Geschichten«, schnitt ihm Reuchlin ungnädig das Wort ab. »Aber wenn ich bei Ihnen noch etwas guthabe, trifft sich das natürlich. Ich habe Herrn Froelich versprochen, dass Sie ihm ein wenig helfen würden.«

»Helfen? Wobei?«, fragte Bernie, er wirkte nun sehr misstrauisch.

»Mein Kollege würde gerne etwas über eine Serie von Einbrüchen wissen, die sich im vergangenen Winter in und um Pforzheim ereignet hat. Und ich hoffe, dass Sie ihm da mit der einen oder anderen Information weiterhelfen können.«

Bernie presste die Lippen aufeinander und schaute Reuchlin abweisend an.

»Und, Bernie, hab ich meinem Kollegen zu viel versprochen?«

»Ich fürchte: ja.«

»Sie wissen etwas, wollen es uns aber nicht sagen.«

Der Wirt zuckte mit den Schultern.

»Oh – sind so … wichtige Leute daran beteiligt?«

»Tut mir leid«, sagte Bernie und erhob sich, »da kann ich Ihnen wirklich nicht weiterhelfen. Darf ich Ihnen noch was bringen?«

»Setzen Sie sich bitte wieder, Bernie.«

Er legte ihm die Hand auf den Unterarm und sah ihn an. Langsam ließ sich Bernie wieder auf den Stuhl sinken, aber seine Miene hatte sich nicht entspannt. Kurz sah er zum Fenster hinaus, dann hatte Reuchlin wieder seine volle Aufmerksamkeit.

»Mein Kollege wird Ihnen jetzt mal eine Geschichte erzählen. Hören Sie einfach zu, vielleicht fällt Ihnen dann doch noch etwas ein.«

Er nickte Froelich ermunternd zu, und der begann vom Ehepaar Sigle zu erzählen, von dem eingeleiteten Gas, an dem sie starben, und von den Einbrechern, die in dieser Nacht das ganze Haus auf den Kopf stellten, die alles mitnahmen, was sich zu verscherbeln lohnte, inklusive der Ringe, die das Ehepaar zur Silberhochzeit geschenkt bekommen hatte, und dem Inhalt zweier Sparschweine.

Bernie hörte sich alles ruhig an, sagte aber nichts.

Nun erklärte Froelich, wie es überhaupt kam, dass er als Bestatter in diesem Mordfall recherchierte. Wie er in Weil der Stadt vor vier Jahren das erste Mal über Ungereimtheiten im Zusammenhang mit einem Todesfall gestolpert war, und wie er zwei weitere Male mehr oder weniger zufällig mit Morden zu tun bekommen hatte.

Inzwischen hatte sich der Wirt etwas entspannt, die letzten Schilderungen quittierte er mit einem leichten Grinsen.

»In Esslingen habe ich erfahren, dass das Gas, an dem die Sigles starben, auch bei Einbrüchen hier in der Gegend eingesetzt wurde. Und dass es aber nicht nur Gemeinsamkeiten mit dem Einbruch in Esslingen gibt, sondern auch deutliche Unterschiede. Meine Zeit bei Kollege Reuchlin würde ich gerne nutzen, um etwas mehr über die Einbrüche hier in der Umgebung zu erfahren. Darüber, ob sie mit dem Doppelmord in Esslingen zusammenhängen und, falls ja: wie.«

Bernie wurde wieder ernst und machte erneut Anstalten aufzustehen.

»Bernie! Bitte!«

Reuchlin beschwor ihn regelrecht.

»Mein Kollege wäre wirklich sehr auf Ihre Hilfe angewiesen. Und natürlich erfährt niemand, woher wir die Informationen haben. Versprochen!«

»Nein, tut mir leid.«

»Wollen Sie mich wirklich zu Hasso schicken? Sie wissen doch, dass mir bei dem schalen Bier im Goldenen Reiter immer schlecht wird.«

Bernie lächelte kurz, stand aber trotzdem auf.

»Tja, das scheint schon mal nicht geklappt zu haben«, sagte Froelich und trank sein Bier aus.

»Abwarten«, gab Reuchlin zurück. »Haben Sie nicht bemerkt, dass er vorhin während unseres Gesprächs kurz zur Straße hinausgesehen hat? Vielleicht hat er dort jemanden entdeckt, der nicht mitbekommen soll, wie er mit uns redet. Was weiß ich, wie es in diesen Kreisen zugeht.«

Er sah sich unauffällig im Lokal um. Die beiden Punker hatten sich Zigaretten in den Mund gesteckt, legten ein paar Münzen auf den Tisch und trollten sich. Erst draußen holten sie auch Streichhölzer hervor und zündeten sich die Kippen an, die abgebrannten Hölzchen schnippten sie auf den Gehweg. Die gesetzten Herrschaften bestellten noch eine Kleinigkeit zu essen, das verliebte Pärchen war schon vor ein paar Minuten gegangen, und drei Männer Ende zwanzig kamen lachend und plaudernd herein und fläzten sich an einen freien Tisch direkt neben den beiden Bestattern.

»Ich muss mal, bin gleich wieder da«, sagte Reuchlin und ging am Tresen vorbei auf die Toilettentür zu. Als er wiederkam, sah er auf dem Weg zum Tisch durchs Fenster nach draußen. Dann berichtete er in gedämpftem Ton.

»Dort drüben auf der anderen Straßenseite geht eine junge Frau hektisch auf und ab, telefoniert mit irgendjemandem und gestikuliert dabei wie verrückt. Und ein Stück weiter in Richtung Bahnhof lehnt ein Mann Mitte vierzig an einer Hauswand, sieht aus, als warte er auf jemanden, und pfeift dabei ein Liedchen. Keine Ahnung, ob einer von denen die Kneipe hier beobachtet.«

Froelich wartete einen Moment, dann reichte er den Männern am Nachbartisch die Speisekarte, die vor ihm lag, und konnte so ebenfalls nach draußen sehen, ohne Aufsehen zu erregen. Die junge Frau trippelte immer noch auf und ab und telefonierte, der Mittvierziger hatte sich allerdings abgewandt und spazierte gemächlich auf den Bahnhof zu. Kurz darauf trat Bernie an ihren Tisch, einen kleinen Block und einen Stift in der Hand.

»Sie wollten zahlen, Herr Reuchlin?«

Froelich war irritiert: Der Kollege hatte sein Glas noch halb voll. Warf Bernie sie raus? Doch dann sah er, wie der Wirt das oberste Blatt des Blocks abriss und Reuchlin den

Zettel hinschob. Vom Preis der beiden Biere abgesehen standen dort ein Name und eine Adresse.

»Aber von mir haben Sie das nicht«, raunte Bernie ihnen zu, dann ging er, ohne zu kassieren, zum Tresen zurück.

* * *

Mario hatte hinter der nächsten Ecke gewartet, bis die beiden Männer an ihm vorbei waren. Natürlich bemerkten sie ihn nicht, aber er sah sie genau – und erkannte nun endgültig den dicken Bestatter aus Esslingen wieder. Schon durchs Fenster war er sich beinahe sicher gewesen, und gleich hatte er sich gefragt, was dieser Gottfried Froelich, in dessen Kühlraum die beiden Toten aus dem Esslinger Einbruch lagen, nun ausgerechnet in Pforzheim und dort ausgerechnet in Bernies Beiz zu suchen hatte.

Er hatte mitangesehen, wie Froelich und sein Begleiter, den er nicht kannte, auf Bernie eingeredet, wie sie ihm vielleicht sogar Fragen gestellt hatten – aber nach allem, was er hatte beobachten können, hatte Bernie das einzig Richtige getan und den Mund gehalten.

Trotzdem folgte er nun Froelich und dem anderen. Vielleicht führte ihn der glückliche Zufall, dass er gerade in dem Moment wegen des neuen Einbruchs mit Bernie hatte reden wollen, als die beiden Männer in der Kneipe waren, am Ende noch zu einer nützlichen Information.

Mario hielt genug Abstand, dass ihn die beiden nicht bemerkten, und blieb nahe genug dran, um sie nicht aus den Augen zu verlieren. Allerdings hatte er schon bald nur noch wenig Hoffnung, dass ihm die Verfolgung kreuz und quer durch die Innenstadt irgendein verwertbares Wissen bescherte. Die beiden gingen zuerst unter den Gleisen durch und wandten sich dann dem Polizeigebäude zu – doch sie blieben wie Touristen unter dem riesigen Adler stehen, der an der Nordwand hing und seine Flügel und Krallen spreizte und angriffslustig den Schnabel aufriss. Dann gingen sie weiter, ohne das Gebäude zu betreten.

Sie schlenderten gemächlich durch die Jägerpassage, studierten die Speisekarte vor dem dortigen Thai-Imbiss, linsten durch die großen Fenster des Fischrestaurants gegenüber und standen dann eine halbe Ewigkeit vor den Schaufenstern des Musikladens in der Etage darunter.

Irgendwann beschleunigten sie ihre Schritte etwas, überquerten die Enz und verschwanden schließlich in einem Durchgang in der Dillsteiner Straße. Mario musterte mit gespieltem Interesse die Auslage eines Musikalienhändlers und schlenderte dann langsam an dem Durchgang vorbei, den die beiden Männer genommen hatten. Im ersten Vorübergehen konnte er nicht viel erkennen, aber als er auf der anderen Straßenseite zurückspazierte, sah er im Innenhof einen Leichenwagen mit Pforzheimer Kennzeichen stehen und eine Ente mit Esslinger Zulassung.

Dieser Froelich war ja Bestatter, so weit passte es. Dann war der andere Mann vielleicht der Betreiber des hiesigen Instituts. Aber war es wirklich Zufall, dass er gerade jetzt einen Kollegen in Pforzheim besuchte? Und dass die beiden ihr Bier in Bernies Beiz getrunken hatten – auch das nur purer Zufall?

Eigentlich mochte Mario daran nicht so recht glauben. Andererseits war es auch lächerlich, sich vor einem dicken Bestatter zu fürchten – warum sollte der in einem Mordfall oder wegen einer Einbruchserie nachforschen? Der brachte die Toten unter die Erde, das war sein Job und fertig.

Mario machte sich auf den Heimweg und pfiff leise »The Godfather Theme« aus »Der Pate«, und ein bisschen fühlte er sich dabei wie Al Pacino.

Hinter ihm stand Luigi in der Tür seines Feinkostladens und sah ihm nach.

»Schöner Film«, dachte Luigi, und: »Seltsamer Typ.«

* * *

Peter Müller hörte sich alles wortlos an, und als sich Mario wie üblich mit einer knappen Verbeugung und einem gemurmelten »Ciao, Chef« verabschiedete und die gepolsterte Tür hinter sich zuzog, ließ Müller seinen Kopf auf das Doppelkinn sinken und dachte nach.

Irgendetwas lief hier völlig falsch. Wo waren diese vier Typen, denen er auf die Finger klopfen wollte? Mario und seine Helfer hatten unter den Adressen, die sie im Februar herausgefunden hatten, niemanden angetroffen. Aber die Adressen schienen noch zu stimmen. Nun wurde nach anderen Anhaltspunkten gesucht, die sie bisher nicht gebraucht hatten: Wo arbeiteten die Typen, wo trafen sie sich üblicherweise? Vor Montag war da vermutlich nicht viel zu erreichen, und er hatte nicht genug Leute, um die Wohnungen der vier Männer rund um die Uhr beobachten zu lassen. Er dachte sogar daran, die drei Trottel anzurufen, denen er seit Februar keinen neuen Job mehr überlassen hatte – aber die würden ihm mit ihrer Blödheit womöglich eher schaden als helfen.

Aber am meisten beschäftigte Müller: Wenn diese Männer, die er suchte, vor ihm Angst hatten, wie man es doch eigentlich glauben sollte – warum setzten sie dann in Esslingen ihre Einbruchserie fort?

Und was trieb dieser Froelich in der Stadt? Ein Bestatter, der in seiner Freizeit als Privatdetektiv herumschnüffelte – klar, das klang hanebüchen. Aber wenn es doch so war? Es gab ja die verrücktesten Sachen. Er musste Erkundigungen einziehen. In seinem riesigen Ledersessel schob und drückte er sich so lange umher, bis er eine halbwegs bequeme Sitzposition erreicht hatte, dann nahm er das Telefon vom Tisch und wählte eine Nummer.

Eine Stunde später konnte er sich zumindest von diesem Esslinger Bestatter ein Bild machen. Es war kein Bild, das ihm gefiel.

Samstag, 8. Juni

Mehr als dünnen Kaffee mit abgelaufener H-Milch und verklebtem Streuzucker hatte Reuchlin seinem Gast am Morgen nicht zu bieten. Es passte zu dem Gästezimmer, in das er Froelich einquartiert hatte: eine sandgelbe Tapete mit psychedelischen Mustern in Orange und hellem Braun stach sofort ins Auge und lenkte von den etwas klapprig wirkenden Möbeln in ihrem Sechziger-Jahre-Schick ab. Nur das Bett sah solide aus: ein dunkler, fast schwarzbrauner Riesenkasten mit je einem wuchtigen Abschlussbrett an Fuß- und Kopfende, darauf eine wulstige Matratze und besonders üppig aufgebauschte Bettwäsche, in der sich Froelich fühlte wie Opa Fürchtegott selig.

Immerhin hatte er prächtig geschlafen, und durch das Fenster des Gästezimmers drang längst Kindergeschrei, als er allmählich erwachte. Irritiert von den ungewohnten Geräuschen, schwang er seine Beine über die Bettkante und trottete zum Fenster, während er herzhaft gähnte.

Draußen war nicht der Innenhof zu sehen, in dem die Ente und der Leichenwagen standen. Stattdessen sah er auf einen weiteren asphaltierten Hof hinunter, in dessen Mitte ein Sandkasten aus Plastik stand, drum herum saßen drei Mütter und beobachteten ihre Sprösslinge, die … nun ja: spielten? Ein kleiner Bub mit hellblondem Flaum auf dem Kopf steckte kleine Förmchen in den Sand, hob die Förmchen danach wieder an und weinte los, als der staubtrockene Sand wieder zerrieselte. Ein Mädchen mit schreiend rosafarbenem Kleid kickte einen kleinen Ball gegen den Rand des Sandkastens. Und ein weiterer Junge füllte auf der einen Seite des Sandkastens sein Schäufelchen, ging gemächlich um den Kasten herum und schüttete das Schäufelchen über dem Kopf des ersten Buben aus. Dann ging er wieder zurück ans erste Eck und füllte sein Schäufelchen erneut.

Froelich schüttelte den Kopf und zog sich an. Die Szene im Hof hatte ihn an Elefanten und Geparden erinnert, die an ihren viel zu engen Gehegen verzweifelt waren und nun immer dieselben Bewegungen wiederholten. Vielleicht sollten er und Inge froh sein, dass sie keine Kinder hatten.

In der karg eingerichteten Küche saß Reuchlin und las Zeitung. Er sah Froelich hereinkommen, deutete lässig mit dem Daumen auf die Glaskanne der Kaffeemaschine.

»Und Tassen hat's dort oben im Schrank.«

Bald rächte es sich, dass der Kaffee so dünn war: Durch die nur leicht getönte Flüssigkeit konnte Froelich die Schlieren und Flecken sehen, die der einstmals weißen Tasse ein nicht sehr appetitliches Aussehen bescherten. Tapfer nahm er zwei Schluck und ließ sich einen Teil der Zeitung geben. Nach fünf Minuten war Reuchlin mit der letzten Seite durch und stand auf.

»Kommen Sie?«

»Wohin?«

»Na, wir gehen rüber zu Luigi, frühstücken.«

»Ich dachte, wir …«

Er deutete auf die Tasse vor ihm.

»Mir schmeckt mein Kaffee nicht, und besser krieg ich ihn irgendwie nicht hin. Deshalb mach ich mir morgens nur das Allernötigste, und dann lass ich mich von Luigi verwöhnen. Kommen Sie mit.«

Das erwies sich als ausnehmend gute Idee. In Luigis Feinkost-Bistro duftete es nach frisch gebrühtem Espresso und nach Croissants, und sie hatten sich kaum an einen der Tische gesetzt, als ihnen Luigi auch schon Käse, Obst, Honig und Marmelade herantrug.

»Gehen wir heute zu dieser Adresse, die uns Bernie gestern gegeben hat?«, fragte Reuchlin. »Der hat uns ja im Hinausgehen noch zugeraunt, dass wir auf keinen Fall direkt von seiner Kneipe aus in die Werderstraße gehen dürfen. Albern, oder? Als hätte uns da jemand verfolgen können …«

»Ich wollte ja eigentlich erst noch zu diesem Kommissar.«

Reuchlin deutete auf einen Wandkalender mit einem stimmungsvollen Toskana-Foto.

»Heute ist Samstag«, sagte er nur und aß weiter.

»Na gut, dann also zu dieser Adresse. Haben Sie eine Ahnung, was das für ein Typ ist?«

»Nein.«

Er kramte den Zettel aus seiner Hosentasche hervor und las Name und Adresse noch einmal nach: »Ludwig Reichenbacher, nennt sich Lütter, Werderstraße 15c.«

»Wenn er sich einen Spitznamen gibt, ist es wahrscheinlich irgend so ein Unterweltheini – das scheint bei denen schwer in Mode zu sein.«

»Und was hat er mit der Einbruchserie zu tun?«

Reuchlin zuckte mit den Schultern.

»Da werden wir wohl improvisieren müssen«, sagte er und steckte sich den letzten Zipfel seines Croissants in den Mund.

* * *

Alles hat seinen Preis, das wusste Ralph Mohr schon lange. Mit dem enttäuschten Gesicht seiner Gattin und ein paar spitzen Bemerkungen am Frühstückstisch bezahlte er diesmal zum Beispiel den Genuss eines Samstags, den er bis zum frühen Abend nach Lust und Laune verbringen konnte – was bei ihm entweder mit Arbeit oder mit Fußball zu tun hatte.

Durch den Doppelmord in Esslingen war die Einbruchserie, die er nach wie vor ungeklärt auf dem Tisch hatte, wieder dringlicher geworden. Es gab eindeutige Parallelen, allerdings auch klare Unterschiede zwischen dem neuen Einbruch, der zwei Menschen das Leben gekostet hatte, und der Serie der Einbrüche, die zwischen Oktober und Februar in Pforzheim und Umgebung für Aufsehen gesorgt hatte.

Die Unterlagen musste er dafür nicht noch einmal lesen. Er hatte längst alle Fakten im Kopf, was leider dazu führte, dass er abends vor dem Einschlafen wieder und wieder Theorien aufstellte und verwarf und deshalb erst recht spät wirklich zur Ruhe kam.

Auch jetzt wälzte er wieder alle möglichen Ideen zu seinem Fall, während er den Schlossberg hinaufspazierte. Auf der Plattform vor der Kirche blieb er stehen und sah sich um. Wenn man es genau nahm, spielte sich der Großteil seines Lebens nun schon seit vielen Jahren in einem Bereich von etwa einem Quadratkilometer ab, und das meiste davon breitete sich jetzt gut sichtbar vor seinen Augen aus: die Fußgängerzone hangabwärts, nach Westen hin das Gebiet um Barfüßerkirche und Leopoldplatz, dahinter der Sparkassenturm in seiner stolzgeschwellten Glas-und-Stahl-Fassade. Aus Spaß hatte er in der Tourist-Information am Marktplatz mal eine Faltbroschüre mitgenommen, die unter anderem einen Innenstadtplan enthielt – sein üblicher Wirkungskreis hatte kaum zwei Planquadrate der Karte gefüllt. Damals hatte er das deprimierend gefunden, die Broschüre landete im ersten Abfalleimer, an dem er vorbeikam.

Aber meistens war er ganz zufrieden damit, dass sich sein Leben hier in seiner Heimatstadt konzentrierte. Dass er hier zuhause war und jede Ecke kannte. Dass er noch wusste, wo am Leopoldsplatz die 2009 abgerissene Kaufhalle gestanden hatte. Dass er noch beschreiben konnte, wie das alte Hilda-Gymnasium innen ausgesehen und gerochen hatte, das im vergangenen Jahr hatte weichen müssen und dessen Schüler längst im neuen Gymnasiumsbau mit seinem hypermodernen Innenhof lernten.

Mohr wohnte seit seiner Heirat in einem Mehrfamilienhaus in der Forststraße, er arbeitete in der Polizeidirektion nördlich der Fußgängerzone, und wenn er wissen wollte, was seine kriminelle Kundschaft gerade so trieb, gab es einige Adressen jenseits des Hauptbahnhofs, wo er manchmal mit Druck, manchmal mit gutem Zureden die nötigen Informationen beschaffen konnte. Und wann immer er in Ruhe nachdenken musste, zog es ihn auf den Schlossberg, wo die große evangelische Schlosskirche täglich von morgens neun bis abends sechs Uhr geöffnet war.

Dorthin ging er auch jetzt, und als er die Kirche betrat, brauchte er einen Moment, bis sich seine Augen vom gleißend hellen Vorplatz auf das düstere Kirchenschiff eingestellt hatten. Er schlenderte zwischen den Sitzreihen nach vorn und nahm am rechten Rand einer der Bänke Platz.

Die Kirche war leer bis auf einen Mann, der im Vorraum ein Teelicht anzündete, es zu den anderen stellte und eine Münze in den Opferstock fallen ließ. Die Tür öffnete und schloss sich, dann war Mohr allein. Von draußen drangen keine Geräusche herein, und allmählich ordneten sich Mohrs Gedanken.

Im Oktober vergangenen Jahres war der erste Einbruch der Serie in Mühlacker gemeldet worden. Der zuständige Kollege von der dortigen Kripoaußenstelle hatte ihn routinemäßig informiert, an dem Fall wirkte zunächst nichts ungewöhnlich und nichts deutete auf eine Serie hin. Die Betroffenen sprachen davon, dass sie Kopfschmerzen hatten, aber die konnten am Abend zuvor ja auch ein Glas Wein zu viel getrunken haben.

Bald darauf wurde ein zweites Passivhaus in Wurmberg geknackt, und auch diesmal hatte keiner der Bewohner etwas von den Einbrechern mitbekommen. Erneut klagten die Bestohlenen über starke Kopfschmerzen. Die Frau hatte an einigen Stellen Hautausschlag, der Mann ebenfalls, aber ihm gab vor allem zu denken, dass er in der Nacht zum ersten Mal seit langer Zeit durchgeschlafen hatte, während er sonst wegen seiner schwachen Blase in der Regel zwei- oder sogar dreimal nachts rausmusste. Einem Kollegen fiel der etwas faulige Geruch auf, und er witzelte später, dass die Bewohner des Wurmberger Gebäudes vielleicht doch mal kurz lüften sollten, wenn sie Verdauungsprobleme hätten.

Die Tatsache, dass es sich zweimal so kurz hintereinander um Passivhäuser handelte, deutete nun doch auf eine mögliche Serie von Einbrüchen hin, und Mohr übernahm die beiden Fälle. Als bei einem Einbruch im Pforzheimer Stadtteil Büchenbronn zum dritten Mal in ein Passivhaus eingebrochen wurde, rief ein Bewohner einen befreundeten Arzt, der schon eintraf, als die Kollegen vor Ort noch die Spuren sicherten. Der Mediziner untersuchte die Hautverätzungen seiner Freunde an Gesicht und Armen und gab den Beamten gegenüber zu Protokoll, dass er es für möglich halte, dass jemand durch die Lüftungsanlage schwefelhaltiges Gas ins Haus geleitet und seine Freunde damit betäubt hätte. Er wies auf die in der Nähe der Schlafzimmertür auf dem Boden liegenden Handtücher hin und auf die stellenweise verätzte Haut – und er gab keine Ruhe, bis die Beamten vor Ort tatsächlich all seine Hinweise in ihren Bericht mit aufgenommen hatten.

Mohr konnte damals kaum fassen, was er da las. Es war für ihn zunächst offensichtlich, dass mit dem Arzt – vielleicht in Sorge um die Gesundheit seiner Freunde, vielleicht auch in der momentanen Aufregung, weil sie bestohlen worden waren – ein bisschen die Fantasie durchgegangen war. Trotzdem ging Mohr dem Hinweis nach. Er hatte sonst keine Spur, da konnte er genauso gut dieses Hirngespinst als Blödsinn entlarven.

Entsprechend groß war seine Überraschung, als er einem Chemiker Fotos der verätzten Hautstellen zeigte: Das könne sehr wohl von einem schwefelhaltigen Gas stammen, sagte der. Auch die Handtücher passten als Indiz: Wenn nur in einzelne Zimmer eines Hauses gezielt ein solches Gas geleitet wurde, sank die Mischung, weil sie schwerer war als Luft, auf den Boden und bildete eine Art See – und mit feuchten Handtüchern vor den Türen konnte die Ausbreitung des Gases im übrigen Haus tatsächlich etwas gebremst werden.

Nun ließ Mohr die Steuerungselektronik der betroffenen Passivhäuser überprüfen: Auf alle war während der Zeit des jeweiligen Einbruchs per WLAN-Verbindung zugegriffen worden, und in allen Fällen war die Luftzufuhr auf diejenigen Zimmer begrenzt worden, in denen jemand schlief. Und durch nachträgliche Befragung stellte sich heraus, dass die Betroffenen in den beiden vorangegangenen Fällen ebenfalls verätzte Hautstellen hatten.

Nun hatte Mohr noch keine belastbare Spur, aber doch Anhaltspunkte, nach denen er ähnliche Einbrüche gezielt untersuchen lassen konnte. Und tatsächlich lief in den Monaten von Oktober bis Februar in insgesamt zwölf Fällen fast alles nach demselben Muster ab: Die Einbrüche betrafen immer freistehende Passivhäuser mit Garten, in sieben Fällen waren es Gebäude gewesen, in denen neben der Wohnung der Inhaberfamilie auch eine Firma untergebracht war.

Die Details der Einbrüche waren bemerkenswert, und der Ablauf bescherte der Einbrecherbande in der örtlichen Presse den schmeichelhaften Namen »Gentleman-Gang«. Noch heute fragte sich Mohr, wie die Details überhaupt an Journalisten hatten durchsickern können, aber daran war nun nichts mehr zu ändern. Immerhin hatten die Zeitungsartikel und die teils schwärmerischen Berichte im Radio die Ermittlungen nicht weiter behindert.

Die Bande wählte die Häuser, in die sie einbrechen wollte, offenbar sehr sorgfältig aus. Es handelte sich nicht nur immer um freistehende Passivhäuser, deren Garten einen gewissen Schutz vor der Entdeckung durch direkte Nachbarn bot, sondern alle Gebäude wiesen auch die Eigenheit auf, dass sie über ein hochwertiges, in Standard-Passivhäusern nicht übliches Lüftungssystem verfügten – eben ein System, mit dem man über WLAN die Luftzufuhr für jedes einzelne Zimmer steuern konnte.

Durch die Einbruchserie hatte Mohr mehr über Passivhäuser und ihre Besonderheiten gelernt, als er je hatte wissen wollen. Früher hatte er immer nur gewitzelt, dass diese Häuser deshalb teurer als vergleichbare Gebäude waren, weil keine Heizung eingebaut sei – heute wusste er, dass der Scherz, in Passivhäusern werde mit der Wärme geheizt, die Körper, Klo und Küche abgeben, durchaus einen wahren Kern hatte.

Vereinfacht beschrieben funktionierte das in der Regel etwa so: Die im Haus sowohl durch seine Bewohner und ihre Verrichtungen als auch durch das durch die Fenster scheinende Sonnenlicht aufgewärmte, aber irgendwann verbrauchte Atemluft wird nach außen gepumpt, wodurch im sehr gut gedämmten und abgedichteten Gebäude ein Unterdruck entsteht, der frische Luft von außen ansaugt. Über einen Wärmetauscher gibt die ausgeleitete Luft ihre Wärme an die frisch angesaugte ab – damit bleibt die Temperatur im Haus erhalten, während stets frische Atemluft zur Verfügung steht. Um unnötige Kosten zu sparen, werden Abluftpumpen üblicherweise nur in den Räumen eingebaut, in denen Wärme und Gerüche entstehen – also etwa im Bad oder in der Küche. Der dort entstehende Unterdruck zieht durch die im ganzen Haus verteilt eingebauten Zuluftvorrichtungen neue Luft an, und da die Innentüren nicht luftdicht ausgeführt sind, verteilt sich die frische Luft problemlos im Gebäude, ohne dass die Bewohner Unterschiede im Luftdruck bemerken würden.

Die Frischluft wird über Einlässe im Dachbereich oder in der Außenwand angesaugt, häufig wird auch ein sogenannter Ansaugdom eingesetzt: ein runder säulenartiger Hohlkörper, der zum Beispiel an geschützter Stelle im Garten Luft aufnimmt, am besten in einer Höhe von etwa 1,50 Meter über dem Boden, wo die Luft als besonders frisch gilt.

In Geschäftshäusern – vielleicht weil es von den Mietern verlangt wird, vielleicht weil die Bauherren den zusätzlichen finanziellen Aufwand absetzen können – wird dagegen gern ein etwas komplexeres und deshalb auch teureres System eingesetzt. Hier kann durch elektronische Steuerung und CO_2-Sensoren genau festgelegt werden, welcher Raum wann neue Frischluft benötigt. Zusätzlich sind drei verschiedene Stufen einstellbar, wieviel Frischluft pro Zeiteinheit angesaugt werden soll – die höchste Einstellung wird in der Branche nur »Partystufe« genannt. Diese elektronische Steuerung ist zudem aus praktischen Gründen in der Regel mit einer Möglichkeit zur Fernwartung über das Internet versehen, womit natürlich auch auf die Steuerung jederzeit und von überall zugegriffen werden kann, die richtigen Zugangsdaten vorausgesetzt.

Alle Gebäude, die sich die »Gentleman-Gang« aussuchte, verfügten also über ein solches teureres Belüftungs- und Steuerungssystem, und alle waren für Fernwartung eingerichtet und freigeschaltet. Und alle saugten die Frischluft über einen Dom im Garten an, der obendrein etwas sichtgeschützt platziert war – kein Wunder, ging es Mohr durch den Kopf: Die metallen glänzenden Rohre waren nicht unbedingt hässlich, aber einen üppig grünenden Busch sah man von der Terrasse aus allemal lieber.

Die Einbrecher waren jeweils in der Nacht in den Garten eingedrungen und hatten den Ansaugdom so manipuliert, dass statt frischer Luft ein Gas namens Dubaiox27 in die Belüftungsanlage gesogen wurde. Die Steuerung leitete das Gas jedes Mal ausschließlich in die Schlaf-, Gäste- und Kinderzimmer, in denen sich zu diesem Zeitpunkt auch jemand befand. In einem Fall war das Kinderzimmer leer gewesen, weil der vierjährige Sohn wohl spät am Abend noch ins Bett der Eltern geschlüpft war.

Das deutete darauf hin, dass sich die Einbrecher vorher sehr sorgfältig über die Verhältnisse ihrer Opfer informiert, dass sie aber keinen wie auch immer gearteten Sichtkontakt ins Gebäudeinnere hatten.

Das eingesetzte Gas hatte Mohr anfangs für die Spur gehalten, die am schnellsten Ergebnisse versprach: Er ließ als ersten Versuch alle Einbrüche in Chemielabore überprüfen, die in den letzten zwei Jahren gemeldet worden waren. Und einer passte wie die Faust aufs Auge: Im Mai vorigen Jahres, also rund fünf Monate vor dem mutmaßlich ersten Einbruch der Pforzheimer Serie, waren aus der deutschen Niederlassung des Chemiekonzerns Dubai L & G in Schwäbisch Gmünd mehrere Druckgasflaschen mit Dubaiox27 sowie mehrere Gasmasken mit einem Filter für genau diese Schwefelverbindung gestohlen worden. Dieses Gas war noch nicht offiziell auf dem Markt. Es wies Eigenschaften auf, die lückenlos zu den nach den Einbrüchen gefundenen Spuren passten, und es war genug von dem Gas verschwunden, um nicht nur die zwölf Einbrüche in und um Pforzheim damit zu bestreiten, sondern auch noch mindestens zehn weitere.

Dubai L & G drängte seit fünf Jahren auf den deutschen Markt, aus diesem Grund wurde wohl auch die deutsche Tochterfirma gegründet. In hochmodernen Labors arbeiteten dort gute Leute – und inzwischen hatte Dubai L & G wohl schon mehr als nur einen Fuß in der Tür zum deutschen Markt.

Der Diebstahl von Dubaiox27 führte dann allerdings doch nicht auf die Spur der Einbrecherbande. Relativ schnell geriet ein Chemiker in Verdacht, den die Firma wenige Wochen zuvor rausgeworfen hatte – doch dieser Mann hatte ein lückenloses Alibi, und die Polizei konnte ihm auch sonst nichts nachweisen. Hilfreiche Spuren hatten die Einbrecher in der Chemiefabrik nicht hinterlassen.

Die Gasmenge, die in die Lüftungsanlage eingespeist wurde, war stets so sorgfältig bemessen, dass die Bewohner der Gebäude betäubt wurden, ohne in Gefahr zu geraten, schwere gesundheitliche Schäden davonzutragen – es schien sogar so, dass die Einbrecher ähnlich wie ein Anästhesist für die Dauer des Einbruchs weiterhin kleine Mengen des Gases einleiteten, um die Narkose ihrer Opfer stabil zu halten, ohne eine Überdosierung zu riskieren. Und diese Dosierung war nicht ganz einfach, denn einen ganzen Raum beziehungsweise mehrere Räume so mit dem Gas zu befüllen, dass die Betroffenen nur betäubt, aber nicht gefährdet wurden, war heikel – Dubaiox27 war hochwirksam, was wegen der geringen benötigten Menge große Vorteile etwa für den Transport mit sich brachte, aber eben auch den Grat zwischen Nutzen und Gefahr sehr schmal hielt.

Sobald die Einbrecher davon ausgehen konnten, dass die Hausbewohner nun schliefen, drangen zwei oder drei von ihnen ins Haus ein, während ein weiterer am Ansaugdom zurückblieb. Möglicherweise stand ein weiterer Komplize in der Nähe des Gebäudes Schmiere oder wartete mit dem Fluchtauto in der Nähe. Für den Zugang ins Haus wurde mit Glasschneidern gearbeitet, mit denen kleine Löcher neben die Griffe geschlossener Fenster geschnitten und dann die Fenster geöffnet wurden.

Manchmal hätten es sich die Einbrecher einfacher machen können: In drei Fällen wurde bekannt, dass die Haustür und in zwei weiteren Fällen der Hintereingang nur zugeschnappt, aber nicht abgeschlossen gewesen war – da hätte ein biegsames Stück Plastik in wenigen Sekunden Zugang verschafft. So aber hatte es für die Geschädigten wenigstens den Vorteil, dass die Versicherungen angesichts der aufgeschnittenen Fenster keine Schwierigkeiten machten, die erlittenen Verluste zu ersetzen. Einige Artikel hatten diesen Umstand ebenfalls erwähnt, und vor allem ein Sensationsreporter namens Ferry Hasselmann hatte in diesem Zusammenhang fabuliert, dass die »Gentleman-Gang« das sicher mit Blick auf die Versicherungen so gemacht habe – der Kerl war eine echte Landplage, und er hatte sich manchmal dazu verstiegen, Vergleiche zwischen den Serieneinbrechern und Robin Hood zu ziehen.

Mohr malmte mit den Zähnen. Zum Glück hatte sich dieser Hasselmann nach dem letzten Einbruch im Februar 2013 wieder verzogen. Seine Artikel zur Einbruchserie hatten ihm wohl Karrierechancen in der Lokalausgabe der großen Boulevardzeitung eröffnet, und nun trieb er sein Unwesen vermutlich von der Stuttgart-Zentrale des Blattes aus.

Allerdings musste auch Mohr zugeben, dass sich die »Gentleman-Gang« ihren plakativen Beinamen mit manchem Detail der Einbrüche tatsächlich zu verdienen schien. Anders als nach vielen anderen Delikten dieser Art war in den betroffenen Häusern nicht allzu viel kaputt. Schubladen waren aufgezogen, aber nicht herausgerissen. Regale waren durchsucht, aber nicht umgeworfen. In einem Fall hatte es während des Einbruchs stark geregnet, und einer der Unbekannten hatte im Haus eine Folie und Klebeband gefunden und damit das Loch im Fensterglas vor dem Weggehen noch verschlossen – gerade so, als wollte er den Bestohlenen einen durch den besonders starken Regen ruinierten Fußboden ersparen.

Und auch die Beute deutete auf eine gewisse Rücksichtnahme hin: Wenn die Diebe wieder fort waren, fehlten zwar Geld und Schmuck sowie teure Elektro- und HiFi-Geräte – doch Halsketten mit Amulett oder Uhren und Ringe mit persönlichen Widmungen waren fast immer auch dann noch da, wenn sie einen gewissen materiellen Wert besaßen. Ebenfalls unangetastet blieben Sparschweine und Portemonnaies, die durch ihre Motive als Kindergeldbeutel erkennbar waren.

Das zog sich mit insgesamt zehn Einbrüchen bis in den Februar hinein, dann gab es das erste Mal mehr Sachschaden in dem aufgebrochenen Haus, als für den reinen Diebstahl nötig gewesen wäre. Ein Spiegel war zerkratzt worden, zwei kleine Regale waren umgestürzt, und anders als sonst blieb das geknackte Fenster, das sonst immer zugezogen worden war, sperrangelweit offen.

Dann kam das Ende der Serie, betroffen war ein Neubau im westlichen Pforzheimer Stadtteil Brötzingen. Auch hier war mehr kaputt als bei den ersten zehn Einbrüchen, aber außerdem kam hier auch erstmals ein Mensch zu Schaden. In dem Haus wohnten ein Ehepaar Mitte vierzig mit ihrer siebzehnjährigen Tochter und dem achtundsiebzigjährigen Vater der Frau. Alles lief ab wie die vorigen Male: Das Gas wurde in alle Räume geleitet, in denen jemand schlief, ein Fenster im Erdgeschoss wurde aufgeschnitten, Geld und Wertsachen wurden mitgenommen. Doch dann gab es eine Komplikation: Der Achtundsiebzigjährige vertrug das Gas nicht und bekam gesundheitliche Probleme. Als die anderen drei Bewohner erwachten, war unten noch zu hören, wie jemand ein Regal umwarf und davonrannte. Doch unten war niemand mehr zu sehen, und als sie nach dem Großvater sahen, lag der wie tot in seinem Bett. Es war knapp: Der Notarzt brachte den Mann in die Klinik, und dort erholte er sich im Verlauf der folgenden vierzehn Tage wieder.

Danach hörte man von der »Gentleman-Gang« nichts mehr.

Bis jetzt.

Mohr stand auf, zündete ein Teelicht an, warf eine Münze in den Opferstock und schrieb in das aufgeschlagene Buch »Danke im Voraus!« und das heutige Datum. Dann ging er hinaus auf den sonnigen Vorplatz und machte sich auf den Weg.

* * *

Die Werderstraße war nicht weit von Reuchlins Institut entfernt, nach nur drei Minuten standen sie vor der Adresse auf Bernies Zettel. Reuchlin hatte vorgeschlagen, einen Rucksack mit Krempel zu füllen, um das Zeug Ludwig Reichenbacher als Hehlerware zu präsentieren – und ihn um Rat zu bitten, wer einem diese »Ware« in Pforzheim unkompliziert abkaufen würde. Die Idee, den Mann um Rat zu fragen, fand Froelich nicht schlecht, damit wäre selbst dann nicht viel riskiert, wenn er selbst ein Hehler war. Doch der gefüllte Rucksack – das war Froelich dann doch zu dick aufgetragen. Also gingen die beiden Bestatter zu Östreichers Musikaliengeschäft, und der war, als ihm Reuchlin vage andeutete, dass sie etwas Geheimes und Gefährliches planten, sofort damit einverstanden, sie in seinem Lager ein paar Klaviere fotografieren zu lassen.

»Und was habt ihr damit vor?«, fragte Östreicher am Ende.

»Ich sag's dir noch, Kanne, versprochen«, hielt ihn Reuchlin hin. »Aber jetzt müssen wir los. Bis bald!«

Unterwegs sahen sie sich die Bilder auf Froelichs kleiner Digitalkamera an und waren ganz zufrieden mit dem Ergebnis: Das düstere Lager und die seit Tagen nicht mehr abgestaubten Klaviere konnten durchaus den Eindruck von Hehlerware machen, wenn auch von etwas sperrriger.

Die Adresse auf dem Zettel gehört zu einem von mehreren mehrstöckigen Gebäuden, die sich entlang eines schmalen Kanals aufreihten. Auf der rechten Straßenseite war ein Parkplatz zum großen Teil vollgestellt mit Bürocontainern, links zog sich die Häuserreihe hin, und im Hintergrund erhob sich der Turm der Herz-Jesu-Kirche.

Einer der Bauten wirkte etwas moderner: Die Hauswand zur Werderstraße hin war in schräg gestellten Mauervorsprüngen ausgeführt, die mit jeweils vier Fensterelementen und der Wand drum herum von oben bis unten exakt gleich gebaut, aber in verschiedenen Farben verputzt waren. Diese gestaffelte Fassade lockerte den massiven Eindruck gegenüber den anderen Häusern ein wenig auf – aber wie die übrigen Bauten hatte auch dieses Gebäude vor jedem der vier Obergeschosse einen durchgehenden Balkon auf den Kanal hinaus.

Froelich und Reuchlin mussten in eines der weniger modernen Mehrfamilienhäuser. Ein Steg führte über den Kanal, und an dessen Ende kamen sie durch einen kleinen Durchlass in den gepflasterten Innenhof, von dem aus mehrere Haustüren abgingen.

Den Klingelknopf mit dem Namen Reichenbacher fanden sie schnell, aber noch bevor Reuchlin die Klingel drücken konnte, hörten sie Schritte im Hausflur. Dann wurde die Tür aufgerissen, ein junger Mann mit Schiebermütze kam heraus, beachtete die beiden Fremden nicht weiter und spurtete aus dem Innenhof. Froelich sah ihm nach und schob dabei seinen Schuh zwischen die Tür. Sie warteten einen Moment, dann gingen sie die Treppe hinauf und schauten im Vorbeigehen so lange auf die Namensschilder vor den Wohnungen, bis sie die gewünschte Tür gefunden hatten.

Der laute Klingelton war unangenehm kratzig, in der Wohnung blieb es ruhig. Froelich drückte noch einmal auf den Knopf, bald danach war durch die Tür ein unleidiges »Ja?« zu hören.

»Wir …«

Froelich fiel siedend heiß ein, dass er sich gar nicht richtig überlegt hatte, wie sie dieses voraussichtlich schwierige Gespräch überhaupt beginnen sollten. Er verstummte.

»Ja?«, kam es erneut von drinnen.

Reuchlin trat vor.

»Wir brauchen Ihre Hilfe.«

Schweigen.

»Hallo? Herr Reichenbacher?«

Schweigen.

»Lütter?«

»Was wollt ihr?«

Froelich und Reuchlin sahen sich etwas ratlos an.

»Hasso schickt uns«, versuchte es Reuchlin nach einer kurzen Pause aufs Geratewohl.

Froelich stutzte, aber Reuchlin zuckte nur grinsend mit den Schultern.

Durch die Tür war eine Art Knurren zu hören, und dann: »Ich mag Hasso nicht.«

»Wir auch nicht.«

Ein kurzes, trockenes Lachen, dann schwang die Tür auf, und Froelich und Reuchlin sahen einen leeren, unaufgeräumten Flur vor sich, von dem nach links und rechts Türen abgingen und der am Ende in ein von hier aus ziemlich chaotisch wirkendes Wohnzimmer mündete.

»Und, was wollt ihr nun von mir?«

Die Stimme kam von unten, und Froelich und Reuchlin senkten den Blick.

»Jetzt glotzt mich doch nicht so blöd an! Ich nenn mich ja schon extra ›Lütter‹ – Mann, Mann, mit mir und Pforzheim, das wird wohl nichts mehr in diesem Leben … Zu meiner Zeit in Hamburch war das kein Problem.«

Er schüttelte ärgerlich den Kopf, dann drehte er sich um und ging den Flur entlang.

»Und beeilt euch«, schimpfte er vom Wohnzimmer her, »ich hab heute noch was vor!«

Die beiden folgten dem Flur, betraten das Zimmer und setzten sich auf die beiden Stühle, auf die Lütter deutete. Der Mann war höchstens einen Meter dreißig, etwas pummelig, und seine kurzen Beine standen auf dem Sessel, auf dem er Platz genommen hatte, waagrecht nach vorn weg. Sein Gesicht aber, wettergegerbt und schon etwas faltig, verriet, dass er sich seinen deutlich größeren Besuchern überlegen fühlte – was, wie es Froelich durch den Kopf ging, wohl durchaus seine Richtigkeit hatte.

»Und jetzt raus mit der Sprache: Warum schickt euch Hasso?«

»Wir …«

Reuchlin ließ sich von Froelich die Kamera geben, schaltete sie ein, beugte sich vor und streckte Lütter das Gerät hin, damit er die Fotos sehen konnte.

»Wir wollten Ihnen das zeigen.«

»Das ist ein Klavier.«

»Da sind noch mehr Fotos, es handelt sich um insgesamt vier Instrumente.«

»Und?«

Lütter wackelte mit Händen und Füßen.

»Seh ich aus, als würde ich Klavier spielen?«

»Nein, wir … Hasso meinte …«

Reuchlin bemühte sich, alles so lange wie möglich in der Schwebe zu lassen – in der Hoffnung, Lütter würde ihnen von sich aus verraten, welche Rolle er in Pforzheim spielte und warum Bernie seinen Namen auf den Zettel geschrieben hatte. Froelich wurde ganz heiß, und Reuchlin wollte schon etwas hinzufügen, als die Hinhaltetaktik doch noch funktionierte.

»Und ich soll das für euch verticken?«

Reuchlin und Froelich zuckten synchron mit den Schultern. Der Mann war also offenbar Hehler. Lütter sah von einem zum anderen, dann lachte er laut auf.

»Okay, ein Punkt für Pforzheim: Solche Kappen wie euch gab's in Hamburch nicht.«

Reuchlin verzog das Gesicht, sagte aber nichts.

»Wie kommt ihr drauf, dass ich euch da helfen könnte?«, sagte Lütter nach einer kleinen Pause.

Froelich hielt den Atem an. Hatten sie sich in Ludwig Reichenbacher getäuscht?

»Und kommt nicht schon wieder mit diesem blöden Hasso!«, warnte er sie noch und lehnte sich abwartend in seinem Sessel zurück.

»Tut mir leid, aber von ihm haben wir halt Ihre Adresse. Und außerdem haben wir über ein paar Ecken gehört, dass Sie ...« – Reuchlin begann zu schwitzen, aber etwas anderes fiel ihm nicht mehr ein – »... dass Sie gute Arbeit geleistet haben, als es um diese Einbrüche mit dem Gas ging.«

Lütter sah Reuchlin mit funkelnden Augen an, seine Lippen hatte er zusammengepresst und seine Kieferknochen mahlten.

»Wer hat euch das erzählt?«, zischte er. »Hasso? Wollt ihr mich verarschen?«

Er rutschte von seinem Sessel und stellte sich vor Reuchlin hin.

»Erwähnt mir gegenüber nie wieder diese Pfeifen, die diese Serie zu verantworten haben, klar? Nie wieder!«

Lütter war laut geworden, und sein Gesicht nahm vor Zorn allmählich eine dunkelrote Färbung an.

»So etwas ist mir in all den Jahren hier in der Stadt noch nie passiert! Das hat sich noch niemand getraut! Und ...«

Er packte den sitzenden Reuchlin an den Schultern.

»Und ich habe dafür gesorgt, dass sich das auch nie wieder einer trauen wird! An mir vorbei! Tss!«

Er ließ Reuchlin los, stellte sich neben die Wohnzimmertür und deutete den Flur entlang.

»Und jetzt raus mit euch beiden Deppen. Verkauft eure Scheißklaviere über wen ihr wollt, auf meine Kontakte müsst ihr verzichten!«

Als Froelich und Reuchlin die Wohnung und das Treppenhaus hinter sich hatten, atmeten sie tief aus und sahen sich an.

»Ich hatte echt Angst, Herr Reuchlin. Und das, obwohl ich mich ohne Probleme auf den hätte draufsetzen können. Aber der hat so eine Art an sich … so was Aggressives … Und ich hatte immer das Gefühl, dass gleich irgendein Muskelprotz aus einem anderen Zimmer herüberkommt und uns am Schlawittchen packt.«

»Wahrscheinlich lagen Sie damit gar nicht so falsch. Der hat sicher seine Helfer, die für ihn erledigen, was ihm wegen seiner Körpergröße nicht so leicht fällt – wenn sie auch vielleicht nicht bei ihm in der Wohnung warten.«

Froelich verschnaufte noch kurz, dann ging er über den Steg auf die andere Seite des Kanals und wandte sich nach rechts.

»Stopp, Kollege!«, rief ihm Reuchlin zu und nickte mit dem Kopf nach links. »Lassen Sie uns da langgehen, und dann eine Weile kreuz und quer durch die Stadt. Ich muss jetzt ohnehin ein bisschen den Kopf frei bekommen, und wer weiß, ob uns Lütter nicht verfolgen lässt.«

Reuchlin marschierte los, und Froelich folgte ihm schulterzuckend. Bei diesem schönen Wetter schadete es ja wirklich nicht, sich ein bisschen die Beine zu vertreten. Auch wenn er davon überzeugt war, dass Reuchlin nach dem Schreck von eben ein wenig an Verfolgungswahn litt.

Auf einem der Balkone im zweiten Stock stand Lütter und sah den beiden Männern nach, gut versteckt hinter der Brüstung und mit freiem Blick zwischen dem obersten Brett der Balkonverkleidung und dem Handlauf. Er zog ein Handy hervor.

»Lütter hier. Ich muss dich sprechen. Und schick bitte einen los, der Hasso auf die Finger klopft.«

* * *

Der Chef erreichte ihn, als er gerade Bernies Beiz verließ. Der Wirt sah ihm böse nach und rieb sich das malträtierte Handgelenk, und nun stellte sich heraus, dass Mario auch noch kurz im Goldenen Reiter vorbeischauen musste. Mario war's recht, die Kneipe lag praktisch ums Eck, und außer Hasso war niemand da.

Der Wirt hantierte gerade an seiner Zapfanlage herum und schaute mürrisch auf, doch im selben Moment, in dem er Mario erkannte, begann sein Blick zu flackern. Mario sah nicht besonders gut gelaunt aus, und wenn Müllers Mann fürs Grobe mit so ernster Miene hereinkam, bedeutete das Ärger.

Hasso hatte völlig recht. Schon der erste linke Haken schleuderte ihn gegen das Spülbecken, der rechte Haken gab ihm vollends den Rest, und er blieb benommen auf dem kleinen Stuhl in der Ecke sitzen, auf dem er sich zwischendurch gerne mal ein Schnäpschen gönnte.

»Mit herzlichen Grüßen von Lütter«, hörte Hasso den anderen durch das Rauschen in seinem Kopf sagen. Natürlich kannte er den Hehler aus der Werderstraße, aber er hatte keine Ahnung, warum er gerade Prügel bezogen hatte.

Mario beachtete ihn nicht weiter. Er öffnete seine Fäuste ein paar Mal und schloss sie wieder, dann schüttelte er die rechte Hand aus und verließ den Goldenen Reiter. Er sah auf die Uhr: Durch den kleinen Umweg hatte er keine fünf Minuten verloren, und nun machte er sich auf den Weg zu Reuchlins Bestattungsinstitut. Er musste wissen, was dieser Froelich so trieb – nach dem, was ihm der Chef erzählt hatte, gab der Dicke aus Esslingen in seiner Freizeit gerne den Hobbykommissar.

Ein Lächeln breitete sich auf seinem Gesicht aus. Zwei Jobs erledigt, ein weiterer versprach spannend zu werden, und die Sonne tauchte alles in ein schönes Licht – wunderbar! Er schritt kräftig aus und begann zu pfeifen.

* * *

Jochen Hebestreit hatte Mario zum ersten Mal beim Verlassen von Bernies Beiz gesehen. Er trat ein paar Schritte zurück, damit der andere ihn nicht entdeckte, doch der horchte ohnehin gerade aufmerksam in sein Handy und ging dann mit flotten Schritten davon. Ein schneller Blick durch die Fenster der Kneipe auf den Wirt, der sich schmerzverzerrt das Handgelenk rieb, und schon stand fest: Er musste wissen, was Mario als Nächstes tat. Auch ihn und Manuel hatte sich der Typ schon vorgeknöpft, er war offenbar die rechte Hand – oder eher Faust – eines Mannes, dem er nie persönlich begegnet war, der aber in Pforzheim offenbar die Fäden in der Hand hielt. Und mit dem er am liebsten nie wieder etwas zu tun gehabt hätte, aber …

Hebestreit zog sein Handy hervor und nestelte, während er darauf wartete, dass sich sein Gesprächspartner meldete, nervös an seiner randlosen Brille herum.

»Mering?«, kam es kurz darauf aus dem Hörer.

»Hi, Manuel. Wir wollten uns doch in fünf Minuten in Bernies Beiz treffen.«

»Ja, und? Ich bin unterwegs, kein Stress, Mann.«

»Es gibt eine kleine Änderung: Ich hab diesen Mario gerade aus der Beiz kommen sehen, der hat wohl dem Wirt eine Lektion erteilt, und jetzt will ich ihm hinterher, um zu sehen, was er als Nächstes macht. Wo bist du gerade?«

»In der Bahnhofstraße, auf dem Weg zur Beiz.«

»Bleib mal besser, wo du bist, und wart auf mich. Ich häng mich an Mario und meld mich wieder, ja?«

Inzwischen war Mario um die nächste Straßenecke verschwunden, und Hebestreit eilte ihm nach. Er beobachtete, wie der andere in der schon von außen übel aussehenden Kaschemme verschwand und bereits ein, zwei Minuten später wieder herauskam. Im Weggehen wischte sich Mario kurz mit einem Taschentuch über die Knöchel der rechten Hand – Hebestreit war nicht ganz sicher, aber er glaubte, dort Blutspuren gesehen zu haben.

Er nahm das Handy wieder ans Ohr.

»Manuel? Versteck dich lieber, der Typ marschiert gerade schnurstracks auf den Bahnhof zu. Ich bleib an ihm dran, vielleicht erfahren wir durch Mario, was eigentlich gerade los ist.«

»Das wär gut, Jochen. Ich sag dir: Ich hab die Hosen gestrichen voll!«

* * *

Sie waren eine Weile durch die Innenstadt gewandert, und Froelich war erleichtert, als Reuchlin auf einen von Straßen eingefassten, aber von großen Bäumen schön umstandenen, dreieckigen Platz zusteuerte, der komplett als Biergarten genutzt wurde. Er war noch nicht so vertraut mit der Umgebung, aber wenn er sich recht erinnerte, war er auf dem Weg zu Reuchlin an dem Biergarten vorbeigefahren, also waren sie nicht mehr weit vom Bestattungsinstitut entfernt.

Reuchlin ließ sich auf einen freien Stuhl am Rand des Biergartens fallen und sah sich aufmerksam nach allen Seiten um. Froelich setzte sich neben ihn, sein Blick ging auf die Straße hinaus, die sie gerade entlanggegangen waren. Er sah ein Modegeschäft für Damenübergrößen, ein griechisches Lokal und einen Dessousladen, der in gewisser Weise auch Übergrößen im Blick hatte.

Eine junge, freundliche Bedienung kam aus dem Lokal und huschte zu den beiden neuen Gästen. Sie bestellten Pils und Weizen und lehnten sich zurück.

»Nun sollten wir nichts mehr zu befürchten haben«, raunte Reuchlin, sein verschwörerischer Tonfall ließ Froelich lächeln.

»Ganz ehrlich, Herr Reuchlin: Ich hatte von Anfang an nicht die Befürchtung, dass uns jemand verfolgen oder beobachten könnte. Ich meine: Das ist Pforzheim, ich bitte Sie!«

»Lieber einmal zu viel vorsichtig als einmal zu wenig«, versetzte Reuchlin mürrisch.

Er wirkte fast etwas eingeschnappt, und Froelich tat es schon leid, dass er die Bedenken des Kollegen so unverblümt abgetan hatte.

»Was glauben Sie?«, sagte er deshalb schnell. »Ist dieser Lütter nun ein Hehler oder nicht?«

Die Äußerungen des kleinwüchsigen Mannes ließen eigentlich keinen anderen Schluss zu, aber Froelich wollte Reuchlins Stimmung heben.

»Auf jeden Fall. Nur eins versteh ich nicht.«

Reuchlin schien die Kränkung von eben schon wieder vergessen zu haben, und er war ganz Feuer und Flamme für das Thema Reichenbacher.

»Warum«, fuhr er fort, »hat der so sauer reagiert, als wir auf die Einbruchserie zu sprechen kamen? Ich meine: Wenn er Hehler ist, verdient er an solchen Einbrüchen doch mit.«

»Aber er hat doch gesagt, dass diese Beute irgendwie an ihm vorbei verkauft wurde – vielleicht haben die Einbrecher ihn ausgebootet, und dann wäre klar, warum er auf dieses Thema nicht so gut zu sprechen ist.«

»Na ja«, merkte Reuchlin an und rieb seine linke Schulter, »dass er darauf ›nicht gut zu sprechen ist‹, dürfte die Übertreibung des Jahres sein.«

»Tut's noch weh?«

»Nicht sehr, der Schreck war schlimmer. Da springt mich dieser Zwerg plötzlich an und packt mich an den Schultern! Also echt …«

»Vielleicht wurmt ihn nicht nur das Geld, das ihm entgangen ist – vielleicht macht er sich auch Sorgen um seine Position. Ich könnte mir vorstellen, dass in einer Stadt wie Pforzheim alle möglichen … sagen wir: Geschäftsbereiche unter diversen Ganoven fest aufgeteilt sind. Und wenn da einer neu mitmischen will, muss ein anderer für ihn sein Revier ganz oder teilweise aufgeben – das gefällt sicher keinem. So gesehen, ist Lütters Anspannung durchaus verständlich.«

»Aber hat er nicht gesagt, er habe dafür gesorgt, dass sich künftig keiner mehr trauen wird, an ihm vorbei Diebesbeute zu verscherbeln? Ob er dafür ein paar Schläger an der Hand hat, die ihm solche Arbeit abnehmen? Die Konkurrenten einschüchtern und so?«

»Kann sein. Oder es gibt den großen Unbekannten, wie in diesen Gangsterfilmen, der irgendwo in seinem Büro sitzt und Strippen zieht, der Leute anruft und Deals einfädelt. Und der, wenn einer das Gefüge durcheinanderzubringen droht, auch mal seine Muskelprotze losschickt.«

Froelich lächelte dabei, das Gedankenspiel machte ihm einen Heidenspaß, aber er wurde schnell wieder ernst, als er merkte, wie Reuchlin alles für bare Münze nahm und mit jedem seiner Worte nachdenklicher wurde. Der Kollege begann, ihm Sorgen zu machen. Sie waren Bestatter, keine Agenten – und niemand beschlich sie wie ein Indianer. Aber wenn er wieder durchblicken ließ, dass er das alles für bloße Einbildung hielt, würde er Reuchlin erneut vor den Kopf stoßen. Da musste er behutsamer vorgehen.

»Wissen Sie was, Herr Reuchlin? Hier sind wir wohl fürs Erste in Sicherheit – lassen Sie uns was zu essen bestellen. Eine Kleinigkeit zum Bier geht immer.«

* * *

Mario bemerkte die beiden relativ spät, sofort drückte er sich in den Eingang eines griechischen Lokals und linste vorsichtig aus der Deckung zu dem Biergarten hinüber. Der Bestatter aus der Dillsteiner Straße saß halb mit dem Rücken zu ihm, aber der Dicke aus Esslingen hätte ihn genau im Blick, wenn er geradeaus schauen würde. Im Moment redete er aber mit seinem Kollegen, und Mario beschloss, sich näher heranzuwagen. Die beiden saßen an einem Tisch direkt neben der Bleichstraße, und mit etwas Glück konnte er sich in ihrer Nähe postieren und sie womöglich sogar belauschen.

Direkt neben dem Biergarten stand ein Paketdienst-Transporter im Halteverbot, der Fahrer ging gerade mit mehreren Päckchen über die Straße. Mario ging zügig um die nächste Ecke und näherte sich in der Deckung des Transporters. Hinter dessen Ladeklappe blieb er stehen und horchte. Tatsächlich konnte er das Gespräch der beiden Bestatter leidlich gut verstehen, es ging um Lütter und die Einbruchserie – also doch! Froelich schnüffelte in Pforzheim in diesem Fall herum! Er konzentrierte sich noch etwas mehr, aber ein vorbeifahrender Wagen mit röhrendem Auspuff überlagerte alles, und dann hörte er, wie Froelich die Bedienung rief und etwas zu essen bestellte.

»Ey, was machst du da an meinem Wagen?«

Der Kurierfahrer kam mit großen Schritten auf ihn zu, sah Mario misstrauisch an und warf zwischendurch einen prüfenden Blick auf seine Ladeklappe.

»Nix, beruhig dich, ich steh hier nur!«, zischte Mario zurück und machte, dass er über die Straße kam.

Der Fahrer blickte ihm kurz nach, dann sprang er auf den Fahrersitz, startete den Motor und fuhr los, ohne auf den Verkehr zu achten. Ein heranbrausender Handwerker-Kombi musste bremsen und hupte. Mario erschrak, weil dieser Aufruhr direkt neben Froelich und Reuchlin die beiden sicher zur Straße hinschauen ließ. Also stellte er sich vor das nächstbeste Schaufenster, als wolle er in Ruhe die Auslage betrachten, und wandte sich erst nach ein, zwei Minuten ab, um gemächlich auf dem Gehweg davonzuschlendern. Erst an der nächsten Kreuzung traute er sich, sein Handy hervorzuholen und seinem Chef Bericht zu erstatten.

Froelich war durch den anfahrenden Transporter und das durchdringende Hupen sehr erschrocken und sah sich wütend nach den Störenfrieden um. Aber die beteiligten Fahrzeuge waren schon kurz darauf verschwunden, und am Sedanplatz wurde es wieder ruhiger. Ein paar Passanten hatten sich ebenfalls aufgeregt, andere hatte das Ganze offenbar nicht interessiert – den Mann zum Beispiel, der überraschend interessiert vor dem Schaufenster des Damenmodegeschäfts stand und schließlich davonspazierte.

* * *

»Siehst du, Manuel, war doch gut, dass wir ihm gefolgt sind.«

Jochen Hebestreit schaute Mario nach, bis er über die Enzbrücke verschwunden war, dann wandte er sich dem Biergarten zu.

»Wenn ich richtig verstanden habe, was er gerade am Telefon gesagt hat, suchen diese beiden Männer, einer namens Reuchlin von hier und ein gewisser Fröhlich aus Esslingen, dort drüben nach Informationen zur Einbruchserie und zu diesem Esslinger Mordfall. Das hast du auch gehört, oder?«

»Ja. Aber als Bestatter …« Manuel Mering schüttelte den Kopf. »Sachen gibt's!«

»Immerhin sind sie nicht von der Polizei. Und ich überleg mir gerade … ob wir nicht mal mit denen reden sollten.«

»Spinnst du?«

Mering schaute ganz erschrocken drein.

»Die verpfeifen uns doch sofort, jetzt, wo wir eigentlich aus allem raus sind.«

»So, Manuel? Sind wir das? Wir haben große Probleme, seit in Esslingen diese beiden Leute ums Leben kamen. Du hast das doch auch in der Zeitung gelesen. Für mich klang das meiste verdammt vertraut. Und da kannst dich darauf verlassen, dass sich dieser Mario auch bald um uns kümmern wird – sobald er weiß, wo wir stecken. Ich trau mich ja kaum noch heim!«

»Und dann willst du mit diesen beiden Bestattern reden? Die stecken das doch sofort der Polizei – und wer weiß, ob Mario und sein Chef da nicht auch beste Beziehungen haben? Die kennen ja scheinbar ohnehin jeden hier in der Stadt. Oder … stell dir vor, diese Bestatter verraten uns gleich direkt an Mario. So oder so ist es viel zu riskant, mit den beiden zu reden.«

»Die verpfeifen uns nicht an Mario – du hast doch selbst gesehen, dass der die beschattet und belauscht, die sind auf gar keinen Fall auf derselben Seite. Und was die Polizei angeht …«

Hebestreit hoffte, dass die Bestatter ihnen doch nützlich sein konnten, und nun versuchte er seinem Freund zu erklären, wie er zu dieser Hoffnung kam.

»Schau mal: Dass diese Bestatter hobbymäßig zu den Einbrüchen recherchieren – das ist der Polizei ganz gewiss nicht recht. Das heißt: Die werden sicher erst einmal an der Polizei vorbei herumspionieren wollen, und sie werden der Kripo nichts sagen, solange sie glauben, dass sie auf eigene Faust noch mehr herausfinden können. Klingt das nicht logisch für dich?«

»Doch, schon, aber …«

»Na, also, und wenn wir den beiden Informationen versprechen, an die sie sonst nicht so leicht kommen würden?«

»Und was hätten wir davon?«

»Im Gegenzug könnten die uns sagen, was eigentlich in Esslingen los ist. Oder sie könnten es für uns rausfinden.«

»Ich weiß nicht recht …«

»Wir sollten es versuchen, finde ich. Und zwar bald, weil wir vermutlich von Mario oder einem seiner Kollegen schon gesucht werden – die wissen offenbar auch schon von dem Einbruch in Esslingen und davon, dass dort dieses Ehepaar gestorben ist. Und welche Schlüsse die daraus ziehen, kannst du dir wohl denken.«

»Kann ich, ja. Schöne Scheiße.«

Mering stieß seinen Freund leicht an.

»Du, die zahlen. Ich glaub, die gehen gleich.«

»Dann hängen wir uns dran. Die beiden sind zu Fuß unterwegs, und wenn ich mir den Dicken so ansehe, können die keinen weiten Weg mehr vor sich haben.«

»Und du willst mit denen über die Einbrüche reden?«

»Ja, das würde ich gerne. Wie gesagt: Ich hoffe, dass die uns helfen können.«

Mering sah skeptisch aus.

»Wir sollten es versuchen, finde ich«, drängte ihn Hebestreit.

»Aber dann kennen die beiden unsere Gesichter, und selbst, wenn sie uns nicht gleich jetzt der Polizei verraten – die Beschreibung, die sie denen von uns geben können, wird uns irgendwann auf jeden Fall hinter Gitter bringen. Und im Moment sind wir da fein raus. Niemand weiß, dass wir etwas mit den Einbrüchen zu tun haben.«

»Bis auf Mario und seinen geheimnisvollen Chef. Denk an Atze Boulatis – der sitzt in Rottenburg, und wir beide wissen genau, wer ihn dorthin gebracht hat.«

»Meinetwegen, dann reden wir mit den beiden. Aber mir ist trotzdem nicht wohl bei dem Gedanken, dass die dann wissen, wie wir aussehen.«

»Vielleicht klappt's ja auch, ohne dass sie uns zu Gesicht bekommen. Ich hab da schon eine Idee.«

* * *

Ralph Mohr kannte Bernie Rieker seit Jahren, er trank bei ihm schon gern sein Feierabendbier, als er noch die kleine Kneipe gegenüber der Polizeidirektion hatte. Seit er die Beiz in der Rudolfstraße betrieb, gab es auch berufliche Gründe, ihn gelegentlich aufzusuchen: Das kleine Lokal war einer der Orte, an denen man Neues aus der Pforzheimer Unterwelt erfahren konnte.

Heute wirkte Bernie allerdings nicht sehr gesprächig. Er war sehr kurz angebunden, tat sehr beschäftigt, und als er Mohr einen Cappuccino hinstellte und der Hemdärmel beim Vorstrecken der Arme etwas zurückrutschte, konnte der auch sehen, woran das lag.

»Ein unzufriedener Kunde?«, fragte er und nickte zu dem lädierten Handgelenk hin. Die Haut sah nicht gut aus, das würde sehr bald dunkelblaue Flecken geben – da hatte jemand offensichtlich sehr fest zugegriffen.

»Das kommt vom Reden, Herr Kommissar. Vom Zuvielreden.«

Bernie verschwand wieder hinter seiner Theke und putzte und polierte an den Armaturen seiner Zapfanlage herum. Mohr sah sich um: Auf dem Gehweg ging eine alte Dame mit ihrem winzigen Hund vorbei, zwei kleine Mädchen rannten in Richtung Bahnhof. Sonst war draußen niemand zu sehen. Er nahm seinen Cappuccino, ging zur Theke hinüber, stellte die Tasse ab und kletterte auf einen Barhocker.

»Und, Bernie, ist das Zufall, dass jemand gerade jetzt meinte, Sie hätten zu viel geredet?«

Der Wirt antwortete nicht und polierte weiter. Mohr zählte stichwortartig diejenigen Fälle der Pforzheimer Kripo auf, von denen er wusste. Bernie reagierte auf keines der Stichworte und rieb weiter an den Armaturen herum. Einen hatte er sich noch aufgespart, nicht ganz zufällig.

»Einbruchserie, betäubte Bewohner«, sagte er.

Nur einen kurzen Moment lang verharrte Bernie mit dem Tuch an derselben Stelle, bevor er weiterrieb, vielleicht jetzt noch ein bisschen intensiver als zuvor.

»Dacht ich's mir doch. Sie haben von dem Einbruch in Esslingen gehört und davon, dass dabei zwei Menschen ums Leben kamen.«

»Man hört ständig was.«

»Vor allem Sie, deshalb bin ich hier.«

Bernie sah Mohr kurz an, dann streifte sein Blick wie zufällig über das große Fenster zur Straße hin.

»Niemand da, Bernie, ich hab selbst gerade nachgeschaut.«

»Das dachte ich gestern auch.«

»Gestern? Was war da?«

Bernie legte das Tuch weg und zapfte sich ein Bier.

»Wollen Sie auch eins, Herr Kommissar?«

»Nein, um diese Uhrzeit ist das noch nichts für mich. Da kann ich den Rest des Tages knicken.«

»Wenn es dumm läuft, kann ich diesen Tag sowieso knicken.«

»Warum sollte es dumm laufen?«

»Wenn jemand sieht, dass ich hier mit Ihnen quatsche …«

Er zuckte mit den Schultern.

»Meine Güte, da ist aber jemand sehr nervös.«

»Sie haben gut reden«, maulte Bernie und nahm einen Schluck.

»Ich meine nicht Sie, Bernie. Ich meine diejenigen, vor denen Sie auf der Hut sind.«

»Kann sein.«

»Aber wegen der Einbrüche? Das sollte doch durch sein, oder? Seit Februar haben wir Ruhe.«

»Ja, hier. Aber Sie haben vorhin selbst den Einbruch in Esslingen erwähnt. Das scheint manche nervös zu machen.«

»Aber Esslingen ist weit, wir sind hier in Pforzheim.«

Bernie nahm noch einen Schluck, dann machte er sich daran, die Kaffeemaschine abzureiben.

»Wer war das mit Ihrem Handgelenk?«, fragte Mohr nach einer Weile.

»Wozu müssen Sie das wissen?«

»Vielleicht weiß ich dann, wer gerade so nervös ist.«

Bernie zögerte noch, dann murmelte er: »Mario.«

»Mario? *Der* Mario?«

Der Wirt nickte und konzentrierte sich weiter auf die Kaffeemaschine.

Diesen Namen kannte Mohr natürlich. Marius Schwaderer, genannt Mario, 43 Jahre alt. Jahrelang hatte er sich als Kleinganove durchgeschlagen, und meist war das im wörtlichen Sinne zu verstehen – aber er blieb immer unter dem Radar, verbockte nie genug, als dass er hätte hinter Gitter müssen. Dann heuerte ihn Peter Müller an, ein Endsechziger, der in und um Pforzheim in vielen illegalen Aktivitäten seine dicken Finger drin hatte.

Müller und Schwaderer hatten, wie viele hiesige Ganoven, die Marotte, sich schmissige Spitznamen zu geben. Müller etwa ließ sich »Pate« nennen, was seiner Rolle in Pforzheim tatsächlich sehr nahe kam, und Schwaderer hatte aus Marius Mario gemacht – vielleicht hatten sie beide eine Vorliebe für Coppolas Mafiafilm-Klassiker »Der Pate«.

Doch was sollte Müller an einem Einbruch mit Todesfolge – oder an einem Mord – in Esslingen stören? Da sollten doch keine Revieransprüche von ihm tangiert sein. Und die hiesige Einbruchserie war beendet, und bisher konnte niemand Müller und seinen Leuten nachweisen, dass sie da irgendwie ihre Finger drin gehabt hätten.

»Mario hat Sie wegen der alten Einbruchserie so zugerichtet?«

»Nicht ganz«, brummte Bernie und sah immer wieder mal zur Kontrolle nach draußen. Die Luft schien aber nach wie vor rein zu sein.

»Und?«, ermunterte ihn Mohr weiterzureden.

»Ich kann's nicht mit Sicherheit sagen, aber zeitlich könnte es zu einem Besuch passen, den ich gestern bekommen habe.«

Ihm fiel noch das Treffen der beiden Männer zwei Tage zuvor hier im Lokal ein, die er früher ab und zu zusammen mit Atze Boulatis gesehen hatte, aber es gab Grenzen: Mohr mochte ihm sympathisch sein, aber alles musste er auch nicht wissen. Und Marios Aktion schien zeitlich tatsächlich besser zu dem Gespräch von gestern zu passen. Vielleicht hatten die beiden nicht auf ihn gehört und waren direkt von hier in die Werderstraße gegangen. Und vielleicht hatte sie Mario verfolgt. Oder sie hatten Lütter verraten, wer ihnen seine Adresse gegeben hatte – vielleicht hätte er ihnen doch ein paar Infos mehr geben sollen als nur Reichenbachers Namen und seine Adresse.

»Und wer hat Sie da besucht?«, hakte Mohr nach.

»Bestatter Reuchlin und einer seiner Kollegen.«

»Bestatter … Reuchlin?«

Das überdeutliche Fragezeichen in Mohrs Miene brachte Bernie zum Lachen.

»Ja, ich kenne Reuchlin von früher, meine Mutter hat nicht allzu weit von seinem Institut gewohnt, da habe ich ihn engagiert, als sie starb.«

»Wo hat der sein Institut?«

»In der Dillsteiner Straße. Ist eine ziemlich kleine Klitsche, und Reuchlin ist auch nicht mehr der Jüngste. Vermutlich lässt er es schon ein wenig auslaufen.«

»Und was für ein Kollege war mit ihm hier?«

»So ein Dicker, der war aber nicht von hier, der war aus Esslingen, sagte jedenfalls Reuchlin. Der hieß … Lustig … oder … nein, jetzt hab ich's: Froelich hieß der.«

Mohr hatte den Namen schon gehört: Seine Esslinger Kollegin Jana Bednarz hatte ihm Bescheid gegeben, dass sich dieser Froelich vielleicht an ihn wenden würde. Und sie hatte ihm auch erklärt, dass er ihm ruhig Informationen geben könne, soweit es sich mit den Vorschriften und seinen eigenen Ermittlungen vertrug. Sie hatte ihm von einem Toten im Stocherkahn erzählt und von der Rolle, die Bestatter Froelich für die Aufklärung des Falles gespielt hatte. Aber bisher hatte der sich nicht bei ihm gemeldet.

»Na«, sprach Bernie inzwischen weiter, »und den beiden habe ich einen kleinen Tipp gegeben.«

Mohr sah ihn überrascht an.

»Einfach so?«

»Na ja, Herr Reuchlin hat seit der Beerdigung meiner Mutter noch was gut bei mir.«

»Und was für ein Tipp war das?«

»Ich hab ihnen aufgeschrieben, wo sie Lütter finden.«

»Den Hehler aus der Werderstraße? Wie hängt der denn in der Einbruchserie drin?«

»Gar nicht, soweit ich weiß. Ihr habt doch Atze verhaftet, sitzt der nicht noch?«

Mohr grinste.

»Sie sind gut informiert, Bernie.«

»Das gehört zu meinem Job, Herr Kommissar.«

»Und warum haben Sie den beiden Lütters Adresse gegeben?«

»Ich dachte, damit richte ich keinen größeren Schaden an. Soweit ich weiß, hatte Lütter mit der Einbruchserie nichts zu tun, also würde er die beiden einfach wieder rausschmeißen und fertig – und Reuchlin gegenüber habe ich mich trotzdem behilflich gezeigt.«

Er zuckte wieder mit den Schultern.

»Immer die Kontakte in alle Richtungen pflegen, was, Bernie?«

»Das hat diesmal nur leider nicht so richtig geklappt«, maulte er und zeigte sein Handgelenk vor. »Vielleicht bin ich ja noch glimpflich weggekommen, was weiß ich. Ich frage mich nur, warum mich Mario überhaupt anmacht, wenn Reuchlin und sein Kollege wegen der Einbruchserie bei Lütter nachfragen – das könnte denen doch eigentlich egal sein.«

* * *

Reuchlin war müde, und Froelich fand die Idee eines kleinen Nickerchens nach der Wanderung durch die Innenstadt und dem Bier an der frischen Luft ebenfalls sehr verlockend. Also legten sie sich beide hin und trafen sich nach gut einer halben Stunde in der Küche wieder.

»Kaffee?«, fragte Reuchlin, der sich gerade eine Tasse eingoss.

»Nein, danke.«

»Und was machen wir jetzt?«

»Wegen der Einbruchserie? Keine Ahnung, vielleicht müssen wir Ihren Bekannten Bernie noch einmal fragen. Oder wir gehen doch in diesen Goldenen … äh …«

»Goldenen Reiter«, ergänzte Reuchlin. »Nur, wenn's unbedingt sein muss. Und wenn Sie mal dort waren, wissen Sie auch warum.«

»Wahrscheinlich muss es sein. Der Besuch bei Lütter hat nichts gebracht. Wir können davon ausgehen, dass er Hehler ist und eine feste Größe in der Stadt. Und wir wissen, dass er auf die Einbruchserie nicht gut zu sprechen ist. Das ist nicht viel, und vor allem nichts, das uns eine neue Spur bringen würde.«

Von unten war ein altmodisches Glockenspiel zu hören.

»Ach, Kundschaft«, sagte Reuchlin, stand auf und ging zur Treppe. Froelich folgte ihm, doch als sie den Laden erreichten, war die Tür zu und niemand war da. Die beiden gingen nach draußen, und Reuchlin wollte gerade wieder hineingehen, als sein Blick am Leichenwagen hängen blieb.

»Scheiße!«, brummte er und deutete nach unten.

Froelich stellte sich neben ihn und sah den platten Vorderreifen auch. Die beiden gingen um die Motorhaube des Fahrzeugs herum, auch aus dem linken Vorderreifen war die Luft raus.

»Stehenbleiben!«, kommandierte eine Stimme hinter ihnen. »Ich bin bewaffnet, und Sie machen keinen Mucks und drehen sich vor allem nicht um!«

Froelich und Reuchlin zuckten kurz, blieben aber wie gewünscht stocksteif stehen, vor sich den Leichenwagen und den Eingang zum Institut, hinter sich den Unbekannten. Er musste in der Nähe der Ente stehen, und wahrscheinlich hatte er sich hinter ihr verborgen, als die beiden Bestatter um die Motorhaube des Leichenwagens herumgegangen waren.

»Haben Sie mich verstanden?«

»Ja«, antworteten die beiden im Chor.

»Wer von Ihnen ist Reuchlin und wer Froelich?«

»Ich bin Reuchlin, das ist mein Kollege Froelich.«

»Und Sie sind aus Esslingen, Herr Froelich?«

»Ja. Woher wissen Sie das?«

»Ich stell hier die Fragen.«

Froelich schloss die Augen und versuchte, alles in sich aufzunehmen, was er an dem Fremden feststellen konnte. Die Stimme klang nach einem Mann mittleren Alters, er wirkte etwas nervös, vielleicht war er es nicht gewohnt, Leute mit der Waffe zu bedrohen. Das ließ zum einen darauf hoffen, dass er und Reuchlin unverletzt davonkamen – andererseits konnte einen Anfänger schon die kleinste unbedachte Bewegung zu einer Kurzschlusshandlung verleiten.

»Wir drehen uns nicht um, keine Sorge, wir wollen gar nicht wissen, wie Sie aussehen. Darum geht es doch, richtig?«

»Richtig, darum geht es, Herr Froelich. Und um noch was. Was tun Sie hier in Pforzheim?«

»Ich bin als Aushilfe gekommen, mein Kollege Reuchlin muss ein paar Tage weg, ich werde ihn vertreten.«

»Blödsinn!«

»Nein, wirklich, ich …«

»Halten Sie mich für bescheuert? In Esslingen kommen zwei Menschen ums Leben, in ihr Haus wird eingebrochen – und danach kreuzen Sie zufällig hier in Pforzheim auf, wo vor ein paar Monaten Einbrüche nach demselben Muster verübt wurden?«

»Woher wissen Sie das alles?«

»Das geht Sie nichts an. Aber ich will Ihnen ein paar Sachen über die Einbrüche erzählen, und Sie sollen mir helfen.«

»Helfen? Wie denn? Und wobei?«

»Erst einmal hören Sie zu. Der Einbruch in Esslingen und die Einbrüche hier in der Gegend haben nichts miteinander zu tun.«

»Die Polizei geht von etwas anderem aus.«

»Das glaube ich Ihnen gerne, aber ich weiß es: Das in Esslingen waren nicht dieselben Leute wie hier in Pforzheim.«

»Und das wissen Sie, weil …«

»Ich weiß das, aus sicherer Quelle.«

»Weil Sie an den Einbrüchen im Raum Pforzheim beteiligt waren?«

»Sie sollen nicht quatschen, Sie sollen zuhören!«

»Gut, ich höre.«

Froelich fühlte sich jetzt sicherer als vorhin. Der Mann wollte Hilfe von ihm, und dazu musste er ihn am Leben lassen. Plötzlich klingelte Froelichs Handy, im Reflex bewegte er seine Hand in Richtung der Hosentasche.

»Lassen Sie die Hand da weg! Sie gehen nicht ans Telefon!«

Es klingelte weiter, Froelich bewegte die Hand langsam wieder nach unten, von der Tasche weg. Schließlich hörte das Klingeln auf.

»Gut, Herr Froelich. Und jetzt: Gehen Sie mal ein paar Details der Einbrüche durch. Hier in der Gegend wurde durch die Einbrecher so gut wie nichts beschädigt, es wurde kein Schmuck mit Widmung gestohlen, und auch die Sparschweine und die Kindergeldbeutel blieben verschont.«

»Weiß ich. Wollen Sie Lob von mir, weil Sie auf so nette Weise eingebrochen sind?«

»Und wie war das in Esslingen? In der Zeitung habe ich gelesen, dass einiger Sachschaden entstanden ist und dass auch zwei Sparschweine zerdeppert und ausgeräumt wurden. Das passt nicht zu den hiesigen Einbrüchen.«

»Das sind Kleinigkeiten«, versetzte Froelich. »Sie könnten ja Ihren Stil geändert haben.«

»Und hier in der Gegend kam niemand ums Leben!«

Der Unbekannte war lauter geworden, er räusperte sich und sprach dann in ruhigerem Tonfall weiter.

»Der Einbruch in Esslingen gehört nicht zu der Pforzheimer Einbruchserie, hören Sie?«

»Mir ist schon klar, dass Sie sich nicht die Schuld am Tod zweier Menschen anhängen lassen wollen, aber …«

»Wer sagt denn, dass ich …? Ach, ist eigentlich auch egal. Sie haben recht: Ich war an den Einbrüchen in und um Pforzheim beteiligt, aber ich habe nichts mit dem Einbruch und den beiden Toten in Esslingen zu tun.«

»Dann gehen Sie doch zur Polizei und erklären das denen – wenn Sie sich stellen, wird das auch für Ihr Strafmaß berücksichtigt.«

»Und wenn ich mich nicht stelle, muss ich gar nicht hinter Gitter.«

»Erst einmal, aber irgendwann werden Sie erwischt, ganz sicher.«

»Bisher ging's gut, und das wird auch so bleiben.«

Der Mann klang nicht ganz so selbstsicher, wie seine Worte glauben machen sollten.

»Wenn bisher alles so gut lief – warum stehen Sie dann mit der Waffe hinter mir und wollen meine Hilfe?«

»Sie werden beweisen, dass ich … dass wir nichts mit dem Esslinger Einbruch zu tun haben.«

»Und wie soll ich das anstellen?«

»Ich werde Ihnen ein paar Infos geben, Täterwissen, das so nicht in der Zeitung stand. Sie werden nachforschen, und wenn Sie beweisen können, dass wir das in Esslingen nicht veranstaltet haben, geben Sie Ihre Informationen der Polizei. Vorher nicht, verstanden?«

»Und warum machen Sie das nicht selbst?«

»Weil wir keine Lust haben, dabei geschnappt zu werden. Zuerst fahren Sie nach Rottenburg und besuchen in der Justizvollzugsanstalt Athanasios Baloutis, genannt Atze. Der sitzt dort in U-Haft, das war unser Hehler. Ich nenne Ihnen ein paar gestohlene Gegenstände, von denen in den Zeitungsberichten nicht die Rede war, und Atze wird Ihnen bestätigen, dass die Sachen zu unserer Beute gehört haben.«

»Das kann beweisen, dass Sie die Pforzheimer Einbrüche verübt haben, aber es schließt nicht aus, dass Sie auch in Esslingen eingebrochen haben.«

Der Mann hinter Reuchlin und Froelich brummelte etwas, es klang wie: »Scheiße, stimmt …«

»Und warum sollte dieser Baloutis mit mir reden wollen? Ich bin Bestatter, und er kennt mich nicht.«

»Sagen Sie ihm, dass Sie in unserem Auftrag kommen. Sagen Sie ihm Grüße von seinen ›Gentlemen‹, der weiß dann schon, dass wir das sind.«

»Sehr witzig. Von der ›Gentleman-Gang‹ war in jedem Bericht über die Einbruchserie die Rede, das kann also jeder wissen. Und Ihren Namen werden Sie mir ja wohl nicht verraten wollen, nehme ich an.«

Hinter Froelich wurde es still, der Unbekannte räusperte sich und ging hin und her. Dann blieb er stehen, räusperte sich noch einmal und sagte: »Ich überleg mir was, ich komme wieder – und Sie sagen keinen Ton zur Polizei, verstanden?«

* * *

Der Unbekannte hatte sie einfach am Leichenwagen stehen lassen, mit dem Rücken zu ihm und zum Durchgang in Richtung Straße. Und dann war er so leise aus dem Innenhof geschlichen, dass sie seine Schritte beim besten Willen nicht hören konnten. »Nicht umdrehen, bis ich weg bin«, hatte er ihnen zuvor noch eingeschärft, und weder Reuchlin noch Froelich sahen einen Sinn darin, jetzt noch etwas zu riskieren, nur um vielleicht einen weglaufenden Mann von hinten zu erspähen.

Erst nach mehreren Minuten überlegte Froelich, sich langsam umzudrehen, aber zur Sicherheit rief er zuvor noch: »Und? Sind Sie weg?«

Als keine Antwort kam, drehten er und Reuchlin sich um – und erschraken. Vor ihnen stand Luigi, aß einen Apfel und sah die beiden Bestatter grinsend an.

»Außer mir und euch ist hier niemand mehr«, sagte er und biss noch einmal ein großes Stück ab.

Froelich hatte ganz weiche Knie bekommen, und Reuchlin sah ebenfalls nicht so aus, als ob es ihm besonders gut ginge. Luigi dagegen schien bester Dinge.

»Da war grad einer im Hof«, begann Reuchlin. »Der hat uns bedroht. Allerdings muss das ein ziemlich Stümper sein – der wusste scheinbar gar nicht so recht, was er von uns wollte.«

»Nein, da waren zwei«, widersprach ihm Luigi seelenruhig.

»Wie: zwei?«

»Na, zwei Männer, jünger als wir beide, Sepp. Ich dachte, das sei Kundschaft von dir.«

»Nein, das waren keine Kunden. Wie gesagt: einer von denen hat uns bedroht.«

»Und wir durften uns nicht umdrehen«, fügte Froelich hinzu, »damit wir sein Gesicht nicht sehen konnten.«

»Na, da habt ihr nicht allzu viel verpasst«, sagte Luigi. »Beide waren normal groß und normal schlank. Der eine hatte ein eher weiches Gesicht, trug eine randlose Brille und hatte schwarze Lockenhaare. Und der andere hätte ein paar von den Locken gut gebrauchen können: lichtes Haar, braun, mit Geheimratsecken, dünner Schnauzbart, markante Nase. Könnt ihr damit was anfangen?«

Froelich hatte der Beschreibung zunehmend erstaunt zugehört.

»Äh … Wie können Sie sich das alles merken? Sie haben die beiden doch sicher nicht lange gesehen, oder?«

»Ach, ich übe das manchmal, wenn mir drüben im Laden langweilig ist. Ich bin großer Fan von Jerry Cotton, und im Vergleich zu dessen Abenteuern geht es in unserer Dillsteiner Straße doch etwas fad zu. Da spiele ich halt ab und zu ›Beobachten & Behalten‹ – so wie vorhin.«

Luigi lächelte und freute sich, dass seine Marotte offenbar einmal zu etwas nütze gewesen war.

»Prima, Luigi«, lobte ihn Reuchlin. »Nun wissen wir ungefähr, wie der Typ aussieht und dass er nicht allein hier war. Leider fehlen uns noch Namen dazu.«

»Na ja, die standen ihnen halt nicht auf die Stirn geschrieben«, meinte Luigi munter. »Und eine Waffe habe ich nicht bei den Männern gesehen, die haben sie wahrscheinlich weggesteckt, bevor sie wieder aus deinem Hof kamen. Aber warum haben die euch bedroht? Hast du für einen Sarg Sperrholz statt Eiche genommen?«

Er kicherte, Reuchlin rollte reichlich genervt mit den Augen.

»Nein, wir haben …«

Er warf Froelich einen kurzen fragenden Seitenblick zu, doch der zuckte nur mit den Schultern.

»Wir haben uns seit gestern ein bisschen in der Stadt umgehört, um Informationen über eine Einbruchserie hier in der Gegend zu bekommen – eine Einbruchserie, die möglicherweise mit einem weiteren Einbruch in Esslingen zusammenhängt, bei dem ein Ehepaar ums Leben kam.«

»Aufregend!«, hauchte Luigi, der augenblicklich an Reuchlins Lippen hing. »Wisst ihr was? Ihr kommt mit rüber, ich mach ein Fläschchen auf, und ihr erzählt mir alles in Ruhe. Mensch, endlich ist mal was los bei uns!«

Er hakte Reuchlin unter, der keinen Widerstand leistete, und marschierte mit ihm über die Straße. Froelich folgte ihnen langsamer und schaute dabei nach, wer vorhin versucht hatte, ihn zu erreichen.

Es war Inge gewesen, und sie hatte eine Nachricht hinterlassen: »Gottfried, ruf mich doch bitte kurz an. Hier hat sich ein Herr Reukers gemeldet, er lässt fragen, ob er seine Freunde sehen dürfe – das Ehepaar Sigle, das bei uns im Kühlraum liegt. Das wollte ich nicht entscheiden, gib mir bitte möglichst schnell Bescheid!«

Froelich rief sofort zurück.

»Na, Gottfried, alles klar bei dir in Pforzheim?«

»Ja, ja«, log er. »Du hattest Kontakt mit Reukers?«

»Der hat sich hier gemeldet. Kennst du ihn?«

»Ich … äh … nicht persönlich, ich habe nur seinen Namen mal aufgeschnappt. Der soll bei den Sigles zu Besuch gewesen sein, aber in der Nacht des Einbruchs war er wohl nicht anwesend.«

Inge sagte nichts, und er konnte sich gut vorstellen, wie sie gerade darüber nachdachte, ob sich ihr Gottfried sein Ermittler-Hobby wirklich aus dem Kopf geschlagen hatte.

»Aber das muss mich ja eigentlich nicht weiter interessieren. Ich bin ja nur Bestatter, gell, Inge?«

»Ja«, sagte sie, und es schwang ein bisschen Erleichterung in ihrem Tonfall mit. Froelich war froh, dass sie es ihm so leicht machte, und das schlechte Gewissen wurde immer kleiner. Vielleicht sollte er, wenn dieser Fall gelöst war, mit

Sanfftleben und Reuchlin über eine Neuauflage ihrer alten Theatertruppe reden. Er schien begabt, und im Lügen bekam er allmählich Übung.

»Gib mir doch bitte mal die Nummer von diesem Reukers. Ich spreche noch mit Frau Rudel, ob sie was dagegen hat, wenn er zu uns in den Kühlraum kommt, und dann geb ich ihm Bescheid.«

»Ich hab ihm schon am Telefon gesagt, dass die Beerdigung für Montag geplant ist, aber er meinte, da sei er nicht mehr in Esslingen, und er könne seine Abreise wegen geschäftlicher Termine auch nicht verschieben.«

Sie gab ihm die Nummer.

»Ich wollte dich nachher ohnehin noch anrufen«, log er weiter. »Heute ist schließlich Samstag, Herr Reuchlin hat mir alles Nötige gezeigt, da kann ich das restliche Wochenende genauso gut in Esslingen verbringen. Wenn ich mich beeile, komme ich in gut einer halben Stunde hier weg.«

»Ach, du musst dich nicht beeilen, Gottfried. Heute Abend habe ich schon was vor. Ich geh mit Maren ins Musical.«

Sie summte eine Melodie, die er schon oft im Radio gehört hatte, und ihm fiel ein, dass es zu den Oldies dieser schwedischen Band einen Film und ein Musical gab – beides vermutlich wie die Musik nicht so ganz nach seinem Geschmack.

»Das kann länger dauern, du weißt ja: Mädels auf Tour ...«

Sie kicherte ein wenig und dann verabredeten sie, dass er morgen zu einem späten Frühstück in Esslingen ankommen und auch gleich frische Brötchen und süße Stückle mitbringen würde.

* * *

Mohr hatte nach Beiz-Wirt Bernie noch ein paar weitere potenzielle Informanten aufgesucht, aber allzu viel hatte er dabei nicht erfahren. Klar, über die Einbruchserie wusste er schon alles, was in Pforzheim so geredet wurde – und das eine oder andere, worüber die meisten lieber schwiegen. Die Serie war nach wie vor rätselhaft: mit großem Aufwand betrieben, sehr sorgfältig ausgeführt, und bis auf die Hehlerware in Atzes Garage hatten sie keine vielversprechenden Spuren gefunden. Das sah alles nach der Arbeit von Profis aus, einerseits. Aber andererseits hatte Mohr in all den Jahren bei der Kripo noch keine Einbrecherbande kennengelernt, die sich für den Verkauf ihrer Beute auf einen so windigen Typen wie Atze eingelassen hätte. Einen Hehler – oder eher: Möchtegern-Hehler –, der in der Pforzheimer Szene offenbar nicht vernetzt war, und der vermutlich auch von einem Konkurrenten verpfiffen worden war.

Lütter fiel Mohr ein, der sicher nicht davon begeistert gewesen war, dass jemand in seinem Revier wilderte – aber Lütter hatte nicht bei der Polizei angerufen. Lütter machte nie etwas selbst. Er schickte andere. Oder, noch lieber: Er bat andere, jemanden zu schicken. War Lütter womöglich doch als Hehler an der Einbruchserie beteiligt, und Atze war nur reingelegt worden?

Aber warum bezahlte ihm dann jemand einen teuren Anwalt wie Filby? Nur, damit er die wahren Hintermänner der Einbrüche nicht verriet? Und was, wenn er die gar nicht kannte? Wenn er nur reingelegt worden war, damit er Lütters Kreise nicht störte? Dann hätte Atze wirklich von nichts eine Ahnung – und er säße unschuldig in U-Haft. Aber warum schwieg er dann?

Die Einbruchserie war eine verzwickte Geschichte, und der Esslinger Fall nach demselben Muster rührte alles wieder auf.

Mürrisch betrat Mohr die Kneipe, die er als letzte Station vor dem Heimweg ansteuern wollte. Doch als er sich an das Halbdunkel im Goldenen Reiter gewöhnt hatte, hellte sich seine Laune auf: Hasso, der Wirt, zapfte hinter dem Tresen sein berüchtigtes Billigbier, und sein kräftig blutunterlaufenes Auge und der blaugrüne Fleck am Unterkiefer machten ordentlich Eindruck.

Mohr mochte den Mann nicht, und in seine ziemlich heruntergekommene Kneipe ging er nur ungern. Aber ähnlich wie Bernies Beiz war auch der Goldene Reiter eine Anlaufstelle für alle, die es in Pforzheim nicht so genau nahmen mit dem Gesetz – und deshalb auch eine gute Quelle für nützliche Nachrichten, sowohl für die Polizei als auch für das hiesige lichtscheue Gesindel.

Er ging grinsend auf Hasso zu: Wenn er ein solches Veilchen hatte, das durchaus ebenfalls mit einem Besuch von Mario zu tun haben konnte, dann war der nette Bernie wenigstens glimpflicher davongekommen als der widerliche »Reiter«-Wirt, dem er sein Veilchen von Herzen gönnte.

»Na, Hasso«, sagte Mohr und deutete auf das blaue Auge, »gegen den Zapfhahn gelaufen?«

»Genau so war's«, brummte der Wirt und ließ weiterhin Bier in ein Glas laufen, das von Kratzern schon ganz trüb war.

»Hat Mario dir dabei geholfen?«

»Welcher Mario?« Hasso verzog keine Miene und zapfte weiter. »Wollen Sie auch 'n Bier, Herr Kommissar?«

Er hatte das Ende des Satzes ein wenig lauter ausgesprochen, als es nötig gewesen wäre. Irgendwo im Hintergrund des düsteren Raumes wurden Stühle gerückt, und kurz darauf verließen zwei junge Männer die Kaschemme.

Mohr sah ihnen grinsend nach und wandte sich dann wieder an Hasso.

»Soll ich den beiden mal hinterhergehen?«

»Meinetwegen nicht. Die haben vorhin schon bezahlt.«

An dem Tisch, den die beiden verlassen hatten, standen vier fast volle Biergläser. Zwei Typen saßen noch dort und gaben sich Mühe, nicht zu Mohr herüberzusehen.

»Und natürlich kennst du die beiden nicht, die gerade gegangen sind? Oder die beiden anderen, die noch da hocken?«

»Genau so ist es«, brummte Hasso, ohne auch nur kurz zu dem Tisch hinüberzusehen. »Nie gesehen, kenn ich nicht.«

Mohr machte Anstalten, zu den beiden hinzugehen. Hasso beobachtete ihn aus den Augenwinkeln, versuchte aber nicht, ihn irgendwie von den beiden Männern am Tisch abzulenken. Mohr begriff, dass bei denen im Moment nicht genug zu holen war, um Hasso dafür, dass er sie in Ruhe ließ, eine Information abzupressen. Denn dass er sie kannte, dass es sich um Stammgäste handelte, daran gab es für Mohr keinen Zweifel. Die Tische weiter hinten hielt Hasso gerne für Stammgäste frei. Und wenn es mal ganz eng wurde, war von diesen Plätzen aus der Flur zur Toilette schnell zu erreichen, von dem aus eine Tür ins Treppenhaus führte: nach oben zu Hassos Mädchen, die dort stundenweise für ihn Geld verdienten, und ebenerdig zum Hinterausgang.

»Im Moment sorgen die Einbrüche vom vergangenen Winter wieder für Aufregung«, begann Mohr. Er hatte keine Lust mehr auf Spielchen.

»So? Welche Einbrüche?«

Mohr überging die Zwischenfrage.

»Es hat wieder einen Einbruch gegeben.«

»Und?«

»Diesmal gab es zwei Tote. In Esslingen. Dasselbe Muster, wieder mit Gas, wieder ein Passivhaus.«

»Ich kenn mich da nicht so aus, Herr Kommissar. Ich zapfe Bier und bringe meinen Gästen auch mal einen Schnaps – aber Einbrüche sind nicht so meins. Ich verdiene mein Geld auf legale Weise.«

»Na ja«, knurrte Mohr, »mehr oder weniger.«

Hasso grinste breit und streckte beide Hände über die Theke.

»Nehmen Sie mich halt mit, wenn Sie was gegen mich in der Hand haben.«

»Lass den Quatsch, Hasso! Warum haut dir Mario eine rein, wenn in Esslingen ein Einbruch zwei Menschenleben fordert?«

»Gute Frage, Herr Kommissar.«

»Du weißt doch was! Wer ist da gerade so nervös? Wer hat da was zu befürchten? Wem in Pforzheim passt es nicht, wenn in Esslingen ein Haus geknackt wird?«

»Das dürfen Sie mich nicht fragen, Herr Kommissar. Und schauen Sie ...«

Er hielt beide Hände mit ausgestreckten Fingern vor sich in die Höhe.

»Ich bin ganz ruhig, kein bisschen nervös. Da müssen Sie andere fragen.«

Er stellte die Biergläser, die er während des Gesprächs gefüllt hatte, auf ein dunkelbraunes Serviertablett, hob es hoch und kam hinter der Theke hervor. Mohr stellte sich ihm in den Weg und funkelte ihn wütend an.

»Mensch, Hasso, lass diese Spielchen! Hilf mir, gib mir eine Info – wer weiß, was Mario beim nächsten Mal mit dir anstellt? Sein Chef Peter Müller ist nicht zimperlich, wenn ihm einer in die Suppe spuckt, das weißt du.«

Mit einer schnellen Bewegung kippte Hasso das Tablett ein wenig nach vorn, gab einem der Gläser mit den Fingern einen Schubs, und schon ergoss sich ein Schwall Bier über Mohrs Hose. Das Glas polterte auf den Boden und machte einen Heidenlärm, blieb auf dem speckigen Boden aber heil.

»Oh, das tut mir aber leid, Herr Kommissar«, versicherte Hasso, sein höhnischer Tonfall und das hämische Grinsen sagten aber etwas anderes.

»Arschloch«, zischte Mohr, wischte sich die Hose ab und ging nach draußen.

»Gern geschehen«, rief ihm der Wirt noch hinterher.

Mohr marschierte nach Hause, wünschte dem Kerl die Pest an den Hals, und seine Laune wurde auch nicht besser, als er die Wohnungstür hinter sich zufallen ließ. Aus dem Wohnzimmer hörte er die Stimmen der Nachbarn aus dem ersten Stock, und seine Frau eilte ihm entgegen, tippte mit vorwurfsvoller Miene auf ihre Armbanduhr und raunte: »Mensch Ralph, so spät! Und zieh dich schnell um, du stinkst ja wie ein Bierfass!«

* * *

Gegen elf gingen die letzten Gäste, Luigi schloss ab und kehrte dann an den Tisch zurück, an den er sich jetzt endlich auch setzen konnte. Froelich und Reuchlin hatten noch einige Happen auf dem Teller, Musikalienhändler Ferdinand »Kanne« Östreicher hatte schon aufgegessen und schenkte gerade allen Wein nach. Per du waren sie schon nach der zweiten Flasche gewesen, und das war schon eine Weile her.

»Und der hat euch echt mit einer Waffe bedroht?«, fragte Kanne und war ganz aus dem Häuschen.

»Na ja«, sagte Reuchlin, »gesehen haben wir die Waffe ja nicht, aber ich nehm's mal an. Wir sollten uns nicht umdrehen, damit wir den Typen später nicht wiedererkennen oder der Polizei beschreiben können.«

»Mir bitte auch, Kanne«, sagte Luigi, der sich auf den letzten freien Stuhl setzte und Östreicher ein leeres Glas hinhielt. »Aber diese ganze Nummer hat dem Mann nichts gebracht: Ich hab ihn gesehen und kann ihn problemlos beschreiben. Genauso wie seinen Kumpel. Und natürlich würde ich die beiden auch jederzeit wiedererkennen.«

»Ach, ich beneide euch«, murmelte Östreicher und sah verträumt in sein Glas.

»Beneiden?« Froelich winkte ab. »Na danke, ich könnte echt darauf verzichten, bedroht zu werden.«

»Aber ist das nicht spannend? Ich meine: Ihr ermittelt in einem Mordfall, ihr habt mit Ganoven zu tun, und jetzt hat euch vielleicht sogar ein Mörder bedroht!«

Froelich seufzte.

»Wir sind doch nicht die Drei Fragezeichen.«

»Oder die Fünf Freunde«, merkte Reuchlin an.

Östreicher nickte betrübt, dann hellte sich seine Miene auf.

»Ich könnte Theo noch fragen.«

»Welchen Theo?«, fragte Froelich.

»Der hat den Tabakladen vorne an der Ecke«, erklärte Reuchlin.

»Aha, und wozu brauchen wir diesen Theo?«

»Na ...« Östreicher zählte am Tisch durch und gab für den Tabakhändler noch einen Finger dazu. »Fünf, verstehst du? Dann wären wir die Fünf Freunde!«

Er war ganz stolz darauf, was ihm nach etlichen Gläsern Wein eingefallen war, und erst war er etwas beleidigt, weil die anderen am Tisch herzhaft lachten, dann begriff er und lachte mit.

Sonntag, 9. Juni

Inge schlief noch tief und fest, als Froelich auf Zehenspitzen ins Schlafzimmer schlich. Er hatte schon Kaffee gemacht, stellte Inges Lieblingstasse und seine eigene auf die Nachttischchen, dann wälzte er sich über seine Bettseite, um Inge einen Kuss zu geben. Von dem Ächzen des Bettgestells erwachte sie und rollte ihm lächelnd entgegen.

»Na, gut geschlafen?«, fragte er.

»Sehr gut, und gestern war's echt toll. Die Sängerinnen waren klasse, die Kostüme, die Kulisse, die Geschichte – das hat so richtig gute Laune gemacht, obwohl ich ja sonst eher Hardrock mag. Und hinterher sind wir noch schön einen Cocktail trinken gegangen.«

»Kaffee?«

Er deutete zu ihrem Nachttisch, und sie gab ihm dankbar gleich noch einen Kuss. So saßen sie eine Viertelstunde im Bett und unterhielten sich über alles Mögliche. In der Küche hatte Froelich Brötchen und süße Stückle aufgetürmt, neben jedem Teller stand ein zugedecktes Frühstücksei, und in der Tischmitte leuchtete ein Blumenstrauß in herrlich bunten Farben.

»Na«, neckte sie ihn und tippte ihm auf die Nasenspitze, »schlechtes Gewissen?«

Froelich erschrak. Hatte er es übertrieben? Aber Inge lachte nur, gab ihm noch einen Kuss und setzte sich an ihren Platz. Und als sie ihn wenig später bat, von seinem Pforzheimer Kollegen zu erzählen, tat sie das so arglos, dass er sicher war, bisher noch nicht aufgeflogen zu sein.

Gegen Ende eines sehr gemütlichen Frühstücks kam Froelich auf einen für heute verabredeten Termin zu sprechen.

»Herr Reukers kommt nachher vorbei, so gegen elf. Frau Rudel war einverstanden, dass er von ihrem Bruder und ihrer Schwägerin bei mir im Kühlraum Abschied nimmt. Sie scheint Reukers auch zu kennen.«

»Aber sonst hast du heute keine Termine mehr, oder?«

»Ganz kurz sollte ich noch mit Pfarrer Winkler reden, wegen der Beerdigung morgen. Aber das geht jetzt eh nicht, der wird in der Kirche sein. Ich versuch's am Nachmittag mal bei ihm, und davon abgesehen hätten wir den Tag für uns, okay?«

»Okay. Ich bestell uns einen Tisch. Sollen wir ins La Rocciosa?«

Froelich wollte schon zustimmen, da fiel ihm gerade noch rechtzeitig ein, dass er nicht sicher wusste, was Felice von Sanfftlebens Pforzheim-Plan aufgeschnappt oder vielleicht sogar von Sanfftleben selbst erzählt bekommen hatte, und er machte einen Gegenvorschlag.

Inge staunte nicht schlecht: Zum Thailänder hatte Froelich bisher auf gar keinen Fall mit ihr gehen wollen. Sie sah zum Blumenstrauß hin. War da was faul?

* * *

»Ziehen Sie den lieber drüber«, sagte Froelich und hielt Robert Reukers einen dünnen Mantel hin, den er für Besucher an der kleinen Garderobe neben der Kühlraum-Tür bereitgehängt hatte. »Es ist ziemlich kalt da drin.«

Reukers war ein attraktiver Mann, und fast war Froelich froh, dass Inge oben in der Wohnung geblieben war. Sein Gast war gut einsachtzig groß und schlank, hatte volles, von einzelnen grauen Strähnen durchzogenes schwarzes Haar, eine markante Nase und einen sinnlichen Mund, soweit Froelich das als Mann beurteilen konnte. Die Augen funkelten dunkel unter sorgfältig gezupften Brauen hervor, und in den Augenwinkeln und neben dem Mund waren einige kleine Fältchen zu sehen. Er mochte Mitte oder Ende vierzig sein, hatte aber durchaus jungenhaft gewirkt, wie er Froelich zur Begrüßung mit einem leichten Lächeln die Hand gegeben hatte.

Nun zog er sich den Mantel über, der ihm natürlich viel zu weit war, und folgte Froelich in den Kühlraum. Die grelle Neonbeleuchtung sprang an, und Froelich hielt auf die Särge des Ehepaars Sigle zu. Sanfftleben hatte die Gesichter und die Hände der Toten mit etwas Make-up bedacht, um die verätzten Stellen zu kaschieren, die das Gas bei ihnen hinterlassen hatte. Gleich nach dem Frühstück hatte ihm Sanfftleben außerdem dabei geholfen, die beiden von den Transportwannen in die schönen hellen Holzsärge umzubetten, die Frau Rudel für die Bestattung ausgewählt hatte. Nun lagen sie ebenso vorzeigbar bereit, wie das auch morgen vor der Trauerfeier in der Aussegnungshalle des Ebershaldenfriedhofs der Fall sein würde.

Trotzdem drehte sich Froelich zwei Schritte von den Särgen entfernt noch einmal zu Reukers um und sah ihn fragend an, bis der begriff, kurz nickte und damit zu verstehen gab, dass er sich für den bevorstehenden Anblick gewappnet hatte. Damit machte Froelich einen Schritt zur Seite und gab den Weg zu den Sigles frei. Zugleich verdeckte er die Sicht auf die Ecke, in der sein Keyboard stand – er ärgerte sich, dass er nicht daran gedacht hatte, die kleine schwarze Trennwand davorzuschieben, mit der er seine Musikanlage sonst vor den Blicken von Trauernden verbarg. Nicht jeder fand es angemessen, Froelichs Instrument und seine sonstigen Utensilien hier neben den Toten zu sehen.

Doch Reukers hatte davon nichts bemerkt, er war ganz auf seine Freunde fokussiert. Er trat langsam an die beiden Särge heran. Froelich beobachtete ihn unauffällig, und wie erwartet spannten sich die Gesichtszüge des Mannes, seine Kiefer mahlten und sein Blick flackerte. Froelich sah das immer wieder, und er wusste: Während es dem einen ein Graus war, seine toten Freunde oder Verwandte noch einmal zu sehen, war für andere genau das die einzige Möglichkeit, den Tod eines nahestehenden Menschen endgültig zu begreifen, mit dem gemeinsamen Leben abzuschließen. Aber für keinen war der Anblick angenehm.

Reukers sah nur relativ kurz zu Randolf Sigle hin, und nickte ihm dann zu, als wollte er sich stumm verabschieden. Callista widmete er mehr Zeit, ihr Tod schien ihm näher zu gehen.

»Darf ich?«, fragte er und streckte eine Hand zu der Toten aus.

»An Gesicht und Händen lieber nicht«, riet ihm Froelich. »Das Gas, an dem sie starben, hat die Haut an einigen Stellen verätzt, wir haben das überschminkt.«

Reukers nickte, trat noch etwas näher an Callista Sigles Sarg heran und fuhr ihr mit dem Finger ganz vorsichtig über die Schulter, dann strich er ihr zärtlich eine Haarsträhne aus der Stirn und achtete sehr genau darauf, dabei ihre Haut nicht zu berühren. Froelich musste schlucken. Er hatte schon vieles erlebt, am offenen Grab oder am Sarg, aber wenn er sah, wie sich jemand von einem Menschen verabschiedete, den er offensichtlich sehr liebte, zerriss ihn das jedes Mal fast.

Sein Weil der Städter Jugendschwarm Anita kam ihm in den Sinn, dann dachte er an Inge, und er wusste, dass er sehr wahrscheinlich alles andere als professionell damit umgehen würde, wenn ihr etwas zustoßen, wenn er sie verlieren würde. Anderen Trost zu spenden, wenn sie trauerten, ihnen Stütze zu sein und sie vielleicht sogar ein Stück ins alltägliche Leben zurückzuführen: das war das eine, das war ein Teil seines Berufs, den er ganz gut beherrschte. Aber selbst einen Verlust auszuhalten …

Inzwischen war Reukers mit seinem Abschied zu Ende gekommen, abrupt wandte er sich ab und schreckte Froelich damit aus seinen Gedanken auf. Reukers verließ den Kühlraum, zog den Mantel aus und hängte ihn an die Garderobe. Dann ging er ohne ein Wort den Flur entlang auf den Ausgang zu.

»Herr Reukers«, rief ihm Froelich hinterher. »Hätten Sie noch einen Moment Zeit für mich?«

Der andere blieb stehen und sah den Bestatter mit einer Miene an, die Schmerz und Überraschung ausdrückte.

»Ich wollte noch kurz mit Ihnen reden. Könnten wir nebenan gehen?«

Reukers überlegte kurz, dann folgte er Froelich in den hellen, in zurückhaltenden Farben gehaltenen Raum, den Froelich gerne für Besprechungen mit Hinterbliebenen benutzte. Die Atmosphäre bot einen deutlichen Kontrast zum Ladengeschäft, in dem naturgemäß Stoffmuster, Blumengebinde und eine eher feierliche Stimmung für einen würdigen, ernsten Rahmen sorgten. Hier aber standen schlichte Holzstühle um einen großen, ebenso schlichten Tisch, auf einer kleinen Kommode an der Wand stand eine Espressomaschine, in der Kommode gab es Geschirr und Besteck und was man sonst noch so brauchte, um einen Besucher während einer Unterhaltung zu bewirten.

»Wollen Sie einen?«, fragte Froelich und deutete zu der Kaffeemaschine hinüber.

»Ich muss bald wieder los, aber … ja, einen Espresso würde ich nehmen, danke.«

Kurz darauf saßen sich die beiden Männer am Tisch gegenüber, jeder einen Espresso vor sich, daneben hatte Froelich Zucker und ein paar Kekse bereitgestellt.

»Worüber wollen Sie mit mir reden, Herr Froelich?«

»Über Ihre Freunde. Ich habe nachher noch ein Gespräch mit Pfarrer Winkler, der morgen die Trauerrede halten wird, ich würde ihm gerne noch ein paar persönliche Informationen zu den Verstorbenen geben – und Sie als Freund der Familie könnten mir da vielleicht ein wenig helfen.«

Reukers schluckte, seine Augen wurden feucht.

»Natürlich nur, wenn es Ihnen nichts ausmacht«, schob Froelich schnell nach. Er hatte sich die Erklärung mit der Trauerrede so schön zurechtgelegt, um Reukers ausfragen zu können. Und nun musste er die Gelegenheit womöglich verstreichen lassen, weil er Rücksicht zu nehmen hatte. Es war manchmal ein Kreuz mit dem Mitgefühl.

»Randolf lernte ich erst kennen, als Callista ihn heiratete«, begann Reukers unvermittelt. »Aber das ist ja jetzt auch schon eine Weile her. Die beiden hatten vergangenes Jahr Silberhochzeit.«

Er schüttelte den Kopf, als könnte er nicht glauben, wie schnell die Zeit vergangen war.

»Die beiden waren sehr glücklich miteinander, das muss sogar ich neidlos anerkennen.«

Froelich sah ihn fragend an.

»Na ja, Callista hat mich damals für ihn abserviert. Das hat meinem Ego natürlich nicht gerade geschmeichelt. Er war schon damals etwas ...«

Er tätschelte sich den flachen Bauch und lächelte wehmütig dabei. Und Froelich fragte sich, warum sich Callista damals von ihrem Freund trennte, der früher vermutlich noch mehr als heute das Aussehen eines Models oder Schauspielers gehabt hatte, und sich stattdessen für den leicht übergewichtigen Randolf entschied. Dann kam ihm Inge in den Sinn, der sogar er gefiel, und er war plötzlich sehr dankbar dafür, dass die Geschmäcker verschieden waren.

»Es hat ein paar Jahre gedauert, bis ich meinen Frieden mit Randolf gemacht habe. Ich hab mein Single-Leben damals sehr genossen und tue das noch heute, so kam ich mit der Zeit ganz gut über meine Trennung von Callista hinweg, und als ich Randolf erst einmal etwas näher kannte, ging es noch besser. Er ist ... er war ein wirklich netter Kerl, und mit

Callista hat etwas sehr Seltenes geklappt: Wir sind gute, sehr gute Freunde geworden. Randolf hatte keinen Grund, auch nur ein bisschen eifersüchtig zu sein. Leider haben wir uns nicht allzu oft gesehen: Ich lebe in Berlin, die beiden hier – aber alle ein, zwei Jahre habe ich sie besucht, wie jetzt auch wieder. Die Pfingstzeit habe ich dazu genutzt, ein paar alte Freunde und einige Verwandte zu besuchen. Callista und Randolf waren meine letzte Station, gestern wollte ich wieder nach Berlin zurück – nun fahre ich erst heute, aber länger kann ich leider nicht bleiben. Ich habe morgen Termine, die sich nicht verschieben lassen.«

Froelich hielt das für eine vorgeschobene Ausrede: Wenn er so lange so eng mit Callista Sigle befreundet war, hätte sich jeder Termin verschieben lassen. Aber Reukers konnte sich ja wirklich schlecht auf der Beerdigung sehen lassen: Das würde der Polizei, die ihn seit dem Tod seiner Freunde suchte, sicher nicht entgehen.

Reukers plauderte noch ein wenig über die vergangenen Jahre und darüber, was er alles an seinen Freunden gut und lobenswert fand. Irgendwann traute sich Froelich, konkret nach den Punkten zu fragen, die ihn interessierten.

»Können Sie sich jemanden vorstellen, der Ihren Freunden etwas Böses wollte? Hatten die beiden irgendwelche Feinde?«

»Jemanden, der die beiden so gehasst haben könnte, dass er sie umbringt?«

Reukers lachte freudlos auf. Er hatte einfach weitergeplaudert, obwohl Froelich das Thema gewechselt hatte. »Nein, wirklich nicht.«

»Und könnte jemand … Haben Sie Feinde, Herr Reukers?«

»Ich?«

Er lachte wieder, diesmal klang es etwas aufgesetzt. Dann wurde er ernst und bedachte Froelich mit einem fragenden Blick.

»Ihre letzten Fragen scheinen mir nicht mehr viel mit der geplanten Trauerrede zu tun zu haben. Sind Sie als Bestatter nicht ausgelastet und versuchen sich nebenbei noch ein wenig als Privatdetektiv?«

Es kam etwas Schärfe in seinen Tonfall, und Froelich fühlte sich zunehmend unwohl. Seine Neugierde und ein kurzer Blick zur Tür sorgten aber dafür, dass er auch die nächste Frage stellte.

»Und vor allem: Wo waren Sie in der Nacht, in der Ihre Freunde an dem Gas starben, das in die Lüftungsanlage eingeleitet wurde?«

Reukers sprang auf.

»Das geht Sie ja wohl überhaupt nichts an! Warum sollte ich Ihnen das erzählen? Einem Bestatter! Mir reicht's, ich geh jetzt!«

»Vielleicht erzählen Sie es mir?«

Jana Bednarz stand in der Tür, hinter ihr waren zwei uniformierte Beamten zu sehen. Sie stellte sich vor und zeigte den Ausweis. Reukers sah sie verblüfft an, dann warf er Froelich einen finsteren Blick zu.

»Trauerrede! Super!«

»Herr Froelich wusste, dass wir Sie seit dem Einbruch in Zell suchen, und da war er so freundlich, mir Bescheid zu geben, dass Sie heute Vormittag hier sein würden. Und jetzt kommen Sie bitte mit, wir unterhalten uns in meinem Büro weiter. Und es liegt in Ihrem Interesse, mir meine Arbeit nicht schwerer zu machen als nötig. Wenn wir gut miteinander klarkommen, lege ich für Sie gerne ein gutes Wort bei meinen Berliner Kollegen ein, die wollen auch gelegentlich etwas ausführlicher mit Ihnen reden.«

* * *

Erst war Bernie erschrocken, als er die vier Männer kurz nacheinander in seine Beiz kommen sah. Dann versuchte er wenigstens, das Risiko so gering wie möglich zu halten, und überredete sie, an einem Tisch ganz hinten im Lokal Platz zu nehmen. Tatsächlich standen sie auf und setzten sich um, dabei warfen sie Bernie aber misstrauische Blicke zu und tuschelten danach aufgeregt miteinander – wahrscheinlich waren sie beunruhigt, weil der Wirt sie offenbar wiedererkannt hatte. Und sie konnten ja nicht wissen, ob er sie womöglich an »Pate« Müller verraten würde.

Deshalb ging er auch nicht ans Telefon, als es klingelte. Nicht, dass sie auf die Idee kamen, er würde gerade jetzt jemanden über ihre Anwesenheit informieren – das war zwar Blödsinn, aber er hatte schließlich keine Ahnung, wie nervös die vier waren und wie sehr sie sich in irgendwelche Klischeevorstellungen hineingesteigert hatten, die sie von der hiesigen Unterwelt haben mochten. Irgendwann fasste er sich ein Herz und setzte sich zu den Männern. Zuvor hatte er aufmerksam die Straße vor der Beiz abgesucht, aber niemanden entdeckt, den er kannte oder der ihm verdächtig vorkam. Und in der Kneipe war bei diesem schönen Wetter und zu dieser Uhrzeit niemand außer ihm und den vier Gästen.

»Grüß euch.«

Er nickte allen zu, sie sahen ihn mit großen Augen an.

»Ich verpfeif euch nicht, keine Bange, und ich weiß grundsätzlich nichts, wenn mich jemand fragt. Okay?«

Die vier wechselten schnelle Blicke, dann rückte Jochen Hebestreit seine randlose Brille zurecht und zuckte mit den Schultern.

»Was wollen Sie von uns?«

»Ich von euch? Nichts.«

»Aha? Sollten wir etwas von Ihnen wollen?«

»Ihr macht euch Sorgen. Euer Hehler, dieser Atze …«

»Was reden Sie denn da?«, empörte sich Hebestreit. Die anderen sahen aufgeschreckt zwischen Hebestreit und Bernie hin und her.

»Ist ja gut, Mann. Ich kenne eure Namen nicht, ich will sie auch gar nicht kennen, und ich hab eure Gesichter schon fast wieder vergessen. Aber ich will euch trotzdem mal die

Klemme schildern, in der ihr meiner Meinung nach steckt. Mir gegenüber müsst ihr nicht die Unschuldigen spielen.«

Hebestreit sah ihn unschlüssig an.

»Also: Atze sitzt im Knast, weil ihn jemand verpfiffen hat und die Polizei danach in seiner Garage Beute aus euren Einbrüchen gefunden hat. Ich nehme mal nicht an, dass ausgerechnet ihr euren Hehler ans Messer geliefert habt.«

»Wir verpfeifen keinen«, brummte der Typ mit dem glattrasierten Schädel.

»Okay, also wollte euch jemand in die Parade fahren, und soweit ich weiß, wart ihr vor eurem ersten Einbruch im vergangenen Oktober in der hiesigen Szene nicht aktiv.«

Der Glatzkopf sah Bernie finster an, er ließ seine gewaltigen Muskeln unter seinem Shirt spielen, dann warf er Hebestreit einen fragenden Blick zu. Der schüttelte nur den Kopf.

»Lass ihn reden.«

»Ihr habt also losgelegt und seid mit euren ... Geschäften einigen Leuten auf die Füße getreten, die bis dahin die Szene in Pforzheim unter sich aufgeteilt haben. Das ist ein empfindliches Gleichgewicht, wie ihr vermutlich inzwischen schon gelernt habt. Prostitution, Drogen, Hehlerei, Schutzgeld – das müsst ihr euch wie verschiedene Branchen vorstellen, in denen es jeweils Marktführer gibt. Manchmal hat sich sogar eine Art Gebietsschutz entwickelt, wie er Handelsvertretern zugestanden wird. Und da will von seinem Kuchen natürlich keiner gerne etwas abgeben. In Großstädten kommt das immer wieder mal durcheinander, wenn in den vergangenen Jahren etwa die Rumänen auf den Markt drängten, die Albaner, die Chinesen, die Russlanddeutschen und so weiter. Hier in Pforzheim geht es etwas beschaulicher zu, aber wenn jemand die bestehenden Geschäfte stört, gibt es schon ein paar Leute, die wissen, wie man jemandem auf die Finger klopft.«

Der Glatzkopf schnaufte, lehnte sich mit verschränkten Armen auf seinem Stuhl zurück und starrte auf die Tischplatte.

»Das alles wisst ihr inzwischen, nehme ich an. Und ich vermute, ihr habt eure Lektion gelernt – sonst hätten eure Einbrüche wohl nicht im Februar so plötzlich aufgehört.«

»Was soll dieses Gequatsche?«, maulte der Glatzkopf, beugte sich vor und stützte seine beiden gewaltigen Fäuste auf die Tischplatte. »Jochen, ich hau dem jetzt eine auf die Nuss, mich nervt das – ich mag mich nicht ständig von anderen Leuten blöd anlabern oder unter Druck setzen lassen.«

Bernie behielt ihn zur Sicherheit im Blick, dabei schob er aber seinen Hemdärmel nach hinten und hielt dem Glatzkopf sein malträtiertes Handgelenk hin.

»Das war Mario«, sagte er nur. »Ich nehme an, den kennt ihr auch?«

Drei nickten, der Glatzkopf saß unschlüssig da.

Der Jüngste der Männer, vielleicht Anfang dreißig, sah kurz auf das Handgelenk und beruhigte Bernie: »Das dürfte nichts Schlimmeres sein. Können Sie die Finger bewegen?«

Bernie nickte.

»Das tut noch zwei, drei Tage lang ein bisschen weh«, sagte der Jüngere, »dann ist es auch schon ausgestanden.«

»Sind Sie Arzt?«

»Kein Wort, Andreas«, fiel ihm Hebestreit ins Wort und wandte sich dann wieder an Bernie. »Sie brauchen gar nicht erst anfangen, uns auszufragen.«

Bernie grinste.

»Das kann ich mir auch sparen. Ich kenne jetzt schon zwei eurer Vornamen, ich weiß, dass er hier« – er deutete auf den Glatzkopf – »Motorrad fährt, weil er sonst zu euren Treffen meistens einen Helm mitbrachte. Soll ich mehr erzählen?«

Er sah auffordernd in die Runde.

»In meiner Beiz treffen sich alle möglichen Leute, viele von ihnen haben Themen zu besprechen, die besser nicht der Polizei zu Ohren kommen. Für mich ist es ziemlich wichtig, Gäste schnell einschätzen, Kleinigkeiten deuten und vor allem im richtigen Moment den Mund halten zu können. Ich sag's noch einmal: Von mir habt ihr nichs zu befürchten!«

Hebestreit kaute auf seiner Unterlippe.

»Leute, dass ihr Amateure seid, merkt ein Blinder mit dem Krückstock. Und ich an eurer Stelle wäre froh darüber, und ich würde meine Finger aus Geschäften lassen, die für euch eine Nummer zu groß sind. Und dann hängt ihr euch auch noch so eine Pfeife wie diesen Atze ans Bein!«

Bernie schüttelte den Kopf.

»Er hat einen guten Job gemacht«, widersprach Hebestreit.

»Ja, natürlich – aber Atze war der erste Grund für eure Schwierigkeiten. Der ist nicht der große Hehler, als der er sich ausgegeben hat – der wollte das vielleicht mal werden. Offenbar hat er irgendwelche auswärtigen Kontakte, über die er euer Zeug vertickt hat, aber hier in Pforzheim hatte er bis zu seinem Deal mit euch noch keinen Fuß in der Tür. Und das hab ich euch ja schon erklärt: Ein Neuer in der Branche sorgt für Unruhe unter den Platzhirschen. Aber erst einmal schien ja alles wieder in Ordnung: Atze pfuscht bis auf Weiteres niemandem mehr ins Handwerk, und ihr habt mit den Einbrüchen aufgehört. Eine kluge Entscheidung, übrigens. Nur ... jetzt geht das alles wieder von vorne los.«

»Sie meinen den Einbruch in Esslingen, oder? Damit haben wir nichts zu tun! Und wir haben keine Ahnung, wer da unser Muster imitiert. Schlecht imitiert, wie ich gelesen habe, weil dort ...«

»Schon gut, das will ich gar nicht hören. Aber wenn in Esslingen wirklich jemand anderes eingebrochen ist: Das wisst ihr – aber wissen es die richtigen Leute in Pforzheim auch? Jedenfalls sind die Platzhirsche in der Stadt wieder ganz schön nervös. Und das ist nicht gut für euch, wie ihr euch denken könnt.«

»Und wer sind diese Platzhirsche?«

»Das darf ich euch nicht sagen, sonst geht Marios nächster Griff vermutlich nicht mehr nur an mein Handgelenk.«

»Was soll dann das ganze Gequatsche?«, murrte der Glatzkopf. »Sie texten uns voll, reden schlau daher – und wenn's drauf ankommt, wenn wir was konkret von Ihnen wissen wollen, dann kneifen Sie! Darauf kann ich verzichten!«

»Einen Tipp kann ich euch schon geben, aber es sollte so aussehen, als seid ihr selbst drauf gekommen, zufällig oder nicht.«

»Und wie wollen Sie das anstellen?«, fragte Hebestreit.

»Was wisst ihr denn bisher über die Leute, die euch dazu gebracht haben, mit den Einbrüchen aufzuhören?«

»Wir hatten bisher nur mit diesem Mario Kontakt, und der hat uns sehr deutlich zu verstehen gegeben, dass sein Chef möchte, dass wir mit den Einbrüchen aufhören. Und als uns anonym die Info zugespielt wurde, dass Atze neuerdings in U-Haft sitzt, war klar, dass wir jetzt die Füße stillhalten sollten. Erstens hätten wir einen neuen Hehler gebraucht, damit hätten wir riskiert, aufzufallen. Und zweitens war es durchaus möglich, dass Marios Chef der Polizei den entscheidenden Tipp gegeben hatte – dann wären wir nach einem weiteren Einbruch wohl ebenfalls verpfiffen worden.«

»Richtig. Und?«

»Mehr wissen wir nicht. Mario ist ein widerlicher Kerl, er kann sehr überzeugend sein und er hat einen Chef, der nicht so auf uns steht«, fasste Hebestreit zusammen. »Wer dieser Chef ist, wie Mario mit vollständigem Namen heißt oder wo wir ihn finden können … keine Ahnung.«

»Sehr wahrscheinlich wird Mario oder ein anderer Helfer seines Chefs demnächst bei euch zuhause aufkreuzen.«

»Schon passiert«, sagte der Arzt.

»Bei mir auch«, fügte Hebestreit hinzu. »Seither mache ich daheim kein Licht mehr an und schleiche mich erst spätabends rein und geh schon frühmorgens wieder aus dem Haus. Morgen muss ich zur Arbeit, wie wir alle. Ich weiß noch gar nicht, was ich dann mache.«

»Gut. Wenn euch Mario schon sucht, dann könnt ihr das schon heute regeln.«

»Aha. Und wie?«

»Wer hat bei euch vieren das Sagen?«

Die anderen deuteten auf Hebestreit.

»Okay. Dann hätte ich vielleicht eine Idee, wie ihr Mario ein bisschen befragen könnt, ohne dass er das mit mir in Verbindung bringen kann.«

Nun hatte er ihre ganze Aufmerksamkeit, und nach anfänglichem Zögern war vor allem der Glatzkopf von dem Plan begeistert.

* * *

In Esslingen nahm der Sonntag einen ruhigen Gang. Sanfftleben sagte zu, am Montag rechtzeitig im Institut zu sein, damit er bei den letzten Vorbereitungen für die Bestattung der Sigles helfen konnte. Und auch den Besuch beim Thailänder überstand Froelich einigermaßen unbeschadet. Er lächelte viel und aß ordentlich, obwohl ihn die Mischung der Aromen immer wieder verwirrte. Und wann immer Inge nicht hinsah, popelte er sich ein Stück Zitronengras oder andere exotische Zutaten, die sich nicht einfach hinunterschlucken ließen, aus den Zähnen.

Der Fußweg durch die Innenstadt versöhnte Froelich mit dem etwas anstrengenden Menü: Inge hatte sich bei ihm untergehakt und erzählte ihm von ihrem Roman, der zumindest in ihrer Fantasie schon recht weit gediehen war. Sie kehrten unterwegs auf einen Espresso im Café neben dem Alten Rathaus ein, und als Inge auf die Toilette musste, rief Froelich kurz bei Jana Bednarz an, um zu fragen, was sie von Reukers erfahren hatte. Aber die Kommissarin war gerade nicht zu sprechen, und so musste Froelich seine Neugier wohl oder übel bis morgen zähmen.

Mit enttäuschter Miene legte er auf. Ein Anruf ging ein, zur Nummer wurde der Name »Reuchlin« auf dem Display angezeigt, aber er sah Inge zurückkommen. Er drückte das Gespräch weg, schaltete das Handy aus und steckte es wieder in die Tasche. Nur einen Augenblick später setzte sich Inge wieder neben ihn, und er wusste nicht genau, ob sie ihn beim Telefonieren erwischt hatte oder nicht. Jedenfalls sagte sie nichts darüber, und so nachdenklich, wie sie ihn auf dem letzten Wegstück bis in die Beutau anschaute, hatte sie ihn auch beim Thailänder schon angesehen. Irgendetwas war mit ihr, aber dass sie ihm auf die Schliche gekommen war, glaubte er eher nicht.

Letzte Zweifel vertrieb die folgende Nacht. Froelich war sicher: So hatte niemand Sex, der seinen Partner für einen Lügner hielt.

* * *

Am frühen Nachmittag trafen sie sich in Östreichers Büro. Luigi und Kanne waren ganz aufgeregt, Reuchlin dagegen war noch nicht ganz überzeugt, dass das eine gute Idee war.

»Sollten wir nicht lieber Gottfried Bescheid geben?«, fragte er.

»Ach was«, winkte Kanne ab, »der ist jetzt in Esslingen und hat dort genug zu tun. Und hast du nicht erzählt, seine Freundin darf gar nicht wissen, dass er in diesem Fall ermittelt?«

Reuchlin nickte.

»Na, siehst du – da würden wir ihn nur unnötig in Schwierigkeiten bringen.«

»Und was sollen wir jetzt machen?«

»Wie ich vorhin gesagt habe: Wir schauen uns vor diesen beiden Kneipen um, die du erwähnt hast, oder gehen vielleicht sogar rein. Und dann warten wir, bis wir einen der beiden Männer sehen, die euch im Hof bedroht haben.«

»Ach, und du meinst, die spazieren dann genau im richtigen Moment an uns vorbei?«

»Sei doch nicht so pessimistisch«, beschwerte sich Kanne. »Du hast doch selbst gesagt, dass diese beiden Kneipen beliebte Treffpunkte der hiesigen Ganoven sind.«

»Ja, schon …«

»Na also, und nach den beiden Toten in Esslingen ist hier sicher ganz schön was los in der Szene – die lesen doch auch Zeitung, und deshalb wissen die alle, dass es zwischen den Einbrüchen hier und dem Einbruch dort einige Gemeinsamkeiten gibt. Da müssen wir nur ein bisschen Augen und Ohren offenhalten – und dann kannst du deinem Kollegen morgen schon tolle Neuigkeiten berichten. Wann kommt er denn wieder?«

»Irgendwann am Nachmittag. Gegen vierzehn Uhr wird das Ehepaar bestattet, das während des Einbruchs ums Leben kam, danach wollte er losfahren – dann wird er vielleicht so um sechs oder sieben Uhr hier eintreffen.«

»Dann haben wir den Rest von heute und den ganzen morgigen Tag. Das passt doch! Wir werden schon was rausfinden, und falls nötig, kann ich meinen Laden morgen auch mal geschlossen lassen – da läuft eh grad nicht viel. Die Leute gehen grillen, die kaufen keine Klaviere.«

Luigi schmollte ein wenig.

»Bei mir ist immer Kundschaft«, brummte er. »Ich habe nur sonntags geschlossen. Wir sollten also bitte heute was rausfinden, ja?«

»Meinetwegen«, sagte Reuchlin schließlich. »Dann gehen jetzt noch einmal alle aufs Klo, und wir treffen uns in …«

Er sah auf die Uhr.

»… in fünfzehn Minuten draußen vor Luigis Laden?«

Die beiden nickten eifrig, und als Reuchlin vor dem Bistro eintraf, standen Kanne und Luigi schon bereit. Kanne hatte ein Fernglas umgehängt, aus seiner Hose lugte ein Notizblock und ein Stift, und in der Hand hielt er einen altertümlichen Fotoapparat. Über Luigis rechter Schulter straffte sich der Gurt einer großen Tragetasche, die sehr schwer beladen schien.

»Was hast du denn da drin, um Gottes willen?«, fragte Reuchlin.

»Ein paar gerauchte Würstchen, Schinken, Käse, Brot, Oliven, nur das Nötigste. Du hast ja gemeint, dass es durchaus sein kann, dass wir eine Weile warten müssen, bis die beiden Männer vorbeikommen. Und dann stehen wir vielleicht ewig lange vor einer dieser Kneipen rum – darauf sollten wir vorbereitet sein, finde ich.«

Reuchlin schüttelte den Kopf und sah besorgt auf Kannes Fernglas und den alten Fotoapparat.

»Kannst du das hier nehmen?«, fragte Luigi und deutete auf eine Kühltasche, ebenfalls zum Umhängen, die neben ihm auf dem Gehweg stand.

»Lass mich raten«, brummte Reuchlin: »Wein, Prosecco, Grappa?«

»Oh, Mist, an Prosecco hab ich nicht gedacht, tut mir leid.«

Luigi machte Anstalten, die Lücke im Angebot schnell noch durch Nachschub aus dem Bistro zu füllen.

»Lass das, Luigi! So können wir auf gar keinen Fall losgehen!«

»Wieso?«

Kanne sah aus, als wäre er mit seinen und Luigis Vorbereitungen sehr zufrieden.

»Schau mal«, wandte sich Reuchlin an Östreicher. »Allein schon die Kamera: wie sieht das denn aus? Kannst du nicht dein Handy nehmen?«

Kanne zog sein Telefon hervor: ein Klapphandy älterer Bauart, ohne eingebaute Kamera.

»Kein Problem«, mischte sich Luigi ein und hielt sein modernes Smartphone hoch. »Dann nehmen wir halt meins, das macht ganz gute Bilder.«

Kanne zuckte mit den Schultern und hielt Luigi den Fotoapparat hin.

»Kann ich das so lange bei dir lassen?«

»Klar, ich leg's kurz rein, und dann können wir los.«

»Willst du nicht noch ein Taxi rufen?«, rief ihm Reuchlin hinterher.

»Taxi? Warum das denn? So weit ist es ja nicht bis zum Bahnhof, wo diese beiden Kneipen sind.«

»Und wer schleppt das ganze Zeug?«

Luigi sah ihn fragend an, Reuchlin lachte trocken.

»Spaß beiseite: Nimm dein Hundert-Mann-Catering bitte auch mit rein, das können wir unmöglich mitnehmen. Wir wollen das gerne heute Abend bei dir essen und trinken, aber doch nicht unterwegs!«

Kurz sah Luigi so aus, als wollte er protestieren, dann packte er seine beiden Taschen und schleifte sie zurück ins Bistro. Als er zurückkam, hatte er einen kleinen Rucksack auf dem Rücken. Reuchlin bemerkte es, wollte aber nicht schon wieder der Spielverderber sein.

Und so wanderten sie los. Kanne sah sich immer wieder auffällig unauffällig um, und auch Luigi schien ständig damit zu rechnen, einen der beiden Unbekannten aus dem Innenhof des Bestattungsinstituts zu entdecken. Reuchlin amüsierte sich prächtig über das Agentengehabe seiner Freunde, und so standen bald darauf alle drei mit leuchtenden Augen und bester Stimmung an der Ecke Güter- und Rudolfstraße.

»Seht ihr die kleine Kneipe dort vorne?«, fragte Reuchlin, seine Begleiter nickten eifrig. »Das ist Bernies Beiz, da schauen wir zuerst vorbei.«

Reingehen wollte Reuchlin diesmal nicht. Bernie musste nicht unbedingt wissen, wer ihm außer Froelich noch bei seinen Nachforschungen half. Außerdem konnte er schon im Vorübergehen sehen, dass niemand in der Beiz war, und Bernie sich gerade mit dem Rücken zum großen Fenster an irgendetwas zu schaffen machte.

»Und jetzt?«, fragte Kanne, als sie ohne anzuhalten an der Kneipe vorbeigegangen waren.

»Jetzt gehen wir in den Goldenen Reiter«, erklärte Reuchlin und ging den beiden voraus. Er mochte die Kneipe zwar nicht, aber Hasso kannte ihn vermutlich nicht, und die düstere Kaschemme war sicher nach dem Geschmack der beiden Hobby-Detektive an seiner Seite. Und tatsächlich …

»Ja«, sagte Kanne und nickte zufrieden, als er die heruntergekommene Fassade ihres nächsten Ziels sah. »So stell ich mir einen Ganoventreff vor!«

Auch das Innere und die wenigen Gäste des Goldenen Reiters erfüllten alle Klischees: verhuschte Gestalten, die über ihre Biergläser gebeugt an speckigen Tischen saßen und den drei Neuankömmlingen misstrauisch entgegensahen. Allzu viel war auch hier nicht los, aber die hiesige Stammkundschaft schien weniger am heutigen schönen Wetter interessiert als Bernies Stammgäste.

Hinter dem Tresen stand ein schmierig wirkender Typ, der noch volles, braunes Haar hatte, mit seinem verlebten Gesicht aber genauso gut auch schon siebzig sein konnte. Außerdem trug er ein sehr eindrucksvolles Veilchen. Er musterte die drei Männer mit einem höhnischen Grinsen und nickte zu einem freien Tisch neben der Tür hin. Reuchlin nickte zurück und setzte sich mit seinen beiden Begleitern so hin, dass er und Kanne den ganzen Raum überblicken konnten und nur Luigi die anderen Gäste im Rücken hatte.

»Ich behalte die Tür im Blick, ja?«, raunte ihnen Luigi zu und linste zum Eingang hin, der innen allerdings von einem schweren Vorhang aus fadenscheinigem roten Samtstoff verhängt war. Luigi zerrte den Rucksack vom Rücken und stellte ihn zwischen seinen Beinen ab.

»Und, die Herrschaften, was darf's sein?«

Der Wirt klang so ölig, wie er aussah, und in seinem Lächeln lag alles, nur keine ehrliche Freundlichkeit.

»Ich nehme ein Bier«, sagte Reuchlin.

»Ich auch«, schloss sich Kanne an.

Luigi dagegen verlangte beiläufig nach der Karte, stutzte aber, als er sah, dass der Wirt keine Anstalten machte, eine zu holen, sondern weiterhin mit seinem falschen Lächeln auf ihn heruntersah.

»Äh, gut … Herr … äh …«

»Sag einfach Hasso zu mir. Wir sind hier nicht so förmlich.« Der Wirt wandte sich zu den anderen Gästen. »Nicht wahr, Jungs?«

Einige lachten, die anderen hockten weiterhin reglos auf ihren Stühlen und stierten in ihr Glas.

»Gut, äh … Hasso, dann … nehme ich – vielleicht auch ein Bier?«

»Sehr gut, drei Bier, kommt sofort.«

Wenig später standen drei Gläser vor ihnen, auf der dünn aussehenden hellgelben Brühe löste sich gerade der letzte Schaum auf.

»Lasst es euch schmecken«, sagte Hasso. »Wollt ihr noch was anderes?«

»Nein, danke, wir haben keinen Hunger«, antwortete Reuchlin. »Aber vielleicht nachher noch ein Bier?«

»Kein Hunger!«, lachte Hasso, und die drei verstanden nur Bahnhof, »das ist gut, kein Hunger!«

Lachend ging er zurück hinter den Tresen, drückte einen Knopf, der vom Gastraum aus nicht zu sehen war und rieb dann mit einem fleckigen Geschirrtuch einige Gläser trocken.

Reuchlin und Kanne musterten die anderen Anwesenden, erkannten aber niemanden. Von zwei jungen Männern mit penibel gestutzten Schnauzbärten, die zwei Tische weiter neben zwei unablässig blitzenden und ab und zu ratternden Spielautomaten saßen, wurden sie finster beäugt, doch irgendwann kamen die Schnauzer wohl zu dem Schluss, dass die drei Alten neben der Tür keine Bedrohung darstellten, und sie unterhielten sich weiter.

Durch eine Tür im Hintergrund kam eine sehr junge und sehr stark geschminkte Frau herein, ließ sich von Hasso ein Tablett mit vier Schnapsgläsern geben und stöckelte langsam auf den Tisch neben der Tür zu. Reuchlin ahnte schon, welchem Beruf die junge Dame nachging. Kanne schluckte und hatte Mühe, die Frau nicht anzustarren. Luigi sah die beiden fragend an, und als er an seinem Hinterkopf etwas Weiches spürte und über ihn hinweg das Tablett auf den Tisch gestellt wurde, stieß er einen kurzen Schrei aus.

Hasso lachte lauthals los, ein paar Gäste fielen ein, die beiden Schnauzbärte dagegen legten genervt Geld auf den Tisch und gingen hinaus, nicht ohne Luigi böse Blick zuzuwerfen. Der bekam das allerdings gar nicht mit, denn die Frau mit dem weichen Dekolleté war inzwischen um ihn herumgeschlüpft, lehnte sich mit beiden Armen auf den Tisch, sah die drei Männer aufmunternd an und bot ihnen einen Einblick, der vor allem Luigi und Kanne zu schaffen machte.

»Na, Jungs«, gurrte sie mit einer kehligen Stimme, die Kanne um den Rest seiner Fassung brachte. »Trinkt ihr einen mit mir?«

Sie sah Kanne an, der aber ganz konzentriert auf sein Bierglas starrte, dann zwinkerte sie Luigi zu und verteilte die Gläser. Das vierte nahm sie selbst, hob es hoch und forderte Luigi und Reuchlin auf, ihr ebenfalls zuzuprosten. Die beiden taten ihr den Gefallen, und auch Kanne griff nach dem Schnaps, aber weil er nicht richtig hinsah, verschüttete er einen Teil auf dem Tisch und tropfte sich mit dem nassen Glas das Hemd voll, als er schnell austrank.

Hasso warf der Frau sein Geschirrtuch zu, die rieb damit einmal über den Tisch und dann, sehr langsam und mit breitem Grinsen, Kanne über das Hemd. Dabei lehnte sie sich noch etwas zu ihm herüber und tupfte ihm zum Schluss noch die Mundwinkel trocken.

»So, wieder gut?«

Kanne sah auf und riss die Augen auf, weil er ihren grellrot geschminkten Mund, die tiefschwarz mit Kajal ummalten Augen dichter vor seinem Gesicht hatte als erwartet. Sie hatte ein hübsches Lächeln, aber der Geruch von Obstler und schwerem Parfüm war nicht ganz nach Kannes Geschmack. Er schloss die Augen, nickte und bekam sich wieder in den Griff.

»Ja, danke, ist alles wieder gut.«

Ein wenig enttäuscht richtete sich die Frau wieder auf, sie klemmte sich das leere Tablett unter den rechten Arm und drehte ihren Oberkörper ein wenig hin und her, als wollte sie den dreien noch einmal ihre Vorzüge anpreisen, dann warf sie ihnen Kusshände zu und hauchte: »Kommt ruhig nachher mal nach oben, Hasso zeigt euch den Weg. Und fragt nach Tonya.«

Dabei tippte sie sich überflüssigerweise gegen die weit geöffnete Bluse, zwinkerte noch einmal allen dreien zu und rauschte zügig durch die Tür im hinteren Bereich der Gaststube wieder hinaus.

Luigi trank in großen Schlucken sein Bier aus und gab dem Wirt ein Zeichen, dass er gerne noch eines hätte. Kanne räusperte sich und wischte sich mit dem Ärmel über die Stirn. Reuchlin nippte an seinem Bier und sah zur Hintertür hin, um auch sicher zu sein, dass die Frau wirklich gegangen war.

»So, das Bier«, sagte Hasso und griff sich im Tausch Luigis leeres Glas. »Ich kann euch dreien einen guten Preis machen, falls ihr …«

Er nickte vielsagend zur Hintertür hin.

»Danke, das wird nicht nötig sein«, versetzte Reuchlin. »Aber zur Toilette müsste ich mal.«

Hasso grinste breit und deutete auf die Tür, durch die soeben Tonya verschwunden war.

»Und wenn's noch anderswo drückt: einfach die Treppe rauf.«

Hasso zog wieder ab, und Reuchlin ging nach hinten aus der Gaststube, wo er sich im schummrigen Hausflur zu orientieren versuchte. An der Treppe blieb er kurz stehen, um zu horchen, aber außer etwas Fahrstuhlmusik und einem einzelnen Frauenlachen war nichts zu hören. Weiter hinten sah er ein altes Toiletten-Leuchtschild flackern, und er hielt darauf zu.

Im Gastraum öffnete sich die Tür, und durch den roten Vorhang trat ein Mann Anfang, Mitte vierzig und ging schnurstracks auf die Theke zu. Luigi sah den Neuen einmal an, dann etwas verstohlener ein zweites Mal, dann beugte er sich zu Kanne hin.

»Den Typen kenn ich. Der war am Freitag bei uns in der Straße, und wenn ich es mir recht überlege, war der direkt nach Sepp und Gottfried gekommen, ging dann erst in der einen Richtung an der Hofeinfahrt zum Bestattungsinstitut vorbei, kam dann auf meiner Straßenseite noch einmal zurück, und dabei schaute er wieder die ganze Zeit durch die Einfahrt. Und der hat im Weggehen die Titelmelodie von ›Der Pate‹ gepfiffen, das war so schräg, das hab ich mir gemerkt.«

»Na, Mario«, begrüßte Hasso den neuen Gast etwas steif. Er schien vor diesem Mann Respekt, wenn nicht sogar Angst zu haben.

Die beiden unterhielten sich halblaut, und am Ende war das Einzige, das sie verstanden hatten, der Vorname des Mannes gewesen. Dann ging Mario nach hinten in Richtung Hausflur.

»Oh Scheiße«, zischte Luigi. »Wenn der Wirt diesem Typen verraten hat, dass Sepp da hinten ist, und der sich ihn jetzt vornimmt? Ich muss da jetzt sofort hin!«

Damit war Luigi auch schon aufgesprungen und eilte ebenfalls nach hinten.

»Hasso, zahlen bitte!«, rief Kanne.

Der Wirt, der Luigis flotten Abgang erst verblüfft und dann grinsend verfolgt hatte, kam an den Tisch und nannte einen überraschend hohen Preis für vier schale Bier und vier lausige Obstler, aber Kanne hatte keine Zeit, um sich mit ihm herumzustreiten. Er legte das Geld passend auf den Tisch und erhob sich. Hassos Hand lag schwer auf seiner Schulter.

»Auch da hinten raus, was?«

Das Grinsen wurde noch etwas fieser.

»Sagt oben Bescheid, dass ich euch schicke – dann machen sie euch einen guten Preis. Tonya wird jetzt keine Zeit haben, aber es gibt da noch ein paar andere Schönheiten.«

Er tätschelte Kannes Schulter und sah ihm zufrieden nach, wie auch der mit großen Schritten durch dieselbe Tür wie Luigi und Mario verschwand.

Kanne musste sich im Hausflur erst einmal an die schlechte Beleuchtung gewöhnen, dann hörte er im ersten Stock ein Handy klingeln. Ein Mann gab knappe Antworten und beendete das Gespräch schließlich mit einem zackigen »Geht klar, Chef, Ciao!« Dann sah er Mario fluchend die Treppe herunterkommen, während er sich im Laufen das Hemd in die Hose stopfte. Kanne drückte sich in eine Nische, hörte Marios Schritte und dann eine Tür zuschlagen. Kanne lugte vorsichtig aus seinem Versteck hervor und sah, wie Luigi in der Tür der Damentoilette stand.

»Kanne, der ist durch die Hintertür raus. Behalt du ihn im Auge, ich hole Sepp, und dann verfolgen wir diesen Mario.«

Luigi flitzte ins Herrenklo, kam kurz darauf mit Reuchlin auf den Flur zurück und eilte Kanne hinterher, der in einem chaotisch mit allem möglichen Gerümpel, mit metallenen Müllcontainern, leeren Getränkekisten und diversen Fahrzeugen vollgestellten Hinterhof hinter einer Mauerecke auf der Lauer lag. Die beiden huschten zu ihm hin.

»Und, Kanne? Siehst du ihn?«

»Ja, da vorn läuft er. Moment noch ... ja, jetzt!«

Damit preschte Kanne hinter dem Eck hervor und marschierte mit großen Schritten los. Reuchlin sah Luigi fragend an.

»Ich erklär dir alles unterwegs, los, wir müssen Kanne hinterher!«

* * *

Mario hatte keine Augen für seine Umgebung, er eilte zu der Adresse, die Müller ihm gerade genannt hatte. Dort wohnte Jochen Hebestreit, den sie für den Boss der »Gentleman-Gang« hielten. Und Hebestreit war gerade dabei beobachtet worden, wie er in seine Wohnung ging. Zu Fuß war der Weg vom Goldenen Reiter nicht allzu lang, gut zehn Minuten später stand er vor dem Wohnblock.

Hier nun sah er sich erstmals etwas genauer um. Er dachte bedauernd an Tonya und wünschte sich, dieser blöde Hebestreit wäre eine halbe Stunde später aufgetaucht, aber das war jetzt auch nicht mehr zu ändern. Die kurze Straße schien menschenleer. Auf dem Balkon im zweiten Stock war ein Mann zu sehen, der Blumen goss – Mario blinzelte gegen das Sonnenlicht: Hebestreit.

Er trat schnell ans Haus heran, um von dem anderen nicht entdeckt zu werden, dann drückte er auf zwei Klingelknöpfe im Vierten und schob sich durch die Tür, als der Öffner summte. Im Hausflur war es still, er kletterte die ersten Stufen hinauf, da bemerkte er, dass die Tür hinter ihm noch nicht ins Schloss gefallen war. Mario drehte sich um. Eine mächtige Faust sauste auf ihn zu, und dann wurde es dunkel um ihn.

Als Mario wieder zu sich kam, hatte ihn jemand in den Keller geschleift und seinen Oberkörper gegen die Wand gelehnt. Er saß auf dem Boden, und jemand ließ seine flache Hand wieder und wieder auf seine linke Wange klatschen. Es war mehr ein kräftiges Tätscheln als ein Ohrfeigen, und blinzelnd schlug er schließlich die Augen auf.

Vor ihm hockte ein Bär von einem Mann, ein Kreuz wie ein Schrank, Muskeln, die sich unter dem Shirt spannten, und eine glatt polierte Glatze. Er klatschte ihm immer wieder die Hand ins Gesicht und sah dabei im Moment gar nicht zu ihm hin. Mario kannte den Glatzkopf: Roland Engel war einer der »Gentlemen«, und als er ihn und seine drei Komplizen im Februar bedroht hatte, hatten alle vier den Schwanz eingezogen, weil sie wussten, dass hinter Mario noch der für sie namenlose Chef mit all seinen anderen Helfern stand.

Hatte das dieser Engel denn inzwischen vergessen?

»Kannst aufhören, Roland, der wacht auf.«

Mario schaute sich um. Hinter Engel standen drei weitere Männer, alle Schränke von ähnlichem Kaliber, alle sahen sie nun auf Mario hinunter, und keiner von ihnen schien ihm wohlgesinnt.

»Hallo Mario«, knurrte Engel und grinste breit. »Gut geschlafen?«

In Pforzheim traute sich sonst keiner, sich an ihm zu vergreifen, weil alle wussten, dass er wirksamen Schutz genoss. Also fixierte er aus alter Gewohnheit seinen Widersacher, zog die Nase hoch und spuckte ihm mit Schwung eine ordentliche Ladung mitten ins Gesicht. Er kam nicht mehr dazu, sich über seinen Treffer zu freuen. Engels Faust knipste ihm erneut das Bewusstein aus.

* * *

»Sollen wir rein?«

Luigi stand vorne an der Ecke und behielt den Eingang zu dem Mehrfamilienhaus im Auge, und Kanne wollte von Reuchlin wissen, was jetzt zu tun war. Einfach nur weiter warten wie die vergangene halbe Stunde entsprach nicht ganz dem Abenteuer, das er sich erhofft hatte.

»Und was sollen wir drin?«, fragte Reuchlin zurück. »Wir gehen da also hin, klingeln irgendwo, werden reingelassen – und dann? Du hast die Schränke gesehen, die nach Mario ins Haus gegangen sind. Luigi hat zwar gesagt, dass keiner von denen dabei war, als Gottfried und ich bedroht wurden, aber gut Kirschen essen ist auch mit diesen Burschen nicht, da würde ich wetten.«

»Aber willst du nicht wissen, was da drin im Haus gerade passiert?«

»Klar würde ich das gerne wissen, aber das geht halt nicht. Wenigstens kann keiner ungesehen raus.«

»Außer über den Hintereingang, wenn es hier ebenso einen gibt wie im Goldenen Reiter.«

»Oh, Mist, stimmt ja … Gut, Kanne, dann machen wir das so: Du schleichst dich von hinten an das Gebäude ran und schaust nach, ob es einen Hintereingang gibt. Und falls ja, gibst du mir übers Handy Bescheid und bleibst dort. Andernfalls kommst du so schnell hierher zurück, wie du kannst.«

Das klang spannend, und so war Kanne sofort damit einverstanden. Reuchlin sah ihm lächelnd hinterher, wie er leicht gebückt die Straße entlangeilte und bald hinter der nächsten Ecke verschwand.

Natürlich wollte auch Reuchlin nur zu gern wissen, was gerade in diesem Mehrfamilienhaus los war, aber im Moment konnten sie – wenn sie sich nicht unnötig in Gefahr begeben wollten – wirklich nur warten.

* * *

Patsch, patsch, patsch …

Mario hielt die Augen noch für einen Moment geschlossen, aber Engel, der wieder fleißig vor sich hin tätschelte, hatte trotzdem bemerkt, dass er wieder zu sich kam.

»He, Arschloch, mach die Augen auf!«

Er blinzelte und stellte fest, dass sich nichts verändert hatte, weder die Anzahl noch die grimmigen Mienen seiner Gegner.

»Du …«

Marios Stimme war nur ein kümmerliches Krächzen. Er räusperte sich und nahm einen neuen Anlauf: »Du solltest wissen, dass man sich mit mir besser nicht anlegt.«

»Mit uns auch nicht.«

»Wenn mein Boss hiervon erfährt …«

»Wir sagen es ihm auch gerne selber.«

Mario hob eine Augenbraue. Sogar das tat schon weh. Er wollte sich gar nicht vorstellen, wie sein Gesicht nach den beiden rechten Haken aussah.

»Du musst uns nur verraten, wer dieser ominöse Boss ist, mit dem du uns schon im Februar gedroht hast. Wir müssen uns dringend mit ihm unterhalten.«

»Pah!«, machte Mario und versuchte ein höhnisches Grinsen. Er spürte, wie ihm das mit seinem allmählich anschwellenden Gesicht jämmerlich misslang.

»Weißt du, Mario, du hast uns im Februar bedroht und wir haben nachgegeben, weil wir so etwas wie das hier nicht wollten. Wir hatten auch noch andere Gründe, mit unseren Einbrüchen aufzuhören, aber ein Grund war auch, dass wir keinen Ärger haben wollten. Nicht mit dir, nicht mit deinem Boss und nicht mit irgendjemandem sonst.«

Mario entspannte sich ein wenig. Der Glatzkopf war ein Schlappschwanz, der schon wieder versuchte, mit ihm zu reden, statt ihm wehzutun.

»Aber jetzt habe ich die Nase voll«, fuhr Engel fort. »Mir sagt keiner mehr, was ich zu tun und was ich zu lassen habe. Wir haben aufgehört, und kaum kopiert anderswo irgendein Idiot unsere Masche, da stehen du und dein Boss auch schon auf der Matte und wollen uns wieder Schwierigkeiten machen. Das muss aufhören, und deshalb will ich mit deinem Boss reden.«

Engel hörte, wie der andere schon wieder die Nase hochzog, und noch bevor der auch nur die Lippen spitzen konnte, klatschte er ihm mit Schwung die flache Hand so auf Nase und Mund, dass Mario Sterne sah.

»Lass den Scheiß. Einmal war eklig genug. Also: Wie heißt dein Boss? Und wo finden wir ihn?«

Mario mühte sich ab, ein schwaches Grinsen aufzulegen, und schüttelte langsam den Kopf.

»Bitte«, fügte Engel noch hinzu.

Mario lachte rau auf. Der *bat* ihn! Was für ein Weichei! Doch Engel sagte nun nichts mehr, sondern nickte nur dem Mann neben sich zu. Mario folgte seinem Blick, und er sah seinen rechten Arm ausgestreckt neben sich, den Unterarm auf einem hölzernen Bock abgestützt, wie man sie als Unterlage für improvisierte Schreib- oder Tapeziertische benutzen konnte. Der Mann griff Hand- und Ellbogengelenk mit je einer Hand, hob den Arm ein Stück weit an und ließ den Unterarm dann schnell und kräftig auf den obersten Querholm des Holzbocks sausen. Mario hörte die Knochen splittern, heftiger Schmerz brandete durch seinen Körper, dann verlor er wieder das Bewusstsein.

* * *

»War das ein Schrei?«, fragte Luigi und sah entsetzt zu dem hinter ihm stehenden Reuchlin und dann wieder zu dem Mehrfamilienhaus.

»Kann sein, ganz sicher bin ich mir nicht.«

Reuchlins Handy vibrierte, Kanne war dran, ganz aufgeregt.

»Du, da hat grad einer geschrien. Eines der hinteren Kellerfenster ist gekippt, da konnte ich den Schrei gut hören. Was machen wir jetzt?«

»Nichts«, sagte Reuchlin. »Wir warten. Du hinten, wir vorne – und sobald einer von uns etwas sieht, informiert er die anderen. Lass also dein Handy an – ich hoffe, du hast es auf Vibrationsalarm gestellt? Nicht, dass uns noch ein Klingeln verrät!«

»Natürlich hab ich das. Hältst du mich für einen Anfänger, oder was?«

Damit war das Gespräch beendet.

»Ich glaube, ich ruf jetzt Gottfried an«, sagte Reuchlin zu Luigi, der seinen Rucksack abgenommen und daraus ein Stück geräuchter Wurst hervorgeholt hatte, auf dem er nun ziemlich nervös herumkaute.

Froelichs Handy klingelte zweimal, dann sprang die Mailbox an und Reuchlin hinterließ eine Nachricht, von der er hoffte, dass Froelich schon verstehen und seine Freundin keinen Verdacht schöpfen würde – obwohl er sich eigentlich kaum vorstellen konnte, warum Froelichs Freundin die Nachrichten auf dessen Handy abhören sollte. Aber egal: sicher war sicher.

»Und«, fragte Luigi mit vollem Mund, »was hat er gesagt?«

»Nichts. Nach zweimal Klingeln sprang der Anrufbeantworter an. Ich glaube, der hat das Gespräch weggedrückt.«

* * *

»Musste das sein?«

Andreas Nidanger verband den Arm notdürftig, und insgeheim hatte er höchsten Respekt davor, dass der Verletzte nicht laut schrie, sondern nur gedämpft vor sich hin jammerte. Sogar nach dem Unterarmbruch hatte es noch fast eine Stunde gedauert, bis er endlich redete. Nun stand Roland Engel hinter dem Haus im Hof und kotzte sich die Seele aus dem Leib.

Hebestreit hatte noch eine alte Krücke in der Wohnung, die er nun dem bleich an der Wand lehnenden Mario hinhielt.

»Zu deinem Chef kannst du morgen gehen, jetzt bringen wir dich erst einmal zum Krankenhaus, und dann erzählst du denen eine schöne Geschichte und lässt dich behandeln. Dein Handy behalt ich, ich geb's nachher deinem Boss.«

Dann wandte er sich zu Andreas Nidanger.

»Bleib du noch mindestens eine halbe Stunde mit dem Typen hier, Manuel wird auch bei ihm bleiben. Sicher ist sicher, nicht, dass der noch eine Möglichkeit findet, seinen Chef zu warnen. Und wenn ihr gewartet habt, bringt ihr ihn über die Enz und lasst ihn dort aussteigen. Den Rest kann er laufen, und ihr werdet nicht mit ihm gesehen. Das wird das Beste sein.«

Damit gab er einem von Engels Freunden ein Zeichen, und der ging nach hinten, um seinen Kumpel zu holen. Mit den beiden anderen verließ Hebestreit das Haus durch den Vordereingang, sah sich nach allen Seiten um und ging zu seinem Wagen. Kurz darauf folgten Engel und der dritte seiner Freunde und stiegen ebenfalls in Hebestreits Wagen. Dann fuhren sie davon, zu der Adresse von Marios Chef, die sie Mario mit einigem Aufwand doch noch abgerungen hatten.

* * *

»Das ist einer von denen«, sagte Luigi und deutete auf den Mann mit randloser Brille, der jetzt auf einen Wagen zuging, gefolgt von zweien der Muskelprotze, die vor etwa eineinhalb Stunden Mario in das Mehrfamilienhaus gefolgt waren. Kurz darauf kamen die anderen beiden Schränke aus dem Haus, alle stiegen in den Wagen ein und fuhren davon.

»Und jetzt?«, fragte Luigi.

»Na, hinterher können wir ohne Auto leider nicht. Warten wir halt noch etwas, dieser Mario ist ja noch drin.«

Luigi tauschte mit Reuchlin den Platz. Er reichte ihm ein Stück Provolone und etwas Weißbrot, dann setzte er sich auf den Boden, lehnte sich gemütlich gegen die Hauswand und stellte sich ein improvisiertes Picknick aus Schinken, Oliven, Tomaten und Käse zusammen. Nach einer halben Stunde, Luigi war inzwischen etwas schläfrig geworden, rief ihn Reuchlin zu sich. Luigi linste um die Ecke: Dort ging der andere Mann, den er im Hof des Bestattungsinstituts gesehen hatte.

»Der hatte Schmiere gestanden, während euch der andere bedroht hat.«

Zusammen mit einem zweiten Mann, einer schmalen Figur mit schütterem Ziegenbärtchen und gekräuselten schulterlangen Haaren, stützten sie Mario, der einen blutverschmierten rechten Hemdärmel hatte und sich mit der Linken auf eine Krücke stützte. Mit schmerzverzerrtem Gesicht ließ er sich auf den Beifahrersitz eines Wagens bugsieren, dann fuhren auch diese drei davon.

Reuchlin zog ein missmutiges Gesicht und wählte Kannes Handynummer.

»Kannst wieder kommen«, brummte er, »sieht ganz so aus, als seien wir hier für heute fertig.«

»Gott sei Dank«, stöhnte Kanne. »Mir ist ganz elend. Einer dieser Schläger hat mir fast vor die Füße gekotzt.«

Montag, 10. Juni

Gleich nach dem Frühstück zog sich Inge in ihr Arbeitszimmer zurück, um weiter an ihrem Roman zu schreiben. Froelich schenkte sich noch einmal Kaffee nach, und als er aus Inges Zimmer die Musik hörte, die sie zum Schreiben immer einlegte, wählte er die Nummer von Jana Bednarz.

Diesmal war sie gleich dran und bedankte sich sofort überschwänglich bei Froelich, dass der so umsichtig gewesen war, sie vorab von seinem Treffen mit Reukers in Kenntnis zu setzen und ihr auch alles zu erzählen, was er bisher in Pforzheim erfahren hatte. Dass sie ihm andernfalls selbstverständlich die Hölle heiß gemacht hätte, erwähnte sie nicht.

»Es sieht übrigens ganz danach aus, als könnten wir Reukers endgültig von der Liste unserer Tatverdächtigen streichen«, berichtete die Kommissarin. »Er war am Abend vor dem Einbruch auf Piste und hat in einem Szenelokal eine junge Blondine aufgerissen, die ihn ein paar Cocktails und einige Tapas später gleich mit zu sich nach Hause genommen hat. Dort hat Reukers offenbar einigen Eindruck hinterlassen: Die junge Frau erinnerte sich noch, dass sie von kurz nach elf bis kurz vor vier miteinander beschäftigt waren – als wir sie vorhin befragt haben, kam sie regelrecht ins Schwärmen. Danach ist sie eingeschlafen, und am nächsten Morgen fand sie nur noch einen Zettel mit einer kurzen Nachricht und einem aufgemalten Herzen. Die Fingerabdrücke, die wir von ihm im Haus seiner Freunde fanden und die alle anderen Abdrücke überlagerten, kann er demnach erst irgendwann ab etwa halb fünf hinterlassen haben. Und da die Sigles aber gegen zwei Uhr starben, ist Reukers als unmittelbarer Täter aus dem Schneider. Klar, er könnte die Einbrecher bestellt und sich rechtzeitig aus dem Staub gemacht und mit einem lückenlosen Alibi versorgt haben – denkbar, aber nicht sehr wahrscheinlich. Es ist kein Motiv zu erkennen, er scheint die Sigles wirklich sehr gemocht zu haben.«

Froelich ging durch den Kopf, dass Reukers in seiner Wahlheimat Berlin in unsaubere Geschäfte verwickelt sein sollte.

»Könnte das Ganze ein Anschlag auf ihn gewesen sein?«

»Viel zu umständlich, da wäre es viel einfacher gewesen, ihn auf der Fahrt von Berlin in den Süden zu erledigen – oder hier, während er von einem Freundschaftsbesuch zum nächsten fährt. Außerdem scheinen sich die Einbrecher auch in Esslingen ganz gut informiert zu haben: Gas wurde ins Schlafzimmer der Sigles eingeleitet, aber auch ins Gästezimmer, wo Reukers zu diesem Zeitpunkt erst seit zwei Tagen schlief. Wenn sie so gründlich waren, hätten sie vermutlich auch bemerkt, dass der Wagen von Reukers in dieser Nacht nicht vor dem Haus stand.«

»Und jetzt? Lassen Sie ihn laufen?«

»Nein. Die Berliner Kollegen wollen auch noch mit ihm reden, außerdem habe ich ihm noch nicht gesagt, dass im Zusammenhang mit unserem Fall eigentlich nichts mehr gegen ihn vorliegt. Wir haben ja noch etwas Zeit, bis wir ihn dem Haftrichter vorführen müssten. Ich werde das Gefühl nicht los, dass uns Reukers doch noch eine Hilfe sein könnte – mal sehen, was sich da noch ergibt. Aber sagen Sie, Herr Froelich: Das hätten wir doch auch nachher auf dem Friedhof besprechen können. Wann ist die Bestattung? Um zwei?«

»Ja.«

»Ich wollte etwas früher da sein und mit ein paar Kollegen möglichst unauffällig zuschauen, vielleicht fällt uns da noch was auf, obwohl ich mir keine großen Hoffnungen mache. Was Sie mir über Pforzheim und die Unruhe dort erzählt haben, scheint mir vielversprechender. Aber wie gesagt: Darüber hätten wir auch auf dem Friedhof sprechen können. Warum haben Sie mich denn angerufen? Sind Sie so ungeduldig?«

Sie lachte, er druckste herum.

»Das auch, aber vor allem … ach, ich seh schon Gespenster.«

Er erzählte ihr von Inge, von ihrem Ultimatum und von der Rolle, die er seiner Freundin als Aushilfsbestatter in Pforzheim vorspielte.

»Und jetzt bin ich schon so daran gewöhnt, nur noch heimlich hinter ihrem Rücken zu ermitteln, dass ich Sie lieber angerufen habe, während Inge in ihrem Arbeitszimmer ist, als nachher auf dem Friedhof in aller Öffentlichkeit mit Ihnen zu reden. Vielleicht wird sie mich heute begleiten, und sie scheint bislang wirklich nichts von der ganzen Geschichte zu ahnen. Entschuldigen Sie bitte, ich bin ganz durcheinander, was das angeht.«

»Bei mir müssen Sie sich nicht entschuldigen, sondern eher bei ihr! So etwas dürften Sie mit mir nicht machen, und Ihre Inge hat das auch nicht verdient. Machen Sie da bloß rechtzeitig reinen Tisch, bevor Sie noch Ihre Beziehung riskieren. Sie wirken beide immer so glücklich, da bin ich fast neidisch.«

Sie plauderten noch ein wenig, dann beendete er das Gespräch. Erst danach fiel ihm auf, dass gestern noch jemand auf seine Mailbox gesprochen hatte: Sepp Reuchlin hatte die Nachricht hinterlassen, dass ihm noch etwas eingefallen sei, was er ihm dringend über das Institut und die anstehenden Bestattungen sagen musste. Froelich war wie elektrisiert – das war der Code, den sie für den Fall verabredet hatten, dass sich in Pforzheim etwas Wichtiges tat und Reuchlin ihn nicht persönlich ans Telefon bekommen konnte.

Er wählte Reuchlins Handynummer, doch dort sprang nur die Mailbox an. Auf dem Festnetzanschluss des Instituts erreichte er ihn, und Froelich staunte nicht schlecht, als er von der Räuberpistole hörte, die sich der Kollege gestern mit Luigi und Kanne gegönnt hatte.

Auf die Details der Geschichte konnte er sich allerdings keinen Reim machen, und er war gespannt, ob er am Abend in Pforzheim mehr erfahren und mehr verstehen würde.

* * *

Peter Müller beugte sich ächzend vor und stellte den letzten umgestoßenen Stuhl wieder hin. Dann sah er sich um. Die Aktenordner standen wieder in den Regalen, die Stühle lagen nicht mehr wild durcheinander, und alles war wieder an seinem Platz, nur ein paar Bilderrahmen waren nicht mehr zu retten.

Doch die tiefsten Spuren hatte das Erlebnis ohnehin in Müller selbst hinterlassen. Wie Berserker waren diese Typen hereingestürmt. Drei der Eindringlinge kannte er nicht, die anderen beiden dagegen schon: Jochen Hebestreit und Roland Engel waren zwei der vier Männer, die von der Presse »Gentleman-Gang« getauft worden waren.

Ja, natürlich. Er hatte sie suchen lassen, und er hatte hier in seinem Büro mit ihnen reden, ihnen klarmachen wollen, dass sie einen großen Fehler begingen, wenn sie ihre Einbruchserie nun einfach in einer anderen Stadt fortführten. Aber dann hätte er mit Mario und einigen anderen Helfer an seiner Seite das Gespräch unter Kontrolle gehabt.

Davon konnte diesmal keine Rede sein.

Die drei Unbekannten hatten sofort damit begonnen, sein Büro durcheinanderzubringen und die Bilder von der Wand zu reißen. Hebestreit und Engel hatten sich ihm gegenüber auf Stühle gesetzt und ihm Fragen gestellt. Warum er sie nicht in Ruhe lasse, was er von ihnen wolle, warum er glaube, dass sie hinter dem Esslinger Einbruch steckten – und wer ihnen im Februar die beiden letzten Einbrüche in Pforzheim versaut hatte.

Müller musste lächeln: »versaut« – so hatten sie sich wirklich ausgedrückt. Gestern Abend dagegen war ihm nicht nach lächeln zumute gewesen. Vor allem Engel gab den harten Hund, er trug vielleicht etwas dick auf dabei, aber er war sehr überzeugend. Mit bösem Grinsen schilderte er, was er und seine Kumpel mit Mario angestellt hatten und dass der sich im Moment wohl auf dem Weg ins Klinikum befand. Müller, der es gewohnt war, seine Geschäfte am Telefon zu steuern und selbst nicht mit unerfreulichen Tätigkeiten behelligt zu werden, kam mit der unangenehmen Situation überhaupt nicht zurecht, und als die beiden »Gentlemen« sahen, dass er vor Angst schwitzte wie ein Schwein, nutzten sie seine Schwäche aus und rückten ihm noch etwas mehr auf die Pelle.

Dann erzählte er ihnen alles. Nach allem, was er bisher über den Esslinger Einbruch erfahren hatte, war er sich schon ziemlich sicher, wer hinter dieser Schweinerei steckte – und er konnte im Moment jede Hilfe brauchen, um diese leidige Angelegenheit zu einem vernünftigen Ende zu bringen. Warum sollten ihm nicht diese »Gentlemen« zur Hand gehen, die doch selbst ein großes Interesse daran hatten, dass der Fall mit den beiden Toten aufgeklärt und nicht auch noch ihnen angelastet wurde?

Und so erfuhren Hebestreit und Engel von den drei Handlangern, die Müller ihnen auf den Hals gehetzt hatte. Sie sollten die Einbrecherbande ausspionieren und Informationen sammeln, mit deren Hilfe man dafür sorgen konnte, dass die Störenfriede der Pforzheimer Szene nicht mehr länger auf die Nerven gingen. Die Infos zeigten schnell: Da waren Amateure am Werk – zwar Amateure, die sich sehr bemühten und handwerklich vieles richtig machten, aber eben doch Amateure. Und Leute, die in Pforzheim mehr durcheinanderbrachten, als Leuten wie Müller recht sein konnte. Zuerst ließ er sie durch Mario warnen, dann, als das nicht fruchtete, sollte sich das Trio, das bisher nur Infos gesammelt hatte, an ihre Fersen heften und direkt nach den Einbrüchen in dem geknackten Haus für ein wenig mehr Sachschaden sorgen. Dieser Wink mit dem Zaunpfahl verpuffte ebenso wie Marios Warnung – und als nach insgesamt zwölf Einbrüchen und einem zweiten zusätzlichen Sachschaden noch immer keine Ruhe war, lieferte Müller unter der Hand den Hehler Atze Boulatis ans Messer und sorgte dafür, dass Hebestreit und seine Freunde auch davon erfuhren. Und schließlich schickte er sein Handlanger-Trio in die Wohnungen der vier »Gentlemen«, wo sie Kleinigkeiten verändern und Zeichen hinterlassen sollten, dass Marios Chef sehr wohl wusste, wo sie wohnten.

Danach war tatsächlich Ruhe gewesen, bis zu dem Einbruch in Esslingen.

Das alles hatten Hebestreit und Engel gestern Abend erfahren, aber sie hatten ebenfalls Neuigkeiten für ihn: Zwei Druckflaschen mit dem Gas, das sie für die Einbrüche verwendet hatten, und drei Gasmasken mit passendem Filter waren ihnen gestohlen wurden.

Müller hatte daraufhin nur genickt, und den beiden Männern einen Deal vorgeschlagen. In Gedanken erweiterte er die Abmachung noch um ein kleines Nachspiel, das ihm auch diese Amateure vom Hals schaffen würde.

* * *

Der Ebershaldenfriedhof, schön im Osten der Esslinger Altstadt gelegen, war gut besucht, als die Trauerfeier um vierzehn Uhr begann. Zuvor hatten sich Verwandte und Freunde noch einmal in einem Nebenraum der Aussegnungshalle von den Toten verabschieden können. Froelich hatte sich so neben der Tür aufgestellt, dass er niemanden störte, im Notfall aber schnell herbeieilen und besonders erschütterte Gäste stützen konnte. Im Fall der beiden älteren Damen im Rollstuhl half er außerdem, sie hinein- und nach einer Weile auch wieder hinauszuschieben.

Nun lagen Randolf und Callista Sigle in ihren geschlossenen Eichensärgen, deren Deckel unter dem opulenten Blumenschmuck kaum mehr zu sehen waren. Pfarrer Winkler hielt eine anrührende Rede, die von zunehmendem Schluchzen aus den Sitzreihen begleitet wurde. Selbst Froelich, der die Sigles doch erst nach ihrem Tod »kennengelernt« hatte, musste an einer besonders gefühlvollen Stelle eine Träne verdrücken. Doch meist war er darauf konzentriert, die Anwesenden unauffällig zu mustern. Sein Platz etwas abseits der Trauergesellschaft war dafür ideal.

Regina Rudel, die Schwester von Randolf Sigle, saß stocksteif in der ersten Reihe und kämpfte um Haltung. Neben ihr saß ein blasser Typ, der eine gelangweilte Miene zur Schau trug und sich immer wieder neugierig umsah – ähnlich unsympathisch hatte er sich Albin Rudel tatsächlich vorgestellt. Neben ihm saß ein junger Mann, der ihm wie aus dem Gesicht geschnitten wirkte, der aber ehrlich erschüttert wirkte und die feuchten Augen die ganze Zeit hindurch starr auf die beiden Särge gerichtet hielt. Dabei handelte es sich vermutlich um Tom Rudel, eines der Patenkinder der Sigles. Ab und zu ging seine rechte Hand zu einem Mann etwa gleichen Alters, der sie daraufhin kurz drückte. Einmal bemerkte Albin Rudel die Bewegung, er warf seinem Sohn einen Blick voller Verachtung zu und sah dann stur nach vorn.

Ebenfalls in der ersten Reihe saßen Lore und Sebastian Bludenz, er hatte sie gleich erkannt: Fotos von ihnen waren auf der Homepage der Firma Bludenz Bau zu finden. Zwischen ihnen saß ein junger, etwas pummeliger Mann – das war wohl Silas Bludenz, ihr Sohn und das andere Patenkind der Sigles. Silas wirkte unruhig und sein umherirrender Blick verriet, dass er im Moment überall sein wollte, nur nicht auf dieser Beerdigung. Seine Augen schimmerten, und immer wieder schluckte der junge Mann.

Ganz hinten hatten schon sehr früh Jana Bednarz und ihre Kollegin Doris Krock Platz genommen. Die anderen Leute in den Sitzreihen kannte Froelich größtenteils nicht. Sanfftleben hatte vor der Feier auf einige der Gäste gedeutet und ihm erklärt, wer das war und welche mehr oder weniger wichtige Rolle diese Personen in Stadt und Landkreis Esslingen spielten. Froelich hörte mehr aus Höflichkeit zu.

Als das übliche Prozedere dem Ende entgegenging, die Särge in das Doppelgrab in der Nähe eines großen Baums gesenkt worden waren und sich nun auch die weniger nahen Bekannten daran machten, Blumen oder ein bisschen Erde auf die Sargdeckel hinunterzuwerfen, stand Familie Bludenz bei den Rudels und drückte ihnen nacheinander die Hand. Danach wandten sie sich ab und stellten sich etwas abseits vom Grab in den Schatten. Silas verabschiedete sich von seinen Eltern und ging so schnell auf den nächstgelegenen Ausgang zu, wie es gerade noch schicklich war.

Froelich trat zu ihnen und stellte sich vor.

»Dürfte ich kurz mit Ihnen reden, Herr Bludenz?«

Sebastian Bludenz sah seine Frau fragend an, die zuckte mit den Schultern, ging ein Stück weiter und war schon kurz darauf in ein Gespräch mit einigen Bekannten verwickelt.

»Ich weiß nicht recht, wie ich dieses Gespräch anfangen soll, gerade hier und heute, aber …«

Bludenz hob eine Augenbraue.

»Am besten sagen Sie geradeheraus, was Sie von mir wollen. Ich muss gleich wieder ins Büro, ich habe einige Gesprächstermine und muss eine Präsentation vorbereiten. Und Sie als Bestatter müssen sicher auch noch das eine oder andere im Nachgang der Trauerfeier erledigen.«

Bludenz hatte das alles so geschäftsmäßig gesagt, als berührte ihn der Tod seiner Freunde kaum. Froelich blinzelte irritiert. Bludenz bemerkte, dass ihn sein kühles Verhalten offenbar überraschte.

»Soll ich Ihrer Meinung nach eher weinend drüben am Grab stehen? Jeder trauert anders, das sollten Sie als Bestatter eigentlich am besten wissen. Und ich gehe damit eben auf meine Weise um – und wie es in mir drin aussieht, muss hier keiner wissen.«

Froelich nickte.

»Und jetzt kommen Sie bitte zur Sache, Herr Froelich. Ich habe schon von Regina gehört, dass Sie … nun ja … gewissermaßen hobbymäßig der Polizei ein bisschen zur Hand gehen.«

Ein spöttisches Lächeln umspielte seine Lippen.

»Ich finde dieses Herumschnüffeln zwar etwas dreist, gerade heute, sozusagen am offenen Grab – aber dann hab ich es wenigstens hinter mir. Also los, fragen Sie.«

Froelich fühlte sich sehr unwohl, aber da musste er nun durch. Lange genug hatte er auf eine Gelegenheit zu diesem Gespräch gewartet, also begann er mit Fragen zur Lüftungstechnik von Passivhäusern im Allgemeinen und dem Haus der Sigles im Besonderen. Vielleicht würde ihm das helfen, etwas besser zu verstehen, was in Pforzheim jedes Mal geklappt hatte und nun in Zell schiefgegangen war. Wobei er nicht einmal sicher sein konnte, dass ihm das für seine Recherchen hilfreich war.

»Na ja, für mich als Bauunternehmer, der sich auf Passivhäuser spezialisiert hat, ist so etwas, wie es unseren Freunden passiert ist, natürlich der GAU. Genau davor haben viele Leute Angst: dass die Lüftungsanlage manipuliert wird. Im Raum Pforzheim gab es eine ganze Einbruchserie nach demselben Muster, Kommissarin Bednarz hat, als sie mich zu Callista und Randolf befragt hat, angedeutet, dass die Polizei da Zusammenhänge sieht. Von der Pforzheimer Serie habe ich natürlich schon gewusst – da wurde die ganze Branche hellhörig, aber direkte geschäftliche Auswirkungen hatte das weder für meine Firma noch für unsere Mitbewerber. Wir können da recht gut argumentieren, denn zum einen waren jeweils nur Gebäude betroffen, die eine eigentlich für Privathäuser unübliche Lüftungstechnik hatten, und zum anderen ist der betriebene Aufwand mit diesem Gas so hoch, da muss man kaum befürchten, dass das zum neuen Standard in der Einbrecherszene wird.«

Er lachte freudlos.

»Die meisten Einbrecher werden sich wohl weiterhin an das Prinzip ›schnell rein, schnell raus‹ halten – und das geht in Passivhäusern oft nicht so gut wie in anderen Gebäuden, weil unsere Kunden über die Anlage lüften und deshalb die Fenster in der Regel nicht gekippt lassen.«

Froelich stellte noch ein paar Fragen, aber dann verlief das Gespräch schnell im Sand, und Bludenz wurde zunehmend ungeduldig. Schließlich verabschiedete sich Froelich und ging etwas enttäuscht zu Sanfftleben hinüber.

»Na, Froelich, haben Sie was Neues erfahren?«

»Fast nichts, leider.«

»Ihre Inge dafür schon.«

Sanfftleben deutete zum anderen Ende des Friedhofs, wo Inge Coordes gerade auf den Ausgang in Richtung Innenstadt davonging.

»Hat Sie gesehen, wie ich mich mit Bludenz unterhalten habe?«

Sanfftleben nickte.

»Scheiße«, entfuhr es Froelich, und er wollte Inge hinterher.

Sanfftleben legte ihm eine Hand auf den Arm und hielt ihn zurück.

»Lassen Sie sie lieber mal ein bisschen in Ruhe. Außerdem haben wir hier noch zu arbeiten.«

* * *

Als Sanfftleben gegangen und im Institut alles erledigt war, ging Froelich mit Bauchschmerzen nach oben. Inge war nirgends zu sehen, aus ihrem Arbeitszimmer hämmerte ein Heavy-Metal-Song und an der Tür hing ein kleines, aber nicht misszuverstehendes Schild, das einer CD beigelegen hatte: ein grinsender Totenkopf mit der Unterschrift »Stay out!«.

Einen Moment lang dachte Froelich daran, das Zimmer trotzdem zu betreten, aber dann ging er in die Küche, hinterließ Inge eine Notiz, schnappte sein gepackte Reisetasche und machte sich wie geplant und wie morgens mit Inge besprochen auf den Weg nach Pforzheim.

Reuchlin war nicht im Institut, aber er hatte einen Zettel auf den Tresen gelegt, dass er drüben bei Luigi auf ihn warte. Bei einem Cappuccino ließ sich Froelich noch einmal erzählen, was gestern alles los gewesen war. Dann klingelte sein Handy: Jana Bednarz war dran.

»Herr Froelich, sind Sie schon in Pforzheim?«

»Ja, ich sitze gegenüber des Bestattungsinstituts Reuchlin in einem Bistro.«

»Gut, bleiben Sie dort. Ich bin gerade bei meinem Kollegen Mohr, wenn Sie mögen, können wir in etwa zwanzig Minuten bei Ihnen sein.«

Natürlich war Froelich einverstanden. Er nannte ihr die Adresse, und dann erzählte er Reuchlin und Luigi, wer gleich vorbeikommen würde.

»Das müssen wir unbedingt Kanne sagen«, rief Luigi aus und zog sein Smartphone hervor.

»Nein, lass das lieber«, widersprach ihm Froelich. »Ich weiß nicht mal, ob ihr beide dabei sein dürft, wenn ich mit der Polizei rede.«

Luigi zog einen Schmollmund.

»Ich finde schon, dass wir dabei sein sollten«, sagte Reuchlin. »Schließlich haben wir der Polizei ja auch was zu berichten. Und vielleicht verstehen wir alle endlich, was da eigentlich los war, wenn uns im Gegenzug auch die Polizei ein paar Infos gibt.«

Er sah Froelich gespannt an.

»Die erzählen uns doch was, oder? Ich meine: du hast doch einen guten Draht zu dieser Bednarz.«

»Das schon, aber die haben auch ihre Vorschriften. Da müssen wir wohl abwarten.«

»Und ich sage jetzt Kanne Bescheid«, brummte Luigi, der sich währenddessen schon durchs Handy-Menü wischte und tippte.

Jana Bednarz und Ralph Mohr kamen pünktlich, und während die Esslinger Kommissarin mit einem amüsierten Lächeln die Runde der älteren Herren begrüßte, die mit Froelich am Tisch saß und ihnen neugierig entgegensah, wirkte ihr Pforzheimer Kollege ein wenig irritiert. Doch nach einer Weile und dank der Überredungskunst von Jana Bednarz kamen sie doch noch in der ganzen, großen Runde ins Gespräch über die Einbrüche in Pforzheim und Esslingen.

Erst beschrieben Reuchlin, Luigi und Östreicher, was sie gestern beobachtet und wo sie einige der beobachteten Personen schon zuvor gesehen hatten. Dann erzählte Froelich von der Bedrohung durch die beiden Männer im Innenhof des Instituts und davon, dass der eine die Beteiligung an der Pforzheimer Einbruchserie eingestanden hatte und ihn und Reuchlin dazu bringen wollte, seine Unschuld im Bezug auf den Esslinger Einbruch zu beweisen – allerdings hatte der Mann wohl keinen Plan, wie er das mit Hilfe der beiden Bestatter überhaupt bewerkstelligen wollte.

Mohr wollte schon drauflosschimpfen und sich beschweren, dass er davon nicht sofort erfahren habe, aber Jana Bednarz beruhigte ihn wieder: »Jetzt wissen wir es ja«, sagte sie nur und zwinkerte Froelich kurz zu.

»Die Männer, die Sie im Hof bedroht haben, kenne ich leider nicht«, begann Ralph Mohr schließlich, nachdem er Froelich und seinen Freunden noch einmal eingeschärft hatte, dass sie die Informationen, die er ihnen jetzt gab, auf gar keinen Fall weitergeben durften.

»Herr Froelich erzählt keinem was, darauf gebe ich Ihnen mein Wort«, hatte ihm Jana Bednarz versichert.

»Und für meine Freunde verbürge ich mich«, hatte Froelich betont, wobei er nach einem kurzen Seitenblick auf Luigi und Kanne, die wie kleine Kinder vor der Weihnachtsüberraschung wirkten, hoffte, dass er da nicht zu viel versprach.

»Gut. Wenn die Männer im Hof wirklich zwei Mitglieder der ›Gentleman-Gang‹ sind, dann haben wir jetzt wenigstens eine Beschreibung von ihnen.« Er nickte Luigi zu. »Und einer der beiden scheint in diesem Mehrfamilienhaus zu wohnen, das Sie gestern beobachtet haben. Das könnte uns ein gutes Stück voranbringen. Aber wenn diese beiden Männer betonen, dass sie mit dem Einbruch in Esslingen nichts zu tun haben – und es gibt ja tatsächlich auffällige Unterschiede im Tatmuster –, dann steht die Kollegin Bednarz fast wieder am Anfang.«

»Und was haben meine Freunde denn nun gestern beobachtet? Für uns ergibt das keinen Sinn: Da wird ein Mann verprügelt, der wohl vorher mal Herrn Reuchlin und mich zum Institut verfolgt und danach ein bisschen hier in der Straße herumgeschnüffelt hat. Und beteiligt sind daran zwei Männer, die uns im Hof des Instituts bedroht haben – das ergibt für mich keinen Sinn, Herr Mohr.«

»So, wie Sie den Verprügelten beschrieben haben, könnte das Marius Schwaderer sein, genannt Mario. Und er wiederum ist der Mann fürs Grobe von Peter Müller, genannt ›Der Pate‹.«

Luigi rollte mit den Augen, und Mohr quittierte das mit einem breiten Grinsen.

»Ich weiß ja auch, dass das lächerlich klingt, aber was will ich machen: In Pforzheim scheinen Ganoven eine Schwäche für … sagen wir: Künstlernamen zu haben.«

»Wie Lütter, dieser kleinwüchsige Hehler in der Werderstraße«, merkte Reuchlin an, und Froelich erschrak, weil er ganz vergessen hatte, Mohr von ihrem Besuch bei Ludwig »Lütter« Reichenbacher zu erzählen.

»Ich weiß schon, dass Sie dem einen Besuch abgestattet haben. War übrigens keine gute Idee.«

»Woher wissen Sie das?«

»Hat mir Bernie erzählt. Der hat Ihnen in seiner Beiz in der Rudolfstraße den Tipp gegeben, Lütter mal auf den Zahn zu fühlen. Jetzt schmerzt sein Handgelenk, Mario hat wohl recht fest zugelangt. Und diese Kaschemme, in der Sie drei waren …« Er sah Reuchlin, Luigi und Kanne an. »Der Goldene Reiter ist ähnlich wie Bernies Beiz ein Treffpunkt der Pforzheimer Unterwelt. Hasso, dem Wirt dort, hat Mario ein blaues Auge verpasst. Es scheint also, dass sein Chef Müller gerade sehr nervös ist – und meiner Meinung nach hat das mit den Toten in Esslingen zu tun. Vermutlich hat er die ›Gentleman-Einbrecher‹ in Pforzheim zum Aufhören gebracht, mit Drohungen, mit Schlägen, keine Ahnung. Vielleicht reichte auch der Umstand, dass irgendjemand – vermutlich im Auftrag von Müller – diesen Atze ans Messer lieferte, der als Hehler die Beute aus den Einbrüchen zu Geld machte. Wie auch immer: Jetzt gibt es plötzlich wieder einen Einbruch nach dem alten Muster – und Müller macht sich deswegen Sorgen. Der neue Fall ist zwar in Esslingen angesiedelt, aber wenn sich herumspricht, dass jemand unbeirrt seinen illegalen Geschäften nachgeht, obwohl ihm Pate Müller deswegen schon einmal auf die Finger geklopft hat, ist das natürlich schlecht für seinen Ruf. Da kann durchaus auch seine komfortable Position hier in Pforzheim ins Wanken kommen.«

»Und warum sitzt dieser Müller nicht schon längst hinter Gittern?«

Reuchlin war seine Empörung deutlich anzuhören.

»Der hat zwar, davon sind meine Kollegen und ich überzeugt, überall seine Finger drin«, fuhr Mohr fort, »aber nachweisen konnten wir ihm bisher noch nichts. Jedenfalls glaube ich nicht, dass er hinter der hiesigen Einbruchserie steckt – und hinter den beiden Todesfällen in Esslingen auch nicht. Zumindest nicht direkt, aber da tappen wir noch völlig im Dunkeln, und Sie können mir glauben: Das wurmt mich gewaltig!«

»Hat das Gas, das für die Einbrüche verwendet wurde, denn keine hilfreiche Spur ergeben?«, hakte Froelich nach.

»Darauf hatten wir anfangs die größten Hoffnungen gesetzt, denn verwertbare Spuren haben die Einbrecher nirgends hinterlassen. Anfangs war ja noch nicht einmal klar, dass Gas eingesetzt wurde – diese ganze Art und Weise, wie die Einbrecher vorgingen, ist sehr ungewöhnlich, darauf muss man erst mal kommen.«

Mohr beschrieb, wie sie dem kompletten Muster der Einbrüche erst nach und nach auf die Schliche gekommen, wie sie auf das schwefelhaltige Gas Dubaiox27 gestoßen waren und wie sich die Spur des Gasdiebstahls schließlich doch als Sackgasse entpuppte.

»Dieses Dubaiox27 hat ähnliche Eigenschaften wie Schwefelwasserstoff«, erklärte er.

»Aber Schwefel ... stinkt das nicht nach faulen Eiern?«, fragte Froelich. »Hätten die Betroffenen diesen Gestank nicht bemerken müssen, sobald das Gas in die Lüftungsanlage eingeleitet wurde?«

»Ich bin kein Chemiker, aber ich habe mir sagen lassen, dass das eine Frage der Konzentration ist: Ab einer Konzentration von 250 Teilen Schwefelwasserstoff auf eine Million Teile Raumluft betäubt dieses Gas den Geruchssinn, dann kann es stinken, wie es will, das merkt in dem Haus keiner mehr. Bei mehr als 500 Teilen pro Million in der Raumluft werden Menschen bewusstlos. Und jetzt rechnen Sie mal kurz nach: Wenn Schwefelwasserstoff in einen Raum eingeleitet wird, bildet es dort eine Art See, weil das Gas schwerer ist als Luft. Damit es auf Schlafende wirkt, muss dieser See nur bis über die Betten reichen, Sie benötigen die 500 Teile pro Million also für ein Volumen von etwa zehn bis fünfzehn Quadratmetern bei einer Höhe von vielleicht einem Meter – wir reden also nur über etwa siebeneinhalb Liter Schwefelwasserstoff, den Sie in ein normal großes Schlafzimmer einleiten müssen.«

Froelich staunte. So viel passte vermutlich locker in eine handelsübliche Druckgasflasche – er hatte gedacht, dass für so etwas mehr Gas nötig wäre.

»Und das war jetzt alles am Beispiel von Schwefelwasserstoff durchgerechnet. Das für die Einbrüche verwendete Gas Dubaiox27 ist eine Schwefelverbindung, die für die Zwecke der Einbrecher deutlich bessere Eigenschaften aufweist: Schon in viel geringerer Konzentration betäubt es den Geruchssinn, auch die Bewusstlosigkeit der Opfer tritt viel früher ein – und kann länger aufrechterhalten werden, ohne dass die Betroffenen in Lebensgefahr geraten. Die Dosierung ist heikel – aber das hatten die Einbrecher zwölfmal im Griff. Das ist in Esslingen zum ersten Mal schiefgegangen.«

»Und die Computerdaten? Ich meine, wenn sich jemand über WLAN in die Fernwartung dieser Lüftungsanlage hackt, hinterlässt er doch Spuren.«

»Ja, die IP-Adresse, also die Kennung des mit dem Internet verbundenen Rechners, von dem aus er sich ins WLAN einwählt. Weil die Einbrecher aber direkt den WLAN-Zugang des betroffenen Hauses knackten, hat das Netzprotokoll auch keine Hinweise gebracht – als IP-Adresse ist die Nummer des WLAN-Servers verzeichnet, also jeweils der Internet-Router der Bestohlenen.«

Froelich schüttelte den Kopf und murmelte: »Was für ein Aufwand!«

»Ja, aber da sie durch den Einbruch in Schwäbisch Gmünd an das passende Gas gekommen waren, hatten sie dadurch auch viele Vorteile: Keiner musste befürchten, dass plötzlich ein Opfer aufwacht und Alarm schlägt, dass jemand niedergeschlagen werden muss oder das Gesicht eines der Einbrecher sieht. Sie scheinen ihre Opfer außerdem vorher sehr gründlich ausspioniert zu haben – sie wussten, wer wo schläft und ob, wie im Esslinger Fall, derzeit Gäste im Haus sind. Auch das widerspricht dem Trend, wonach seit einiger Zeit viele Einbrecher nichts vorher auskundschaften, sondern kurz die momentane Lage im Haus und in der unmittelbaren Umgebung einschätzen und dann schnell rein- und wieder rausgehen.«

Luigi stand auf und holte Wein und Wasser für alle.

»Mindestens einer dieser Einbrecher«, erzählte Mohr weiter, »dürfte Chemiker sein oder sich eingehend mit der Eigenschaft von Gasen beschäftigt haben. Erstens muss er von der Existenz des Gases in Gmünd gewusst haben, und dann muss er sich mit verschiedenen Eigenschaften von chemischen Verbindungen auskennen. Nur mal ein Beispiel: Sie können jederzeit problemlos Trockeneis bestellen, wie es zum Beispiel Bands für ihre Bühnenshows benutzen. Das lassen Sie sich in Thermobehältern schicken – und schon haben Sie reines, gefrorenes Kohlendioxid. Wenn Sie das irgendwie in die Lüftungsanlage bringen, haben Sie eine ähnliche Wirkung, es fehlt sogar der Gestank der Schwefelverbindung – allerdings brauchen Sie mehr Kohlendioxid-Anteile in der Raumluft, die Opfer geraten schneller in Lebensgefahr und Sie selbst kommen mit einer Gasmaske allein nicht mehr aus. Da Kohlendioxid in der normalen Atmosphäre vorkommt, gibt es meines Wissens keine geeigneten Filter, Sie müssten also wie ein Taucher mit einer Sauerstoffflasche ins Gebäude, um ganz sicherzugehen, dass Sie auch wieder heil rauskommen.«

»Gut«, fasste Froelich zusammen, »wir haben also eine Einbrecherbande, zu denen mindestens ein Chemiker oder ein Chemie-Fan gehört. Und Sie kennen das Gas, das verwendet wurde.«

Mohr nickte.

»Und jetzt?«, fragte Froelich.

Mohr zog ein mürrisches Gesicht.

»Sie können sich vorstellen, wie mies ich mich die ganze Zeit gefühlt habe: Wir wissen viel, wir kennen das eingesetzte Gas, wissen, woher es stammt, wir kennen die Gemeinsamkeiten und Unterschiede aller Einbrüche, die wir der Serie zuordnen, wir haben sogar den Hehler in U-Haft, der die Diebesbeute versilbern sollte – und erst jetzt haben wir eine richtige Spur, die zu diesen vier Einbrechern führt.«

Dienstag, 11. Juni

»Herr Müller, die Herren sind da.«

»Sollen reinkommen«, brummte Pate Müller und grinste. »Herren« wurden diese drei Trottel sonst nie genannt, seine Sekretärin war einfach zu höflich für diese Welt.

Im Gänsemarsch schlurften Röhler, Mahr und Heisinger herein und standen herum wie bestellt und nicht abgeholt. Das schlechte Gewissen war ihnen ins Gesicht geschrieben, aber Müller beschloss, sie vorerst noch in Sicherheit zu wiegen.

»Setzt euch, Jungs«, forderte er sie jovial auf und deutete auf die drei Stühle, die er vor seinem Schreibtisch aufgereiht hatte.

Die drei Männer nahmen Platz und warteten, was ihr Boss ihnen zu sagen hatte.

»Na, habt ihr derzeit gut zu tun?«

»Hm … passt schon«, druckste Röhler herum.

»Ich hatte ja schon länger keinen Auftrag mehr für euch.«

»Seit Februar, um genau zu sein.«

»Stimmt, seit Februar nicht mehr. Wie schnell die Zeit vergeht, was?«

Heisinger sah zunehmend unruhig drein – er war der Hellste der drei, was aber nach normalen Maßstäben noch nicht viel hieß. Vermutlich war ihm längst klar, dass dieses belanglose Geplauder ein ungutes Ende nehmen würde.

»Ach, egal, wir haben zu tun.«

»Was denn so?«

»Dies und das, Chef, und wir kommen auch nur gerade so über die Runden.«

»Und die Kontakte? Habt ihr alles, was ihr an Kontakten braucht?«

»Äh … schon, wir sind ja auch schon eine Weile im Geschäft.«

»Nein, ich meine eher neue Kontakte. Ich vermute, ihr orientiert euch ein bisschen um, seit ich nicht mehr so viel Arbeit für euch habe.«

Nun wirkte auch Röhler alarmiert, nur Mahr hockte gewohnt blöd auf seinem Stuhl und versuchte, sich dadurch aus allem rauszuhalten, indem er ganz interessiert seine Fingernägel musterte.

»Wir … wir kommen zurecht, wie gesagt.«

»Aber ihr orientiert euch neu, soweit vermute ich richtig, oder?«

»Pff, ja … schon irgendwie. Aber da ist nichts, womit wir Ihnen in die Quere kommen könnten. Wir pfuschen Ihnen nicht ins Geschäft, wir sind ja nicht blöd – das ist diesen vier Amateuren auch nicht gut bekommen, was, Chef?«

Er lachte, es klang aufgesetzt, und mit seinen unruhig flackernden Augen bettelte er förmlich darum, dass Müller mitlachte. Doch der gönnte sich nur ein dünnes Lächeln.

»Auch örtlich?«

»Wie: örtlich?«

»Na ja: orientiert ihr euch auch örtlich neu?«

Röhler schluckte und warf Heisinger einen schnellen Blick zu, Mahr kümmerte sich nun noch eingehender um seine Fingernägel.

»Ihr fragt euch sicher, warum ich euch herbestellt habe«, sagte Müller, nachdem er sie eine kleine Weile hatte zappeln lassen. »Ich will euch jemandem vorstellen.«

Damit drückte er einen Knopf seiner Telefonanlage, und kurz darauf ließ die Sekretärin die gepolsterte Tür zu Müllers Büro aufschwingen und vier Männer betraten den Raum. Röhler, Mahr und Heisinger sahen die vier nicht, aber sie konnten die Schritte hören. Stocksteif saßen sie da und starrten Müller an, als würden sie auf seine Erlaubnis warten, sich umdrehen zu dürfen. Müller machte eine entsprechende Geste, und die drei standen auf und fuhren herum.

Vor ihnen stand die »Gentleman-Gang«, die sie im Auftrag von Pate Müller drangsaliert hatten.

* * *

Mohr war aufgesprungen, kaum dass die unbekannte Stimme das Gespräch beendet hatte, und im Hinausrennen wählte er die Nummer des Wachhabenden im Revier.

»Schnell, schick Leute raus in den Hof. Wir haben einen Tipp bekommen. Jemand hat drei der Esslinger Einbrecher für uns aufgestöbert, wir müssen sie offenbar nur noch abholen, hier in der Stadt.«

Minuten später fuhren mehrere Streifenwagen, Mohrs hellblauer Kombi und die weiße Limousine seines Kollegen Harry Wieland mit quietschenden Reifen vom Hof, und wiederum nur Minuten später hielten die meisten Fahrzeuge vor dem Goldenen Reiter und parkten die Straße auf beiden Seiten der Kneipe zu. Mohr nahm einen anderen Weg, gefolgt von zwei Streifenwagen – er hatte noch einen zweiten Tipp bekommen, musste dafür aber noch etwas Geduld aufbringen.

Die Beamten stürmten unter Wielands Führung den Goldenen Reiter, der Gastraum hinter dem abgewetzten Samtvorhang war leer bis auf den Wirt, der ihnen seelenruhig entgegensah und dabei nicht einmal aufhörte, Gläser abzuwischen. Er grinste und nickte dann zu einem Tisch etwas abseits der Tür hin.

Dort saßen drei Männer, mit Stricken um die Beine und die Arme gefesselt und mit einem weiteren Strick an ihre Stühle gebunden, und blickten finster auf Hasso und auf die anrückenden Beamten. Jedem der drei Männer steckte ein Zettel im Hemdkragen, auf dem handschriftlich Angaben zur Person und ein unterschriebenes Geständnis zu lesen waren.

Wieland überflog die drei Schreiben kurz, dann schüttelte er lachend den Kopf und steckte die Blätter ein.

»Tja, Kollegen, dann wollen wir diese drei Armleuchter mal mitnehmen.«

»Noch schnell ein Bier, Herr Kommissar?«, rief ihm Hasso zu.

»Bloß nicht!«, winkte der dankend ab und begleitete die uniformierten Kollegen und ihre drei Gefangenen mit nach draußen.

* * *

Jochen Hebestreit rührte sich als Erster.

»Okay«, sagte er zu den drei anderen, die sich direkt hinter ihm im düsteren Treppenhaus verbargen, »sie haben die Deppen mitgenommen, und die Zettel mit den Geständnissen haben sie auch. Sieht so aus, als wären wir damit endlich rehabilitiert.«

»Hätt ich nicht gedacht, dass uns dieser Müller dabei hilft«, sagte Andreas Nidanger mit gedämpfter Stimme.

»Der hatte halt Schiss vor uns«, vermutete Roland Engel. »Was seinem Mario passiert ist, wird ihm eine Lehre gewesen sein. Und wir wollen ihm ja auch nicht mehr ins Handwerk pfuschen. Für mich ist das jetzt erledigt.«

»Seh ich auch so«, schloss sich Manuel Mering an, »das war's mit illegalen Geschäften, und das restliche Gas lassen wir irgendwo verschwinden – vielleicht nimmt es Hans wieder zurück, oder wir schmeißen das Zeug einfach irgendwo ins Wasser.«

Die Tür des Hinterausgangs, die zuletzt nur noch angelehnt war, öffnete sich und einige Silhouetten waren im grellen Sonnenlicht zu sehen, das den düsteren Flur flutete.

»Diese Mühe können wir Ihnen ersparen«, sagte Ralph Mohr, trat an die vier Männer heran und zeigte seinen Ausweis.

Roland Engel dachte einen Moment daran, den Kommissar beiseitezuschubsen und einen Fluchtversuch zu unternehmen, aber die nach Mohr in den Flur hereindrängenden Beamten belehrten ihn schnell eines Besseren.

Hebestreit, Mering, Engel und Nidanger ließen sich widerstandslos Handschellen anlegen, dann führten die Polizisten sie durch den Hinterausgang zu ihren Streifenwagen. Mohr ging durch die Gaststube nach vorn.

»Ich hab einen gut bei Ihnen«, sagte Hasso zu Mohr und entblößte dabei seine fleckigen Zähne.

»Wir werden sehen«, brummte der nur kurz und ging nach draußen.

Hasso wartete, bis vor dem Goldenen Reiter alle Fahrzeuge abgefahren waren und auch vom Hinterausgang her keine Geräusche mehr zu ihm drangen. Dann wählte er die Nummer des Paten, um ihm zu berichten, wie glatt alles gelaufen war.

* * *

Kommissar Mohr machte es kurz am Telefon, immerhin hatte er gute Nachrichten. Die Überwachung des Mehrfamilienhauses, in dem die Polizei nach Luigis Aussage einen der Einbrecher vermutete, hatte nur erbracht, dass dort zwei Männer wohnten, die als Einbrecher infrage kamen – aber beide waren nicht da und kehrten auch während der Überwachung nicht ins Haus zurück. Das konnte bedeuten, dass einer oder beide untergetaucht waren, oder vielleicht auch nur im Urlaub. Auf einen anonymen Hinweis hin konnten aber sowohl die Pforzheimer Serieneinbrecher als auch drei der vermutlich vier Esslinger Täter doch noch gefasst werden – derzeit liefen schon die Vernehmungen, und Mohr war guter Dinge, dass auch der vierte Täter im Esslinger Fall bald ermittelt war.

Froelich ging hinüber zu Luigi, wo Reuchlin schon mit Kanne zusammensaß, und informierte die Freunde. Dann spendierte Luigi Kuchen, und die vier schwelgten in Anekdoten aus dem miterlebten, in ihrer eigenen Vorstellung natürlich auch von ihnen maßgeblich mitgelösten Fall.

Irgendwann, Froelich war gerade in schallendes Gelächter ausgebrochen, machte Reuchlin ihn darauf aufmerksam, dass in der Tür eine Frau stand und sie wortlos beobachtete. Froelich drehte sich um und verschluckte sich vor Schreck an seinem letzten Kuchenbissen. Inge stand dort und sah fragend auf ihn und die anderen. Da er nicht wusste, wie lange sie schon dort stand, konnte er auch nicht einschätzen, ob sie etwas von den Anekdoten mitbekommen hatte.

Froelich beschloss so zu tun, als gebe es nichts, was ihm ein schlechtes Gewissen bereiten könnte. Und nachdem der Fall abgeschlossen war, stimmte das im Augenblick eigentlich auch. Er stand auf, ging auf Inge zu und begrüßte sie freudig überrascht. Er gab ihr einen Kuss, den sie etwas zurückhaltend erwiderte, dann ließ sie sich von ihm zum Tisch führen, und er stellte sie den anderen vor.

Inge setzte sich und musterte ihren neben ihr sitzenden Freund aufmerksam. Luigi flitzte hinter seine Verkaufstheke und kam kurz darauf mit einem extra großen Kuchenstück zurück.

»Bitteschön, Frau Coordes«, flötete er und ermunterte sie mit drolligen Gesten, unbedingt zu probieren.

Der Kuchen schmeckte ihr, und weil sie nichts weiter zu Froelich sagte, was sich irgendwie auf seine Nachforschungen oder auf die Einbruchserie oder die Toten in Esslingen-Zell bezog, entspannte sich Froelich ein wenig und ging davon aus, dass er mit seiner Schauspielerei durchgekommen war. Nach etwa einer Stunde – Inge hatte vor allem Kanne eingehend nach seinem Musikaliengeschäft gefragt und den 62-Jährigen geradezu damit verzaubert, dass sie ihm von ihrem Rickenbacker-Bass vorschwärmte – verabschiedeten sich Inge und Froelich von den anderen.

Er hatte ihr erklärt, dass er hier nicht weiter gebraucht werde, und als sie daraufhin eine Augenbraue hob, erzählte Reuchlin ihr in einer schamlos ausgeschmückten Geschichte von der erfreulich schnellen Genesung seiner erfundenen Cousine, vom schleppenden Gang seiner Bestattergeschäfte und davon, dass er ihr den Lebensgefährten nun wirklich nicht mehr länger guten Gewissens vorenthalten könne.

Inge ließ sich von dem Charmeur sogar noch einen Handkuss geben, Kanne winkte ihr zum Abschied nach, und Luigi stand mit einer Tüte an der Tür, die er mit Verschwörermiene kurz öffnete. Inge erspähte Salami, Käse und eine Flasche Wein und ließ sich die Tüte mit ein paar netten Worten aufdrängen. Dabei wechselte sie schnell ein paar Sätze mit dem Feinkosthändler, der erst überrascht wirkte, dann aber freudig nickte und Inge versprach, die anderen ebenfalls von ihrem Vorschlag zu überzeugen.

Froelich hatte das kurze Zwischenspiel gar nicht mitbekommen, und auf dem Weg in Reuchlins Institut erzählte Inge ihm, dass sie mit der Bahn gekommen war, weil sie ihren Wagen heute früh zum Kundendienst gebracht hatte. Das bedeutete eine gemeinsame Heimfahrt nach Esslingen, und Froelich freute sich aufrichtig darüber. Sein Kram war schnell gepackt, und als er die Ente aus dem Hof in die Dillsteiner Straße lenkte, standen die drei Freunde vor dem Bistro und winkten ihnen nach. Luigi hob beide Hände, streckte neun Finger aus und machte dann eine Geste, als würde er sich ein Telefon ans Ohr halten. Froelich sah verblüfft zu ihm hin, aber Inge tätschelte ihm nur die Wange und deutete nach vorn.

»Schau du lieber mal auf die Straße. Was hältst du denn von einem kleinen Ausflug?«

»Hast du noch ein bisschen Zeit?«

»Ja, hab ich. Heute schreib ich nichts mehr. Und?«

»Gut, lass uns noch ein bisschen rumkurven.«

»Aber das Würmtal kenn ich schon«, wandte sie ein.

»Kein Problem, es gibt einen Plan B.«

Er lachte und kurvte das Enztal hinauf, doch das Lachen verging ihm wenige Kilometer vor seinem Ziel, als die B294 gesperrt war und er auf eine Umleitung verwiesen wurde. Die Fahrt ging hinauf und hinunter, bis er sich seinem Ziel nach einem großen Bogen durch den nördlichen Schwarzwald von Osten statt von Norden näherte.

»Ach, Gottfried«, tröstete ihn Inge, »jetzt ärgere dich nicht, das war doch eine schöne Strecke. Wohin willst du eigentlich?«

Sie fuhren neben einer eingleisigen Bahnstrecke her und waren inzwischen wieder ins Enztal zurückgekehrt. Schön war es gewesen, da gab ihr Froelich recht, aber sie hatten durch die Umleitung viel Zeit verloren.

»Wir sind gleich da«, sagte Froelich, irrte sich aber schon wieder. Noch immer war der Tunnel gesperrt, der die Straße nach Enzklösterle und weiter nach Freudenstadt üblicherweise durch Bad Wildbad schleuste. Und weil Froelich das Parkhaus direkt am Kurpark ansteuern wollte, folgte er auch noch der Umleitung wegen der Tunnelarbeiten.

Dann aber war der Wagen abgestellt, und Froelich wanderte mit Inge durch die Wildbader Innenstadt, bis er von der Enzpromenade abbog und auf ein Gebäude in der zweiten Reihe zuhielt, dessen Eingang verglast war. Inge bemerkte auf der Glasscheibe ein Plakat, das eine »Mordstour« zu einem Krimi ankündigte, der offenbar hier in Bad Wildbad spielte – aber die Veranstaltung hatte schon am vergangenen Samstag stattgefunden, das konnte also nicht der Grund dafür sein, dass Froelich hierhergefahren war.

»Bitteschön«, sagte Froelich mit breitem Grinsen und forderte Inge auf, vor ihm hineinzugehen.

Inge kannte die Talstation der Sommerbergbahn schon, aber sie wollte Froelich die Überraschung nicht verderben, also sah sie sich angemessen staunend um und ließ sich von ihm in die bereitstehende Seilbahn begleiten. Als sie etwas später die Bergstation erreicht hatten, marschierten sie auf einem schönen Weg in den Wald hinein, machten an einer bewirtschafteten Hütte Station und verlebten auf dem bewaldeten Plateau oberhalb des Enztals einen schönen Nachmittag. Auf dem Rückweg blieben sie eine Weile auf der letzten Lichtung vor der Bergstation stehen und sahen den jungen Leuten zu, die sich mit Helm und knallbuntem Dress auf ihren Geländefahrrädern waghalsig eine steile Strecke hinabwarfen und durch eine Steilwandkurve nach der anderen rasten.

»Wollen wir nach Hause?«, fragte Inge schließlich.

Dabei lächelte sie ihn so selig an, dass alle Zweifel, ob sie ihm womöglich doch auf die Schliche gekommen war, sofort verflogen.

* * *

Am Abend wartete eine Überraschung auf ihn. Im Hof des Bestattungsinstituts in der Esslinger Beutauvorstadt parkte ein goldfarbener Transporter mit der Aufschrift »Östreicher macht die Musik – Klaviere und mehr«, und auf zwei Sargdeckeln, die wie Bänke vor dem Haus platziert waren, hockten Sanfftleben, Reuchlin, Kanne und Luigi und schienen sich prächtig zu unterhalten.

»Was macht ihr denn hier?«, fragte Froelich, als er sich aus dem Wagen gewuchtet hatte.

»Das war ihre Idee«, sagte Reuchlin und deutete auf Inge.

Die stand neben ihm und sah ihn mit schelmischem Grinsen an. Nun verstand er Luigis Geste, die ihm bei der Abfahrt aus Pforzheim noch so seltsam vorgekommen war. Diese Überraschung war Inge gelungen.

»Ich dachte mir«, sagte sie, »zum Abschluss können wir doch gemeinsam essen gehen.«

»Ich habe bei Felice einen Tisch für uns bestellt«, merkte Luigi an. »Dann lerne ich meinen Landsmann endlich mal persönlich kennen. Um neun ist für uns reserviert.«

»Dann haben wir beide noch Zeit, uns ein bisschen frisch zu machen«, sagte Inge, hakte Froelich unter und ging mit ihm in die Wohnung hinauf.

Im La Rocciosa hatte Felice zwei Tische zusammengeschoben, und Froelich sah ihn kurz fragend an, weil für Inge, Froelich, Sanfftleben, Reuchlin, Luigi und Kanne nicht sechs, sondern sieben Gedecke vorbereitet waren. Felice grinste nur und verschwand in der Küche.

Felice trug zusammen mit seiner Bedienung gerade mehrere Vorspeisenplatten herein, als sich die Tür öffnete und Jana Bednarz hereinkam. Froelich wurde ein wenig unruhig – diese Überraschung konnte ins Auge gehen. Er sah schnell zu Inge hin, aber die stand nur auf und begrüßte die Kommissarin sehr freundschaftlich.

Sie aßen und plauderten über alles Mögliche, nur die Einbrüche in Esslingen und Pforzheim kamen nicht zur Sprache, sowohl Jana Bednarz als auch Froelich vermieden jede Anspielung in dieser Richtung, und wenn er ihr einen schnellen Blick zuwarf, lächelte sie nur oder zwinkerte ihm sogar zu. Ob Inge das bemerkte, konnte er nicht sagen, aber sie schien sich köstlich zu amüsieren.

Gegen elf war es dann so weit. Inge griff nach ihrem Glas und erhob es.

»So, nun will ich mal anstoßen. Auf meinen Gottfried, auf seine neuen Freunde, die vielleicht ja auch meine werden – und auf ...«

Sie legte eine kleine Pause ein und sah Froelich grinsend an.

»... und auf den Fall, der mit eurer Hilfe gelöst wurde.«

Froelich ließ fast sein Glas fallen.

»Seit wann ...?«

Er brachte die Frage nicht mehr vernünftig heraus, aber Inge sah gar nicht böse aus, sondern prostete ihm zu.

»Frau Bednarz war so nett, mich am Montag einzuweihen. Auf dem Friedhof hatte ich gesehen, wie du dich nach dem Begräbnis mit Bludenz unterhalten hast – und da das nun wirklich nicht mehr als Vorarbeit für Pfarrer Winklers Trauerrede zu erklären war, musste es bedeuten, dass du doch wieder als Hobby-Detektiv zugange warst. Ich war stinksauer, und auch ein bisschen traurig – schließlich hatte ich dich ja vor die Wahl gestellt: Du kannst mich haben oder deine Nachforschungen.«

»Ich habe ihr ein wenig von den Informationen erzählt, die Sie für uns herausgefunden haben«, mischte sich Jana Bednarz ein. »Und wie sehr Sie uns nach dem Mord in der Maille und auch jetzt wieder geholfen haben.«

»Tja, und irgendwann wurde mir klar, dass zu dem Gottfried, diesem dicken, unvernünftigen, lustigen, seltsamen, lieben Kerl ...« – sie gab ihm einen Kuss – »... dass zu dem halt auch diese Macke gehört: dass er an keinem Mord vorbeigehen kann, ohne selbst ein wenig seine Nase in den Fall zu stecken.«

Froelich lächelte und zuckte mit den Schultern.

»Und dann hab ich mir gedacht: Ich nehm dich lieber ganz als gar nicht.«

Der zweite Kuss wurde vom Beifall der anderen am Tisch begleitet, die letzten anderen Gäste klatschten mit, beglichen dann ihre Rechnung und gingen bestens gelaunt hinaus. Felice verabschiedete seine Bedienung mit einer gezierten Verbeugung und einem zugehauchten Luftkuss, dann schloss er hinter ihr ab und setzte sich zu der munteren Gesellschaft um Inge und Froelich.

Es wurde ein ausgelassener Abend, und bald war klar, dass Kanne Östreichers Transporter heute nirgends mehr hinfuhr. Auf dem Marktplatz verabschiedete sich Jana Bednarz von der heiteren Runde, und Froelich fragte sie noch: »Haben die Kollegen denn den vierten Einbrecher gefunden?«

»Nein, noch nicht, aber das wird wohl nicht mehr lange dauern. Sehr wahrscheinlich ist der Gesuchte ein Computercrack, denn die drei Männer, die gefesselt in diesem Goldenen Reiter saßen, machen einen so offenbar dämlichen Eindruck, dass sie niemals in der Lage gewesen wären, sich in das WLAN der Sigles oder in die Steuerungselektronik der Lüftungsanlage zu hacken. Aber auch den werden wir oder die Kollegen noch ausfindig machen. Dafür wissen wir vieles andere. Dieser Hebestreit von den Pforzheimer Einbrechern ist Chemiker von Beruf, ein Studienkollege von ihm arbeitet bei Dubai L & G – Mohr hält es für möglich, dass der einige Flaschen des Gases an seinen alten Bekannten verkauft und den Einbruch in die Firma womöglich nur fingiert hat. Ein anderer ist Arzt, Anästhesist im Pforzheimer Klinikum, und er kennt sich wie der Chemiker mit der Wirkung von Gasen auf den menschlichen Körper aus. Der dritte ist selbstständiger Informatiker und hat sich für die Bande ins jeweilige WLAN gehackt, und der vierte ist arbeitslos, hat Schreiner gelernt und ist ein alter Freund des Arztes – an dem waren wahrscheinlich seine gewaltigen Muskeln am wichtigsten. Die vier hatten Geldsorgen – der Informatiker verdiente zu wenig, der Arbeitslose gar nichts, und die beiden anderen lebten wohl ein wenig über ihre Verhältnisse. Und als ihnen Hebestreits alter Chemiekumpel von dem Gas in seinem Labor erzählte, müssen sie wohl auf die Idee mit den ›Einbrüchen unter Narkose‹ gekommen sein.«

»Und die drei Typen, die den Tod der Sigles verursacht haben?«

»Sollten die ›Gentleman-Gang‹ erst ausspionieren, dann ihnen ins Handwerk pfuschen – und dabei hat ihnen wohl das Muster der Bande gefallen, sie haben den Gentlemen Gasflaschen und Atemmasken geklaut und wollten eine eigene Einbruchserie starten.«

»Und was ist mit Müller und seinem Helfer Mario?«

»Mohr wollte Mario wegen Körperverletzung drankriegen, aber die Wirte von Bernies Beiz und vom Goldenen Reiter schworen der Pforzheimer Polizei gegenüber Stein und Bein, dass Mario ihnen niemals auch nur ein Haar gekrümmt habe und dass er im Gegenteil stets ein guter und gern gesehener Gast sei. Und Müller … na ja, der ist wie ein Aal, der überall durchschlüpft.«

Dabei schaute die Kommissarin allerdings eher verschmitzt als deprimiert drein.

»Und Reukers?«

»Da haben sich meine Berliner Kollegen auf einen Deal eingelassen, der auch Herrn Reukers sofort eingeleuchtet hat.«

»Und was ist das für ein Deal?«

»Aber, aber, Herr Froelich – das kann ich Ihnen nun wirklich nicht verraten. Dienstgeheimnis, Sie verstehen?«

Sie knuffte ihn in die Seite und ging dann winkend davon. Froelich sah ihr noch kurz nach, dann schloss er zu den anderen auf, die schon die Unterführung durchquert hatten und nun die Stufen zur Mittleren Beutau hinaufkletterten, Inge fröhlich und mit festem Tritt, Sanfftleben, Reuchlin, Luigi und Kanne schon ein wenig wackliger.

Weil Sanfftleben keine Lust hatte, nach dem lustigen Abend allein zu Hause zu schlafen, quartierten Inge und Froelich alle Gäste bei sich ein. Luigi und Kanne krochen in das Doppelbett im Gästezimmer, und Reuchlin ging freudig auf Sanfftlebens Vorschlag ein, sich erst den Kühlraum zeigen zu lassen und dann gemeinsam mit seinem alten Freund und Kollegen im Sarglager zu übernachten.

Inge ging lachend und kopfschüttelnd als Erste ins Bad, und Froelich gab den beiden Kollegen noch eine Flasche Wein mit auf den Weg nach unten ins Institut. Als er selbst im Bad fertig war, horchte er ins Treppenhaus hinaus und hörte Gelächter von unten – schmunzelnd ging er ins Schlafzimmer, rollte sich behutsam auf seiner Matratze zurecht und genoss es, Inge neben sich liegen zu sehen und schnarchen zu hören.

Mittwoch, 12. Juni

Nach einem kräftigen Frühstück verabschiedeten sich Sanfftleben und die Pforzheimer Gäste, nicht ohne sich zu versprechen, ab dem kommenden Wochenende auf Gegenbesuch zu kommen.

»Dann ist Pforzemer Mess«, erklärte Reuchlin. »Da fahren wir Riesenrad, feiern ein bisschen, und hinterher könnt ihr bei mir übernachten.«

Danach ging Froelich einkaufen, und als er kurz vor zwölf zurückkam, war Inge nirgendwo zu sehen. An der Tür zu ihrem Arbeitszimmer hing kein Schild, auch Musik war nicht zu hören. Er klopfte zweimal und ging, als von drinnen keine Antwort kam, hinein.

Inge war nicht da. Der Computer und der Drucker waren ausgeschaltet, das Fenster war zum Lüften gekippt, und neben dem Bildschirm lag ein ansehnlicher Stapel Blätter, beschwert mit einem großen Kieselstein, den Inge mal auf einem ihrer gemeinsamen Spaziergänge gefunden hatte.

Froelich sah sich um. Er war allein. Langsam hob er den Stein und las die Überschrift, die als Einziges auf der ersten Seite stand. »Der längste Weg«. Er zog die letzte Seite unter dem Stapel vor: Inge war wohl gerade mitten im zweiten Kapitel. Er legte das Deckblatt zur Seite, setzte sich auf den Drehstuhl und begann die ersten Sätze zu lesen. Es war eine Geschichte in Ich-Form, und wie Inge es angekündigt hatte, schien sie von der Suche einer Frau nach sich selbst zu handeln und nach dem, was ihr im Leben wichtig war oder was ihr wichtig sein sollte. Der Text war gut, und obwohl er mit Psychokram eigentlich nicht viel anfangen konnte, las er sich fest und legte Blatt um Blatt zur Seite.

Inge, die im Keller gewesen war, um Getränke zu holen, sah Froelich vor ihrem Computer sitzen und in ihrem unfertigen Manuskript lesen. Sie stand eine Zeitlang stumm und reglos in der Tür zum Arbeitszimmer und beobachtete ihn lächelnd, dann wandte sie sich ab und ging wieder die Treppe hinunter.

Froelich brauchte einen Moment, bis er das tiefe Geräusch zuordnen konnte. Aber dann gab es keinen Zweifel mehr: Im Kühlraum spielte jemand Bass – sollte Inge …?

Er legte die gelesenen Blätter sorgfältig wieder auf den Stapel zurück, beschwerte alles mit dem Kieselstein und ging die Treppe hinunter. Im Kühlraum stand neben dem Keyboard Inges große Lautsprecherbox und der Verstärker obendrauf. Der dreirädrige Möbelhund, mit dem sie das Trumm von einem der Lagerräume nebenan herübergeschafft hatte, stand ein Stück daneben. Inge, die neben der großen schwarzen Box und in dem viel zu weiten Besuchermantel noch zierlicher wirkte als sonst, hatte die Augen geschlossen und spielte auf ihrem schönen, alten Bass einen wunderbar groovenden Bluesrhythmus.

Froelich schlich an ihr vorbei, schaltete sein Keyboard ein und begleitete sie mit einigen Akkorden. Inge öffnete die Augen und lächelte Froelich an, der lächelte zurück und setzte zu einem Klaviersolo an.

* * *

Peter Müller brauchte neue Helfer.

Mario war mit seinem gebrochenen Arm noch eine Zeitlang außer Gefecht. Und Röhler, Mahr und Heisinger standen bis auf Weiteres nicht zur Verfügung, und er konnte nur hoffen, dass sie genug Angst vor ihm und seinem Netzwerk hatten, dass sie auch im Gefängnis die Klappe halten würden. Andernfalls würde er einfach weiterhin alles abstreiten – damit war er bisher schon bestens gefahren, und die Polizei konnte ihm seit Jahren nichts nachweisen.

Wie gut, dass ihm einige Geschäftspartner aus Berlin einen Mann empfohlen hatten, der sich räumlich verändern wollte, um einigen in der Hauptstadt drohenden Komplikationen zu entgehen. Genau so hatte es sein Gesprächspartner ausgedrückt. Müller schmunzelte.

Seine Bürotür schwang auf, die Sekretärin kündigte den erwarteten Besucher an, und Müller kam schwerfällig um seinen Schreibtisch herum, um seinen potenziellen künftigen Mitarbeiter mit Handschlag zu begrüßen.

Der drückte Müllers fleischige Hand fest und sah ihm dabei freundlich in die Augen.

»Reukers«, stellte er sich förmlich vor, »Robert Reukers.«

ENDE

Dank

Danke an alle, die sich seltsame Fragen gefallen ließen und die diesem Buch informative und skurrile Details bescherten – die Fehler im Text, falls Sie welche finden, kreiden Sie einfach mir an.

Danke auch an all jene, die mir hinter den Kulissen als Ideengeber, mit Anregungen oder konstruktiver Kritik dabei halfen, aus allem ein hoffentlich unterhaltsames Buch zu machen. Und schließlich danke an meine Frau und die Jungs, die mich jeden Abend wieder verlässlich in die wirkliche Welt zurückgeholt haben.

Sollte sich jemand in diesem Buch wiedererkennen, danke ich für das (unverdiente) Lob: Wie in Krimis üblich, sind Handlung und Personen frei erfunden. Bei Versuchen, herauszufinden, was an den Schauplätzen real und was erfunden ist, wünsche ich viel Spaß.

Jürgen Seibold